**HERBERT BECKMANN**
Hühnerhölle

**APOKALYPSE, DEIN NAME IST HUHN** Wilhelm Kock, der verhasste »Hühnerbaron, liegt tot auf dem Grab seiner ersten Frau. Erschlagen mit einer Spitzhacke. Seit Jahren stöhnt und hustet das Örtchen Vennebeck wegen des Gestanks, des Lärms und der Umweltbelastungen durch Kocks Hühnerfarm. Nun hofft jeder auf ein Ende der »Hühnerhölle«.

Kommissar Hufeland und sein Azubi Kuczmanik ermitteln. Beinahe jeder hätte ein Motiv gehabt. Zunehmend gerät jedoch die Familie des Ermordeten ins Visier: Kocks alkoholabhängige Witwe und ihr Geliebter, ein von Kock beinahe ruinierter Golfplatzbetreiber. Der jüngere, vom Hühnermäster übervorteilte Bruder. Vor allem aber Kocks Sohn Bruno, vom Vater zeitlebens verachtet, im Dorf jedoch bestens integriert.

Hufelands Erfahrung und sensible Beharrlichkeit sowie Kevins neugieriger Blick für teils abgründige Details führen schließlich zu einer ebenso überraschenden wie tragischen Auflösung.

Der Gemeinde Vennebeck aber steht das Schlimmste noch bevor – Apokalypse, dein Name ist Huhn.

*Herbert Beckmann wurde 1960 im westfälischen Ahaus geboren. Heute lebt er mit seiner Familie in Berlin. Schon mit Anfang 20 landete er im Knast – um Strafgefangenen in Tegel das Lesen und Schreiben beizubringen. Er veröffentlichte Sachbücher, dann Erzählungen und Radiogeschichten für Kinder und Erwachsene, zudem zahlreiche Kriminalhörspiele und im Jahr 2007 seinen ersten Kriminalroman. Mit der »Hühnerhölle« wendet sich Herbert Beckmann erneut einem hochaktuellen Thema zu, das immer mehr Menschen, nicht nur in seiner westfälisch-ländlichen Herkunftsregion, buchstäblich zum Himmel stinkt.*

Bisherige Veröffentlichungen im Gmeiner-Verlag:
Die Nacht von Berlin (2011)
Mark Twain unter den Linden (2010)
Die indiskreten Briefe des Giacomo Casanova (2009)

# HERBERT BECKMANN
## Hühnerhölle

*Kriminalroman*

*Original*

GMEINER

Personen und Handlung sind frei erfunden.
Ähnlichkeiten mit lebenden oder toten Personen
sind rein zufällig und nicht beabsichtigt.
Auch Namen real existierender Orte, Firmen oder
Institutionen haben ausschließlich fiktiven Charakter
und beziehen sich nicht auf die Wirklichkeit.

Besuchen Sie uns im Internet:
www.gmeiner-verlag.de

© 2013 – Gmeiner-Verlag GmbH
Im Ehnried 5, 88605 Meßkirch
Telefon 0 75 75/20 95-0
info@gmeiner-verlag.de
Alle Rechte vorbehalten
1. Auflage 2013

Lektorat: Claudia Senghaas, Kirchardt
Herstellung: Mirjam Hecht
Umschlaggestaltung: U.O.R.G. Lutz Eberle, Stuttgart
unter Verwendung eines Fotos von: © suze / photocase.com
Druck: GGP Media GmbH, Pößneck
Printed in Germany
ISBN 978-3-8392-1415-2

»Provinz ist eine Kategorie des Geistes, nicht des Ortes.«
*Aus Kriminalkommissar a.D. Alfred Kötterings*
*Sprüchesammlung*

# 1

Paul Lanfermann nahm noch einen letzten Lungenzug, bevor er seiner Zigarette mit schwieligen Fingern das Lebenslicht ausknipste. »Ruhe in Frieden!«, brummte er und schnippte den Stummel in einem schlappen Bogen auf ein mit frischen Astern geschmücktes Grab, an dem er gerade vorbeistiefelte.

Vennebecks Friedhofsgärtner war wie immer früh unterwegs. Es war der Morgen nach Allerseelen, kurz vor acht. Der weiße Novembernebel lag noch über den Gräbern wie ein ewig feuchtes Ruhekissen.

Lanfermann fröstelte und zog den Kragen seiner verblichenen blauen Arbeitsjoppe eng am Hals zusammen. Er hatte gestern Abend im Brooker Hof wohl einen Korn oder zwei über den Durst getrunken.

Er blieb stehen, klemmte sich die Mistgabel, mit der er ein Rattennest am Ende des Hauptgangs ausheben wollte, unter die Achsel und zündete sich eine neue Zigarette an. Die wärmte zwar auch nicht, vernebelte aber den Pestgestank, der über den Gräbern hing. Wie über ganz Vennebeck.

Er sog den Rauch tief ein und nahm noch einen kleinen Nachschlag aus dem sich kräuselnden blauen Dunst, der von der Spitze seiner Selbstgedrehten (billiger) aufstieg, als ihm plötzlich etwas Großes, Blaues auffiel. Auf einem der Gräber hinten, ganz in der Nähe des Hauptwegs. Etwas, das dort auf keinen Fall hingehörte. Ja verflucht, sollten die Rattenviecher jetzt schon herrenlose blaue Müllsäcke von den Häusern verschleppen, um ihren Inhalt genüsslich auf den Gräbern zu verspeisen? Nicht mit ihm!

Er klemmte sich die Zigarette fest zwischen die verkrusteten Lippen und schritt entschlossen auf das verunstaltete Grab los, die Mistgabel mit beiden Fäusten im Anschlag. Der helle Kies knisterte und knirschte unter dem strammen Schritt in seinen klobigen Gummistiefeln. Er hatte jetzt keinen Blick für die frischen Chrysanthemen-Sträuße und Astern auf den Gräbern. Das Rattennest beherrschte seine Ganglien. Er würde es jetzt ein für alle Mal ausheben, jedes Mistvieh einzeln aufspießen, ihnen die Bäuche aufschlitzen, die Gedärme rausreißen, na wartet!

Er hatte sich bereits in einen hübschen, Kreislauf fördernden Blutrausch hineingesteigert, als er einen guten Steinwurf vor dem Grab erkannte, dass da gar keine Ratten waren. Und es lag auch kein blauer Müllsack dort auf Lene Kocks Grab. Sondern ein Mann. In einem dunkelblauen Anzug. Er lag mit dem Bauch auf den schneeweißen Kieselsteinen, das Gesicht lotrecht nach unten, als wollte er mal ins Grab unter sich schauen. Der schüttere graue Haarkranz um die Halbglatze herum zitterte leicht im Wind.

Paul Lanfermann entspannte sich und verlangsamte das Tempo. Bloß irgendein Vennebecker, ein Saufbruder, der erst am frühen Morgen den Kneipenausgang gefunden hatte und bei der Abkürzung über den Friedhof an einem Grabkreuz hängen geblieben war. Oder so ähnlich.

Er senkte die Mistgabel, nahm die Zigarette aus dem Mund und rief den Mann an: »He, geh nach Hause, schlaf deinen Rausch aus, Junge!«

Nichts, keine Reaktion. Der dicke, große Saufkopf im blauen Anzug lag wirklich stumm und steif da wie ein Müllsack am Straßenrand. Mann, Mann, Mann, hatte der geladen!

Paul Lanfermann stiefelte langsam weiter auf das Grab zu, auf dem der Dicke es sich gemütlich gemacht hatte. Er beugte sich über ihn und rüttelte an seiner Schulter. »He, aufwachen, Kollege!«

Der Mann gab keinen Mucks von sich, steif wie ein nass gewordener Sack Zement lag er da und schnüffelte an den Kieseln. Lanfermann berührte jetzt mit einer Hand den Kopf – uah, eiskalt! – und drehte ihn leicht. Ein graues, wie mit Reif überzogenes Auge glotzte ihn an.

Erschrocken schoss er in die Höhe. Überwältigt von zwei Erkenntnissen gleichzeitig.

Erstens, der Mann war ja tot.

Und zweitens, er kannte ihn.

»Kock!«

Verdammte Hacke, das war Wilhelm Kock! Der Herr Hühnerbaron höchstpersönlich. Mausetot auf dem Grab seiner ersten Frau. Die Nase wie ein Stecken in dem feucht glänzenden Grabteppich aus weißen Kieseln. Als hätte er den Gestank in der Luft am Ende selbst nicht mehr ertragen.

Lanfermann, der in seinem Friedhofsgärtnerleben schon viele Tote gesehen hatte, erholte sich von dem ersten Schrecken, und sein Gesicht entspannte sich wieder. Er schnippte die halb gerauchte Zigarette fort (»Ruhe in Frieden«), und zum ersten Mal seit vier Jahren sog er den Pesthauch der Kock'schen Hühnerfarm, der über dem ganzen Ort lag wie ein Teufelsfurz, tief in seine Lungen ein.

In aller Ruhe nahm er sein Handy aus der Halterung an seinem Gürtel und rief Wagner an.

# 2

»Vennebeck, örtliche Polizeistation, Wagner!«

»Morgen, Jochen, schon im Dienst?«

»Was denkst du denn? Als Polizist bist du immer im Dienst.«

Oder immer der Dumme, dachte Lanfermann.

»Was gibt's denn, Paul? Fehlt dir 'ne Leiche auf deinem Friedhof?«

»Im Gegenteil.«

»Wieso das? Drück dich mal klarer aus, Paul. Ich hab nicht alle Zeit der Welt für dich. Ich checke soeben eine neue Buchung für die Riviera. Corinna steht auf Italien.«

Corinna stand wohl eher auf Italien*er*. Aber was ging das ihn an. Im Augenblick gab es Interessanteres.

»Im Gegenteil heißt, es gibt eine Leiche zu viel.«

»Wo? Auf dem Friedhof, ch-ch?« Wagner lachte auf seine hechelnde Art. Lanfermann mochte das wie eine fette Fliege im Kaffee.

»Genau, Jochen. Auf dem Friedhof liegt ein Toter. Und ich meine oben auf dem Grab. Nicht drin. Kapiert?«

»Nä.« Wagner ließ drei Sekunden verstreichen. Dann sagte er gedehnt und breit wie mit einem Kaugummi im Maul: »Paul, du hast dir nicht zufällig schon einen Kurzen oder zwei hinter die Binde gekippt?«

»Wahrscheinlich sogar mehr als zwei, Jochen. Wenn ich mal alle zusammenzähle bis heute. Sso! Und jetzt hör genau zu. Ich verrate dir nämlich, *wer* da tot auf dem Friedhof liegt, oben auf der Erde.«

Er sagte es ihm.

»Nee, oder?«

»Doch, Jochen. Guck ihn dir an. Er liegt hier sicher noch 'ne Weile.«

Keine fünf Minuten später stoppte Wagners blausilberner Einsatzwagen vor dem Haupteingang des Friedhofs. Im Comic hätten seine Reifen gequalmt, im Fernsehen hätten sie gequiekt wie abgestochene Schweine. Wagner sprang mit einem Riesensatz aus seinem Wagen.

Lanfermann erwartete ihn genüsslich rauchend vor dem hohen gusseisernen Tor des Eingangs.

»Wo?«, brüllte der Polizist ihn an. »Wo liegt das Schwein?«

Lanfermann grinste und machte eine Bewegung mit seinem gekrümmten Daumen über die Schulter. »Hinten rechts, auf Lenes Grab.«

Wagner schoss an ihm vorbei wie ein verirrter Dartpfeil und eilte über den rechten Hauptweg weit voraus.

Als auch Lanfermann das Grab erreichte, auf dem Kock mit der steifen Nase auf geweihten Kieseln lag, kniete Wagner beinahe andächtig neben der Leiche und bewegte mit beiden Händen den feisten Kopf des Toten von einer Seite zur anderen, dass es knackte und knirschte.

»Kock ist tot, Mann! Willst du ihn wieder lebendig machen? Hier aufm Friedhof?«, fauchte Lanfermann ihn an.

Wagner lachte, ohne den Kopf der Leiche aus den Händen zu geben. Er erinnerte an einen Fußballspieler, der sich den Ball in aller Ruhe zum Strafstoß zurechtlegt.

»Lang ist der jedenfalls noch nicht hinüber. So Pi mal Daumen würd ich sagen, na ja …«, schätzte der Polizist.

Er hob den Kopf mit beiden Händen an den Schläfen noch ein wenig mehr an.

Und jetzt sahen sie beide, was den Kock erledigt hatte.

Ein Unkrautstecher war ihm bis zum abgegriffenen hölzernen Griff ins Auge gefahren. Die Spitze des Metallteils aus Edelstahl bestand aus einem kleinen Zweizack, wusste Lanfermann, sehr praktisch, um damit Unkraut, Pflanzenwurzeln und offenbar auch Hühnerbaronen den Garaus zu machen.

Wagner richtete sich abrupt auf und ließ dabei den Kopf des Toten fallen wie faules Obst. Es gab ein leicht schmatzendes Geräusch, das ihnen beiden wie Musik in den Ohren klang.

»Mausetot, das Schwein«, sagte Wagner und schnaufte zufrieden.

»Kräht kein Hahn mehr nach«, bemerkte Lanfermann, und Wagner lachte heiser dazu.

Sie betrachteten noch eine Weile halb ungläubig den Toten in seinem seidenfeinen blauen Anzug.

»Meine Oma früher, die hatte noch Hühner«, fing Lanfermann wieder an. Er schüttelte leicht den Kopf. »So eine unkaputtbare Rasse.« Er blickte auf und sah Wagner grienend an. »Und jetzt rate mal, wie die hieß.«

Wagner zuckte die Achseln.

»Westfälischer Totleger!«

Beide schauten wieder hinunter auf die Leiche zu ihren Füßen.

Wagner sagte: »Ein westfälischer Totleger war hier auch am Werk.«

»Auf alle Fälle«, stimmte Lanfermann zu und steckte sich noch Eine an.

Vom Eingang des Friedhofs her hörten sie jetzt Schritte auf dem Kies. Lanfermann schaute auf seine Uhr. Halb neun. »Bisschen früh für die ersten Friedhofsbesucher. Am Tag nach Allerseelen«, wunderte er sich.

Ein Mann mit einer Figur wie ein Leuchtturm kam über den Hauptweg auf sie zu geeilt. Mit Riesenschritten, die mehr wie raumgreifendes Waten als wie schnelles Gehen aussahen.

»Ach, bloß der Leichwart«, sagte Lanfermann. »Jetzt gibt's ein schönes Abschiedsfoto für den Guten.«

»Promi bleibt eben Promi«, lästerte Wagner und blickte mit einem breiten Grinsen zwischen den Ohren auf die Leiche hinunter.

# 3

»Doktor Heiland soll kommen. Sie sind nicht Doktor Heiland!«, krächzte seine Mutter wie ein heiserer alter Papagei.

Felix Hufeland fuhr sich verzweifelt mit der großen Hand durch die tabakbraunen Haare. »Aber Mama, ich bin's doch, Felix. Dein Sohn Felix.«

»Nä, du nicht. Dich will ich nicht. Ich will Doktor Heiland.«

Hufeland fragte sich, ob sie nun den Arzt des Herz-Jesu-Pflegeheims oder den Pfarrer oder gleich Jesus persönlich sprechen wollte. Wie er seine fromme Mutter kannte, sicher Letzteren.

Sie fixierte mit wütendem Ausdruck in den wässrigen Augen das Mahagoniregal gegenüber. In dem Fach mit der kleinen Kristallglassammlung standen die schmucklos gerahmten, knallbunten Familienfotos aus den frühen Siebzigern. Vielmehr das, was von ihnen übrig war. In einem Anfall von Wut hatte sie sich kürzlich darauf gestürzt und versucht, sie in kleine Schnipsel zu reißen.

Der traurige Blumenstrauß-Leichnam im Fach darunter machte ihm jetzt ein schlechtes Gewissen. Es war der von letzter Woche, und heute hatte er frische Blumen vergessen. Das Wasser in der gläsernen Vase war anscheinend nicht gewechselt worden und schon so weit eingetrübt, dass es aussah wie Froschlaich.

Seine Mutter machte nutzlose Kaubewegungen mit ihrem zahnlosen Kiefer und schwieg jetzt aus Protest, wie es schien.

Hufeland saß neben ihrem Sessel auf dem äußersten Rand des kirschroten Sofas und fragte sich verzweifelt, wie er sich ihr in Erinnerung bringen konnte. Sollte er am Ende gar ein Lied trällern? Alle meine Entchen, so krumm und schief wie als Kind immer? Soweit kam's noch.

Zu der Misere im Augenblick passte das merkwürdig drückende Gefühl, das er seit heute früh im Schritt

15

verspürte. Als trüge er ein Taubenei tief im Steg zwischen den Beinen. Was mochte das sein? Eine leichte Panik trieb ihm plötzlich Schweißperlen auf die Stirn.

»Doktor Heiland!«, krähte seine Mutter auf einmal wieder.

»Ach, verfluchter Heiland! Zum Teufel mit ihm!«, entfuhr es Hufeland. Zwar war er auch im Präsidium bekannt für seine gelegentlichen cholerischen Ausfälle. Aber bei seiner Mutter ging ihm regelmäßig der Gaul durch.

Sie drehte ihren faltigen, dünnen Hals zu ihm um und fauchte: »Wer hat dir erlaubt zu fluchen, Felix!«

Er glaubte, nicht recht gehört zu haben. »Siehst du, Mama, ich bin's!«, rief er erleichtert. »Der Felix.«

»Felix, ja«, wiederholte sie streng. »Wehe, du fluchst noch mal gegen den Heiland. Dann gibt's aber …!« Sie drohte unmissverständlich mit der kleinen, runzligen Hand.

Hufeland lachte und betrachtete gerührt die dicken blauen Würmer auf ihrem Handrücken.

»Lach nicht!«, fuhr sie ihn an.

Er hörte auf zu lachen.

Irgendwie war es nun doch wie früher. Als sie noch eine komplette halbe Familie waren und unter einem Dach wohnten, er und seine Mutter. In Münster, Herz-Jesu-Viertel, wo er noch heute lebte und sie Jahrzehnte als Gemeindeschwester gearbeitet hatte. Die andere Hälfte der Familie, sein Vater und Bernd, der Ältere, hatte schon früh getrennt von ihnen gelebt. In Dortmund-Aplerbeck. Hufeland, als er noch der kleine Felix und nicht der lange Lulatsch von heute war, hatte seinen großen Bruder anfangs im Stillen wegen Aplerbeck beneidet. Das musste das Paradies sein, dachte er damals. Er stellte es sich als ein Dorf voller blühender Apfelbäume an einem kleinen sprudelnden Bach vor. Mit weihnachtsroten Früchten, die immer reif und süß waren. Weil er immerzu Appelbeck herausgehört hatte. Bis er seinen Vater und Bernd eines Tages besuchen durfte. Sie wohnten an der Köln-Berliner Straße. Kein einziger Apfelbaum weit und breit. Überhaupt kein Baum. Und sein Vater hatte ihm eine geflankt, als er die verbrannten Plätzchen seiner neuen Frau wieder herausgewürgt hatte. Vielen Dank auch. Nie wieder Aplerbeck. Dann doch lieber Münster, Herz-Jesu-Viertel und ein Mamasohn bleiben.

Eine junge Pflegerin betrat den Raum. Ihre dunkelblonden Haare hatten helle Strähnen und waren kunstvoll zu einer Art Turmfrisur gedrechselt, die wie ein Bienenkorb ohne Eingang aussah. Abwechslung kann ganz einfach sein, dachte Hufeland.

»Essen für Sie, Frau Hafeland! Morgen, Herr Hafeland!«, zwitscherte sie munter wie ein Spatz beim Vögeln. Gleich würde sie happi-happi sagen, dachte Hufeland.

Er sagte ihr, wie seine Mutter richtig hieß.

Sie dankte fröhlich, stellte das Tablett mit dem Essen ab und flatterte hinaus. »Bis später, Frau Hufeland. Tschüss, Herr Hafeland!«

»Du mich auch«, knurrte Hufeland leise und dachte, wenn sie es nur oft genug wiederholte, würde er bald auch glauben, dass er Hafeland hieß und wie seine Mutter nach dem Heiland verlangen.

In diesem Moment klingelte sein Telefon. Vielmehr summte es in seiner Jacketttasche wie eine sterbende Fliege.

Es war Sabine von der Einsatzkoordination der Kriminalhauptstelle. »Einsatz in Vennebeck, Felix«, informierte sie ihn mit ihrer rauchigen Stimme in gewohntem Telegrammstil. »Toter Mann Anfang siebzig. Unklare Ursache, sieht nach Unfall aus, meint der Örtliche dort.«

»Das ist nicht dein Ernst, Sabine.«

»Na doch!«

»Heute ist mein freier Tag, der erste seit Wochen. Ich füttere gerade meine Mutter im Pflegeheim.«

»Tut mir leid. Alle anderen sind in der Stadt im Einsatz.«

Seit der Reform der Kriminaldirektion war die Kripo Münster nicht mehr nur für die Stadtregion zuständig, sondern für den gesamten Regierungsbezirk. Im Westen bis zur holländischen Grenze.

Und eine Bremslänge vor dem früheren Schlagbaum lag Vennebeck wie ein Blinddarm der Zivilisation. Hufeland kannte den Namen Vennebeck gut: Er war schon oft an der Ortschaft vorbeigefahren. Einmal hatte er sogar einen Abstecher hinein gemacht. Zum Tanken.

»Was gibt's denn?«, wollte Sabine wissen.

»Wie? Was meinst du?«

»Was gibt's zu essen für deine Mutter?«

»Ach so. Brei.« Er nahm den Deckel der weißen Porzellanschale ab. »Grießbrei. Gibt immer Brei. Nur die Farbe wechselt.« Mit Obst am Morgen trug der Brei Regenbogenfarben, mit Fleisch am Mittag sah der Brei bräunlich aus, mit Gemüse am Abend schimmerte er grünlich. In der Küche wurde immer alles mit allem verquirlt, mittlerweile hatte er es aufgegeben, dagegen zu protestieren. Denn das Personal wechselte ständig. Nur der Brei blieb immer gleich.

»Wen habe ich dabei?«, erkundigte er sich, während er den Kinderlöffel in die freie Hand nahm und leicht über den Brei pustete.

»Den Kevin Kuczmanik kriegst du«, antwortete Sabine. »Er ist schon auf dem Weg nach Vennebeck. Zusammen mit der Spurensicherung.«

Der Brei war jetzt kühl genug, um ihn seiner Mutter anzubieten. Sie beugte sich vor und lutschte ihn vorsichtig zahnlos vom Löffel.

»Der kleine Kuczmanik?«, sagte er. »Aber der ist doch noch …«

»In Ausbildung, ich weiß«, schnitt ihm Sabine krächzend das Wort ab. »Aber wir sind absolut knapp, wie gesagt. Der Kevin ist bald fertig mit allem und übrigens ein Talent, du. Das sagen alle.«

»Warum will ihn dann keiner?«, entgegnete Hufeland. Die Antwort darauf wusste er bereits. Kevin Kuczmanik war einfach eine Nervensäge. Der quatschte dich um den Verstand. Verbaldurchfall. Ein Talent darin, sich für jede Kleinigkeit am Tatort zu interessieren, nur nicht für die Hauptsache, das Opfer, die Spuren, mögliche Zeugen. Aber hatte nicht jeder eine neue Chance verdient? Nein, der kleine Kuczmanik eigentlich nicht.

»Bin schon unterwegs«, seufzte Hufeland und drückte Sabine weg. Dann fütterte er in Ruhe weiter seine Mutter bis zum letzten Löffel. Happi-happi.

Als sie fertig waren, fand er ihr Gebiss nicht. Sie hatte es bereits herausgenommen, bevor er gekommen war. Es kostete ihn eine geschlagene Viertelstunde, ehe er es fand. Es lag am Boden der Blumenvase mit dem Froschlaichwasser. Zusammen mit Resten der zerschnittenen Familienfotos, die bereits in Verwesung übergegangen waren. Es trieb ihm fast die Tränen in die Augen.

# 4

Eine Stunde später hielt Hufeland neben einem merkwürdigen einstöckigen Gebäude aus schwarzvioletten Klinkern, das von einem übergroßen Walmdach niedergedrückt wurde. Es sah aus wie ein Teehaus nach den Plänen eines depressiven Architekten und war von einer großen Rasenfläche umgeben. Das Gras hatte seinen Farbton von sommerlichem Grüntee auf herbstlich braunen Roibos umgestellt.

Hufeland brauchte ein paar Sekunden, ehe ihm der Gedanke kam, dass es sich um die örtliche Leichenhalle handeln könnte. Sie lag dem Friedhof unmittelbar gegenüber, man hatte es als Vennebecker also nicht weit mit dem Umzug, später mal.

Beim Aussteigen fuhr ihm ein merkwürdiger Geruch die Nasenscheidewände hoch. Es roch wie Hühnerkot, frisch aus dem Wok, gebraten in Benzin. Er würgte und warf einen misstrauischen Blick auf die Leichenhalle. War dort die Kühlung ausgefallen, oder was?

Ihm war kalt, die Luft war nebelfeucht, über ihm hing eine fahlgraue Wolke, groß wie ein Stadion. Er knöpfte sich neben dem schwarzen Touran seinen dunklen Mantel zu und spürte, wie sich ihm leicht der Magen hob, weil mit einer leichten Brise der Gestank plötzlich noch intensiver wurde.

Hufeland war gezwungen gewesen, vor der Halle zu parken, weil ein großer Kreis Schaulustiger einen äußeren Ring um die Fahrzeuge der Spurensicherung bildete, die wie in einer Wagenburg um den Eingang zum Friedhof postiert waren. Das kunstvoll mit gusseisernen Ranken verzierte Portal des Friedhofs stand weit offen, der Zugang war jedoch durch das rot-weiß gestreifte Flatterband versperrt, wie sich das für einen Tatort gehörte.

Als er sich dem Eingang näherte, blickte er ausnahmslos in fröhliche Gesichter. Die Landbevölkerung amüsierte sich offenbar ganz köstlich. Ältere Männer und junge, schick frisierte Frauen scherzten und lachten so laut und offensichtlich erleichtert, als wäre es bis vorhin noch verboten gewesen in Vennebeck. Kinder im Vorschulalter spielten Fangen, ein Junge in abgewetzten, durchlöcherten Jeans kegelte ihm um die Beine, als er sich durch die Menge kämpfte. »Pass auf deine Hose auf, Sven, die ist Vintage!«, ermahnte ihn seine junge Mutter.

Eine Flasche machte die Runde. *Bärenhäger, Westfälischer Wacholder* stand auf dem Etikett. Ein Schnapsglas thronte mit dem Bauch nach unten auf dem Flaschenhals.

Etwas verwundert über sein plötzliches Auftauchen machte man ihm Platz. Irgendjemand krakeelte: »Durch diese hohle Gasse muss er kommen!« Ein echter Schenkelklopfer in der Runde. »Nichts für ungut, Herr, ähm, Dings«, entschuldigte sich ein anderer.

Hufeland quittierte es mit einem etwas schiefen Grinsen.

Vor diesem Friedhof herrschte eine Stimmung wie auf einer Kindstaufe. Wenn das immer so war, musste man sich um die Unterhaltung für die Toten jenseits der immergrünen Hecke keine Sorgen machen.

Vor dem Eingang erblickte er den kleinen dicken Kuczmanik. Mit halb offenem Mantel, unter dem einem karierten Flanellhemd die Knöpfe abzuspringen drohten, hielt er für Hufeland das Flatterband hoch. Kevin Kuczmanik erinnerte Hufeland immer ein wenig an Karlsson vom Dach, er war ungefähr eins sechzig hoch und quasi ebenso breit. Sein blasser Kugelkopf war von einem dunklen, dünnsträhnigen Haarbeutel umgeben, den er sich idiotischerweise an den Seiten aufföhnte. Vielleicht zum Ausgleich für die kreisrunde Mönchsglatze, die sich oben auf der Platte schon zu bilden begann. Sein Gesicht war lebhaft, sein schmaler Mund ein Klapperkasten, der niemals freiwillig stillstand.

»Morgen, Kevin, steh bequem«, bemühte sich Hufeland dennoch um einen freundlichen Ton. Er nahm Kuczmanik das Band aus der Hand und stieg locker darüber hinweg. Mit seinem Gardemaß von eins fünfundneunzig kein Kunststück.

Wieder fuhr ihm jetzt mit einer leichten Böe der Kloakengeruch in die Nase.

»Sag mal, liegt der Friedhof gleich neben der örtlichen Kläranlage?«, würgte er. »Oder müssten die Gräber einfach mal gelüftet werden?«

Kevin Kuczmanik riss die Kulleraugen auf. Kleine himmelblaue Kreise in der Mitte riesiger weißer Augäpfel. »Ja, stinkt wie die Pest, Herr Hufeland!«, stimmte er lebhaft zu. »Riecht wie Ammoniak mit irgendeiner Säure. Ich komm jetzt auf den Namen nicht. Wir hatten wahnsinnig oft Unterrichtsausfall in Chemie, in der Schule damals, und wenn Baumann, also unser Chemielehrer, wenn der mal da war, also nicht krank, meine ich, dann gingen die Experimente nie auf. Sagt man auf? Jedenfalls …«

»Jedenfalls stinkt's«, unterbrach ihn Hufeland und fragte: »Wo geht's zum Tatort, Kevin?«

»Na, überall eigentlich«, erwiderte Kevin Kuczmanik, während er erstaunlich behände an Hufeland vorbeihuschte. »Es gibt zwei Hauptwege auf dem Friedhof, links und rechts. Wenn wir jetzt von der anderen Seite, also von Norden her gekommen wären, wo's einen weiteren Eingang gibt, wenn auch anscheinend mehr über einen Schleichweg zugänglich, weil …«

»Kevin«, knurrte Hufeland. »Wo? Lang?«

Kevin Kuczmanik wies mit dem kurzen dicken Zeigefinger, der nur zur Hälfte unter seinem Ärmel hervorschaute, auf den rechten Hauptweg.

»Let's go«, sagte Hufeland und bedeutete Kevin mit einer Bewegung seines schlecht rasierten Wikingerkinns, voranzugehen. Er folgte ihm auf dem Kiesweg, dessen Steine vom Morgennebel noch feucht glänzten.

Es war ein schöner Friedhof, wenn man nicht gerade tot war. Immergrüne, hüfthohe Sträucher und Hecken säumten den Weg, dazwischen manns- oder sogar haushohe Tannen, die leicht im Wind schaukelten. Im dünnen Nebel wirkten sie wie betrunkene Riesen. Die Gräber waren bis auf wenige Ausnahmen frisch geharkt und geschmückt mit ziemlich kompakt wirkenden Blumensträußen. Astern? Begonien? Hyazinthen? Chrysanthemen? Er hatte keine Ahnung. Windlichter flackerten schwach zu Füßen von asphaltgrauen oder

24

teerschwarzen Grabsteinen, manche dezent gesprenkelt oder kontrastreich geädert, in jedem Fall dekora-
tiv (wenn man so sagen durfte). Die Lichter kämpften
tapfer gegen das Verlöschen an wie die armen Seelen.

»Der Grabschmuck ist wegen Allerseelen natürlich.
Oder wegen Allerheiligen«, erklärte ihm Kevin unge-
fragt. Er hatte Hufelands aufmerksame Blicke über die
Gräber aufgefangen.

Hufeland nickte schwach dazu. Er kannte sich nur
zu gut aus mit katholischen Feiertagen. Als Junge war
er sogar Messdiener gewesen. Bis sie ihn rausgeschmis-
sen hatten, weil er in der Sakristei vom Messwein pro-
biert hatte, den der Küster vergessen hatte einzuschlie-
ßen. Das prickelnde Gefühl von Sünde und süßem
Rausch waren das anschließende Gezeter des Küsters
und den Ärger mit dem Pfarrer allemal wert gewesen.

Kevin hatte sein Nicken falsch gedeutet und begann
einen Vortrag über den Unterschied zwischen den beiden Festtagen, Allerseelen und Allerheiligen, während sie weiter über den unter ihren Schuhen knirschenden Kies auf den Tatort zu schritten. Kaum noch
einen Steinwurf entfernt sah man links in einem kleinen Nebengang bereits die Techniker in ihren weißen
Ganzkörperkondomen um ein Grab herumwuseln.

Kevin wurde in seinem Feiertagsvortrag, der soeben
den Tagesordnungspunkt Allerheiligen-Prozession
streifte, durch einen Polizisten unterbrochen, der
ihnen in der schicken dunkelblauen Wachdienstuni-
form auf dem Hauptweg entgegenkam.

Er war schlank, etwa vierzig, hatte eine spitze, lange Nase, bewacht von eng stehenden, leicht schielenden schwarzen Augen. Sein langes braunes Nackenhaar lugte unter der weißen Schirmmütze hervor wie ein Otterschwanz.

»Wagner, Polizeiobermeister in Vennebeck. Morgn, Herr Kommissar«, grüßte er mit hörbar aufgeräumter Stimme. Er streckte Hufeland die Otterpfote entgegen und schüttelte sehr herzlich Hufelands Hand, wie die eines lieben Gasts, den man immer schon mal auf seinem örtlichen Friedhof begrüßen wollte.

Hufeland erwiderte den kräftigen Händedruck. Doch bevor er auch nur den Mund öffnen konnte, um sich vorzustellen, hörte er Kevin bereits sagen: »Das ist Kommissar Hufeland, Herr Wagner. Polizeipräsidium Münster, so wie ich. Mein Chef sozusagen im Moment.«

Hauptkommissar, korrigierte Hufeland im Geist. Und wieso: sozusagen? Aber er schluckte den Kommentar hinunter. Man soll seine Mitarbeiter nicht öffentlich kritisieren, niemals (Handbuch für Mitarbeiterführung). Grundsätzlich hatte er die Regel immer gutgeheißen. Bei Kuczmanik jedoch war vielleicht mal eine Ausnahme angebracht, als letztes Mittel der Selbstverteidigung.

»Erzählen Sie mal«, forderte er Wagner auf. »Was ist passiert?« Die Leiche würde nicht fortlaufen, außerdem hatte er Möllring aus dem Augenwinkel entdeckt, drüben am Grab.

# 5

Polizeiobermeister Wagner schien auf diesen Moment nur gewartet zu haben. Er kniff die Brauen zusammen, was die Augen noch enger zusammenführte, sodass sie sich über den Nasenrücken hinweg sozusagen die Hände reichen konnten. »Der Tote«, sagte er gedehnt, »ist unser Wilhelm Kock.«

»Unser?«

»Ein Vennebecker, meine ich.«

Hufeland verstand. Vennebeck, hieß das, war noch eine große Familie. Das konnte heiter werden. Alle denkbaren Intrigen und Familienkräche eingeschlossen.

»Kock war Unternehmer hier am Ort. Verheiratet, ein Sohn, der Bruno. Bruno Kock. Wohnt auch in Vennebeck. Genauso wie Werner, der Bruder vom alten Kock. Unser Gemeindegärtner, Lanfermann, hat ihn gefunden. Also, den Kock Wilhelm jetzt.«

Na, den Rest der Familie wohl kaum, dachte Hufeland. »Interessant«, sagte er. Und mit einem knappen Nicken forderte er Wagner auf, fortzufahren.

»Paul, also der Lanfermann, rief mich an, und ich fand den Kock auf dem Grab dort.« Sein Kopf ruckte leicht nach rechts, der Otterschwanz nach links.

»Wo ist der Zeuge jetzt?«, fragte ihn Hufeland.

»Welcher Zeuge?«

»Na, Ihr Friedhofsgärtner, Lanfermann! Wo steckt er?«

»Ach, der!« Wagner lachte kurz auf. »Tut mir leid, den können Sie zurzeit nicht sprechen. Ihm ging's nicht so gut. Gestern Abend einen über den Durst getrunken.« Wagner unterstrich es durch zwei schnelle Kippbewegungen mit der Hand.

»Die Leiche ist ihm nicht zufällig auf den Magen geschlagen, nein?«, warf Kevin Kuczmanik ein.

Wagner blickte ihn an, als sei er nicht ganz sicher, ob die Frage ernst gemeint war.

»Wessen Grab ist das, Herr Wagner?«, wollte Hufeland wissen.

»Das von Lene Kock, seiner ersten Frau. Das heißt«, er kratzte sich amüsiert-verlegen im Nacken, »eigentlich war die andere Hälfte sowieso für Wilhelm vorgesehen.«

»Ein Doppelgrab«, erläuterte Kevin Kuczmanik, was Hufeland durchaus schon verstanden hatte.

»Wobei nicht ganz klar ist, ob er wirklich noch neben seiner früheren Frau hätte ruhen … also liegen wollen«, schob POM Wagner genüsslich hinterher.

Hufeland schickte genervt einen heftigen Atmer durch seine großen Nasenlöcher. »Weiter, Wagner!«, drängte er. »Was haben Sie unternommen?«

»Na ja«, sagte Wagner gedehnt und arbeitete dabei seine Brust heraus, »hab ihn kurz untersucht, den Kock. Tot, ganz klar. Ein Unkrautstecher oder so im Kopf. Wissen Sie, die Sorte mit so einem langen, spitzen Dorn. Steckte in seinem linken Auge, das Gerät. Bis ins Hirn, vermute ich mal.«

»So, vermuten Sie«, brummte Hufeland unergründlich. »Ich wurde von der Zentrale informiert, dass Sie von einem Unfall ausgehen, Herr Wagner?«

»Was mit Sicherheit voreilig wäre«, konnte sich Kevin nicht verkneifen.

»War bloß mein erster Eindruck, Herr Kommissar«, rechtfertigte Wagner sich erschrocken. »Ich meine, gestern war Allerseelen, und vielleicht ist Kock gestolpert und in das Stecheisen … na ja, Pech gehabt.«

»Er stürzt zufällig genau mit dem Auge in einen herumliegenden Unkrautstecher? Ist das Ihr Ernst?«, fuhr Hufeland ihn an.

Der Polizist zog wie ein Dackel, die geklaute Wurst noch zwischen den Zähnen, die Lefzen hoch. »Vielleicht in der Dämmerung«, schlug er lustlos vor.

»Ach, richten sich Unkrautstecher neuerdings von selbst auf, wenn es dunkel wird, ja? Und woher wissen Sie eigentlich, dass es in der Dämmerung geschah?«

POM Wagner zuckte die Achseln. »Bloß angenommen. Wird ja schon früh duster um die Jahreszeit. Und im Hellen hätte ihn doch gleich jemand gefunden, oder? An Allerseelen ist zwar nicht mehr so viel Betrieb auf dem Friedhof wie früher, aber immer noch mehr als an den anderen Tagen.«

»Wie auf dem Rummel, was?«, lachte Kevin.

Wagner zuckte zusammen wie von einer Stecknadel im Hemd. »Lanfermann sagt jedenfalls, an Allerseelen kommen die Bummelanten«, rechtfertigte er sich. »Das ganze Jahr keine Zeit, Allerheiligen verschlafen, also Allerseelen auf den letzten Drücker frische Blumen aufs Grab gehauen. Diese Sorte.«

Hufeland hatte eine unangenehme Assoziation zu den Blumen für seine Mutter, die er heute selbst vergessen hatte. Die Techniker, bemerkte er jetzt, machten Platz am Grab, auf dem der Tote lag. Er fing ein Zeichen des Kollegen Möllring auf, ließ Wagner und Kevin stehen und schritt auf die Leiche zu, um sie von allen Seiten in Augenschein zu nehmen.

# 6

Ein Toter als Grabschmuck. Originell, aber kein schöner Anblick. Trotz der vollschlanken Tanne hinter dem XXL-Grab, auf dem die Leiche lag. Volle drei Meter strebte sie hinauf in den grauen Himmel. Wohl, um schon mal die Wunschrichtung des armen Sünders vorzugeben, der mit einem übereifrigen Bein bereits die freie Seite des Doppelgrabs touchierte. Es war eingefasst (das Grab) von niedrigen grauen Granitsteinen und mit pflegeleichten weißen Kieseln bestreut wie ein Kuchenteig mit Puderzucker. Ein magerer Strauß rosafarbener Blumen mit geknickten Köpfen (Astern, Hyazinthen, Begonien oder eine andere Sorte der üblichen Verdächtigen), in einer grünen, hochstieligen Vase, und ein Ewiges Licht in einer wuchtigen Metalllaterne, das womöglich schon ewig nicht mehr brannte, weil ihm dazu die Kerze fehlte, waren teilweise unter dem massigen Körper des Opfers begraben worden. Dafür prunkte aufrecht, breitschultrig und schwarz poliert ein mächtiger Stein am Kopfende des Grabs. Die goldene Inschrift († Helene Kock 1939 – 2008) schwebte hoch genug, um darunter ausreichend Platz für einen Grabnachbarn zu lassen. Der passende Bewerber lag schon an Ort und Stelle. Das schmatzende Geräusch und der blutige Anblick, als er den Kopf des Toten wendete, um das Mordwerkzeug, den Unkrautstecher im Auge des toten Betrachters, zu begutachten, drehte ihm, zusammen mit dem Pestgestank in der Luft, endgültig den Magen um.

Er erhob sich rasch wieder, was Kevin Kuczmanik als Zeichen deutete, sich wieder an seine Seite zu klemmen. Von ihm erfuhr Hufeland jetzt, dass und wie der Tote zwecks ärztlicher Untersuchung bereits zuvor gewendet und vom Forensiker wieder in seine ursprüngliche Position zurückgelegt worden war.

»Klingt, als hätte der Doktor ihn grillen wollen«, grummelte Hufeland. Solche Manipulationen am Tatort gefielen ihm nicht. Zu leicht wurden dadurch Details verändert.

»Es ging ihm um die Verlagerbarkeit der Totenflecken, hat er gemeint«, erklärte Kevin.

»So. Und wo ist er jetzt, der Herr Rechtsmediziner?«

»Doktor Tenberge? Der ist schon wieder weg. Wenig Zeit«, sagte Kevin schulterzuckend.

»Ach, Tenberge war das. Na, prima«, grunzte Hufeland. Er hatte mit Tenberges Akkorduntersuchungen schon in früheren Fällen ungute Bekanntschaft gemacht. »Ich hoffe doch, es wurden entsprechende Bilder gemacht, bevor die Leiche gewendet wurde.«

»Na klar, von der Spusi gefilmt«, sagte Kuczmanik leichthin und lieferte ab, was der Arzt gesagt hatte: »Todeszeitpunkt vor mindestens zwölf Stunden, der Doktor schätzt, spätestens gestern Abend gegen zehn, vermutlich sogar schon vor neun könnte es passiert sein. Genaues können ihm die Fliegen sagen.«

»Was, welche Fliegen?«

»Die Schmeißfliegen.«

»Ach so, bei der Obduktion.« Hufeland begriff. Die entomologische Untersuchung der Schmeißfliegenlarven war inzwischen die sicherste Methode zur Bestimmung des Todeszeitpunkts. Behaupteten die Entomologen.

Möllring, Chef der Spurensicherungsgruppe, trat jetzt auf sie zu. Sein Kondom hatte er bereits halb ausgezogen. Er erinnerte Hufeland jetzt eher an ein Ganzkörperspermium. Vielleicht war daran seine polierte Glatze schuld. Oder sein bleiches, schlaffes Milchbreigesicht (und ein Film von Woody Allen). Oder die Tatsache, dass sie sich nicht ausstehen konnten, er und Möllring. Hufeland hatte Möllring vor zwei Jahrzehnten die Frau ausgespannt. Grit, die von Hufeland nun ebenfalls schon wieder seit Jahren getrennt lebte. Um zum Spermium zurückzukehren, zu Möllring. Ausgerechnet.

Der Spurensicherer beantwortete Hufelands grußlos fragenden Blick mit einem mürrischen: »Fertig mit ihm. Ihr seid dran.« Mit einer beiläufigen Bewegung seines Daumens gab er den Toten offiziell frei.

Leichter Wind kam wieder auf und trieb ihnen allen eine faulige Brise in die Nasen. Jeder verzog das Gesicht wie unter Schmerzen auf die ihm eigene Weise.

»Was zum Henker ist das für ein Gestank?«, schnaubte Hufeland und warf einen unwirschen, irritierten Blick auf den Toten.

»*Er* ist es jedenfalls nicht«, bemerkte Möllring und deutete mit dem fliehenden Kinn ebenfalls auf die Leiche.

»Wie man's nimmt«, mischte sich auf einmal Wagner ein. Er hatte sich der Gruppe von hinten unauffällig genähert und stand jetzt neben Kuczmanik.

»Was soll das heißen?«, warf Hufeland den großen Pferdekopf zu ihm herum und blitzte ihn an.

Der Polizist setzte eine Leidensmiene auf. Sie passte zur Jahreszeit, zum Friedhof und zur Leiche wie der Unkrautstecher, der ihr im Auge steckte. »Es ist Kocks Hühnerfabrik, die so stinkt«, sagte er mit hörbar tiefergelegter Stimme.

»Hühnerfabrik?«, wiederholte Hufeland. »Was soll das sein, eine Fabrik, in der Hühner schuften?«

33

»So ungefähr«, gab Wagner ungerührt zurück.

»Eine Hühnermast, ja? Hier in Vennebeck?«

»Ja. Am Ortsrand. Also gleich ... na, egal.«

»Nein, nicht egal, raus damit, Wagner!«

»Gleich gegenüber von meinem Haus.«

»Oh. Verstehe.«

»Gar nichts verstehen Sie, Herr Kommissar«, erwiderte Wagner bitter. »Außerdem spielt das keine große Rolle, wo man in Vennebeck wohnt.«

»Nicht?«

»Nein. Weil der Gestank überall ist. In ganz Vennebeck. In jeder Ecke, wirklich überall.«

Hufeland begriff. Eine böse Ahnung von der Dimension dieses Falls kroch in ihm hoch.

Kevin Kuczmanik hielt seine fleischige Nase in den Wind und schnupperte theatralisch wie ein Hund. »Stimmt«, sagte er. »Riecht irgendwie nach Huhn.«

# 7

Hufeland entfernte sich ein paar Schritte von der Gruppe und ließ die Szenerie auf sich wirken. Ein schwergewichtiger Unternehmer, der der ganzen Gemeinde mächtig stank, aber sicher auch mächtig Steuergelder einbrachte, lag tot auf dem Grab seiner ersten Frau. Vor dem Friedhof feierte ein Teil der Dorfbevölkerung feuchtfröhlich Totenparty. Der Mann war am Vorabend an diesem düsteren Ort ermordet worden. Anzeichen dafür, dass die Leiche hierher verschleppt worden war, sah Hufeland vorerst nicht. Wenngleich der Kiesweg irgendwelche Schleifspuren kaum würde erkennen lassen. Na, das sollte die Truppe vom Möllring aufklären.

Kock war im feinen Zwirn gekommen, also wohl kaum zur Grabpflege. Wollte er zu einer Zeit, da kein vernünftiger Mensch den Friedhof mehr besuchte, das Andenken seiner verstorbenen Frau in aller Stille und Einsamkeit ehren? Wer das glaubte, wurde nicht nur selig, sondern ohne Umweg gleich heiliggesprochen. Was also wollte der Unternehmer um diese Zeit an diesem Ort?

Hufeland blickte sich um. Die Menschenmenge vor dem Friedhof feierte immer lauter, fröhliches Wortgeklingel und helle Lachfahnen wehten zu ihm herüber. Einzelne begannen regelrecht zu krakeelen, der Schnaps tat seine Wirkung. Jetzt stimmten sie sogar ein Lied an (»Le coq est mort, le coq est mort ...«), und sangen es in einem schrillen, mehrsprachigen Kanon: »The cock is dead, the cock is dead ...«

Hufeland blickte in den Himmel, tief hängende, grauschwarze Wolken zogen träge über den Friedhof hinweg. Die Spitze der backsteinernen Dorfkirche drüben war von ihnen verhüllt wie ein Berggipfel in den Alpen. Die johlende Menge vorn, das war klar, wünschte dem Toten, dass er in die entgegengesetzte Richtung hinabfuhr, mit einer Fahrkarte direkt in die Hölle.

Hufeland rief Kuczmanik zu sich. Sein Azubi hatte Wagner und Möllring jetzt lang genug unterhalten. Alle drei lachten. Kevin am lautesten. Nerven hatte der Bursche, keine zwei Meter neben dem Leichenfundort, das musste man ihm lassen.

»Ja, Herr Hufe …?«

»Ist eigentlich die Frau des Toten benachrichtigt worden?«

Kuczmanik zuckte die Achseln. Ein Knopf an seinem Hemd, der zwischen den Brüsten, spannte gefährlich.

»Wagner!«, rief Hufeland nun auch den Dorfpolizisten zu sich. Das Grienen über Kevins Witz oder Anekdote stand ihm noch im Gesicht. »Weiß Frau Kock, dass ihr Mann tot ist?«

»Ja, natürlich«, nickte Wagner und wischte sich den Spaß von der Backe. »Hab sie gleich heute Morgen informiert.«

»Wie?«

»Was?«

»*Wie* haben Sie sie informiert? Persönlich, per Telefon?«

»Handy.«

»Und wie war ihre Reaktion?«

»Danke, Jochen.«

»Wie bitte?«

»Das hat sie gesagt: Danke, Jochen. Nichts weiter. Ich hab ihr geraten, nicht herzukommen. Kein schöner Anblick und so, hab ich gesagt. – Falsch?«, setzte er ein wenig mokant hinzu.

Hufeland überhörte das. »Was würden Sie sagen, wie sie's aufgenommen hat?«

»Na ja, wie immer.«

»Und das heißt?«

»Professionell, würde ich sagen.«

»Professionell?« Hufeland begann allmählich am Gesundheitszustand des Örtlichen zu zweifeln.

»Ja. Die Silke, also die zweite Frau vom Kock, ist ja seine Geschäftsführerin im Betrieb. Und immer professionell, wie man hört.«

»Und das heißt ins Deutsche übersetzt?«

Wagner zog abschätzig die Mundwinkel nach unten. Jetzt kam endlich die Wahrheit. »Kalt wie ein Eisblock«, sagte er mit einer Art gebremstem Beben in der Stimme.

Hufeland blickte Kuczmanik an. »Wir fahren hin, Kevin.« Und zu Wagner: »Sie fahren bitte vor und zeigen uns den Weg zu der Dame!«

Kuczmanik legte verwundert Protest ein: »Aber Sie haben doch sicher ein Navy, Herr Hufeland.«

»Richtig«, sagte Hufeland. »Das Navy heißt Wagner und ist Polizeiobermeister in Vennebeck.«

Wagner zuckte ergeben die Achseln und wandte sich bereits zum Gehen.

Plötzlich fiel Hufeland etwas auf. »Wo ist eigentlich die Presse?«, wunderte er sich. »Das müsste doch eine Riesenstory für die Region hier sein.«

»War schon da«, antwortete Wagner lahm.

»Die Presse war schon da? Hier am Tatort? Wann?«

»Na ja, bevor Sie alle herkamen.«

»Sie meinen, die Presse war früher am Tatort als wir von der Kripo?«

Der Polizist wurde rot unter seiner Mütze, wie ein Fischallergiker, der soeben einen Scampibissen im grünen Salat erwischt hat.

»Haben Sie die Presse etwa verständigt, Wagner?«

Wagner schüttelte heftig den Kopf und wedelte mit dem Otterschwanz. »War ja nur unser Leich … ähm, also der Teichwart von der WUZ. Der wohnt hier im Ort. Der hat das spitzgekriegt, dass am Friedhof was passiert ist.«

»Wieso?«

Wagner machte eine knappe Handbewegung seitwärts. »Teichwart wohnt schräg gegenüber der Leichenhalle.« Er lachte plötzlich auf wie ein Schulkind, das sich nicht mehr zusammenreißen kann. »Deshalb wird er in Vennebeck auch unser Leichwart genannt, ch-ch.«

»Leichwart«, wiederholte Hufeland trocken. »Lustig, wirklich.«

# 8

Hufeland ließ Kevin Kuczmanik in seinen Touran einsteigen und folgte Wagner, der im Einsatzwagen voranfuhr. Um ein Haar hätte er die Lüftung eingeschaltet, weil es auch im Wagen nach Leiche stank, Hühnerleiche, hoch konzentriert. Stimmte schon, was Wagner gesagt hatte, der Gestank war einfach überall, jeder Kubikmillimeter Luft in Vennebeck war verpestet.

Sie umkurvten den Roibos-Rasen der Leichenhalle. Gleich darauf kamen sie an einem großen roten Backsteinbau vorbei. Ein riesiges Schild verriet seinen Namen: Alten- und Pflegeheim St. Johannes. »Die haben's nicht weit zum Friedhof, die Alten«, feixte Kevin.

Sie hielten sich danach rechts, entfernten sich in westlicher Richtung etwas vom Ortskern. Sofern man darunter die Dorfkirche in typischer Backsteingotik verstand, ringförmig umlagert von zwei, drei Kneipen, einem Bekleidungsgeschäft, einem Supermarkt und einer Tankstelle.

»Schauen Sie mal dort, Herr Hufeland!«, rief Kevin Kuczmanik plötzlich amüsiert. Er wies mit beiden Kinnen auf ein Wohnhaus, an dem sie vorbeifuhren. In dem handtuchschmalen Vorgarten war ein kleiner Galgen aufgebaut. An seinem Strick hing mit elendig langem Hals ein Huhn. Ein magerer Gummiadler, wie man ihn in der Zoohandlung als Spielzeug für Hunde kaufen konnte.

Auf dem weiteren Weg zur Witwe Kock zählte Kevin insgesamt dreiundfünfzig gehängte Hühner an Hauswänden und in Vorgärten. Sie variierten in Größe, Form und Farbe, und manche von ihnen sahen so täuschend echt aus, dass Hufeland sich fragte, ob es sich wirklich um Gummihühner handelte. Oft waren die Gehenkten flankiert von Protestschildern. In fettschwarzer Schrift sprangen einen die Wörter: *Viren*, *Bakterien*, *Keime* an. Sie waren demonstrativ mit blutroter Farbe durchgestrichen.

Und immer wieder tauchte die Vokabel *Hühnerhölle* auf.

»Kevin«, seufzte Hufeland. »Eines kann ich dir versprechen, dieser Fall wird eine ganz harte Nuss.«

»Wieso?« Kuczmanik warf ihm einen verständnislosen Blick aus seinen blauen Kulleraugen zu.

»Weil hier jeder einzelne Bewohner, jeder verdammte Vennebecker, ein Motiv hatte, den Kock umzubringen. Ich selbst hätte eins, wenn ich hier leben müsste.«

Kevin bedachte ihn von der Seite mit einem langen, scheelen Blick.

# 9

Die Umgehungsstraße des kleinen Orts hatte das Zeug, den Nürburgring wie einen Feldweg aussehen zu lassen. Das Haus der Kocks lag jenseits davon, von Vennebeck aus betrachtet direkt am anderen Ufer. Es war eine lang gestreckte, weiß geklinkerte Villa mit hohen schwarzbraunen Bleiverglasungen, die als Fenster dienten und wie riesige tote Augen herausglotzten. Im weitläufigen Vorgarten mit feinstem zuckerweißem Kies waren kniehohe immergrüne Sträucher und kleine Nadelbäume mit Ballonfrisuren gepflanzt. Oder vielleicht auch nur eingesteckt. Für das Haus-Vorgarten-Ensemble hatte offenbar das Kock'sche Doppelgrab Modell gestanden. Oder umgekehrt.

Über der extrabreiten Haustür schwebten zwei Überwachungskameras als elektronische Schutzengel. Zwei lebensgroße Geparden aus mattweißer Keramik bildeten die Torwache.

Warum geht neuer Reichtum eigentlich fast unausweichlich mit Geschmacklosigkeit einher, schoss es Hufeland durch den Kopf. Und werden die ästhetischen Entgleisungen früherer Zeiten folglich nur deshalb geadelt, weil sie ein paar Jahrhunderte überdauert haben?

Drei Garagen flankierten links das Gebäude. Vor

einer stand ein jagdgrüner Geländewagen, die beiden anderen Tore waren geschlossen.

Rechts vom Wohnhaus versperrte eine dichte mannshohe Hecke die Sicht. Ein wenig. Dahinter erhob sich unübersehbar ein Industriegebäude aus grauem Waschbeton. Aus seinem Flachdach ragten in regelmäßigen Abständen leicht gekrümmte Metallrohre in den grauen Himmel.

»Siehst du das, Kevin? Hinter der Hecke!«, sagte Hufeland. Er steuerte den Wagen soeben auf die Hofeinfahrt zu, wo Wagner vor ihnen bereits gehalten hatte. Neben einer schwarzen Benz-Limousine, die vor einem halben Jahrzehnt oder so mal der letzte Schrei gewesen war.

»Klar, seh ich das, Herr Hufeland«, antwortete Kevin. »Das dürfte dann wohl die Hühnermastanlage sein. Schon komisch.«

»Was ist komisch?« Hufeland brachte den Wagen neben Wagner zum Stehen.

»Na, dass man so gar kein Huhn hier in der Gegend sieht. Ich meine draußen, in freier Wildbahn oder so. Stattdessen hocken sie alle in dem Bau dort. Vierzigtausend Viecher. Mannomann.«

»Richtig. Aber sie tun es nicht freiwillig«, lachte Hufeland. Er deutete auf die Abluftrohre, die aus dem Flachdach wuchsen. »Übrigens, der Gestank in der Gegend hier, Kevin, dort oben quillt er heraus.«

Sie stiegen aus, und Kevin hielt als Erstes wieder die Nase in die Luft. »Gar nicht schlimm, eigentlich«, stellte er verblüfft fest. »Richtig gute Landluft.«

»Klar. Die Abluftrohre deuten ja alle weg von hier. Hübsch in Richtung Vennebeck«, scherzte Hufeland und deutete mit dem Kopf wieder auf die Masthalle hinter der Hecke. »Entscheidend dürfte aber die Windrichtung sein«, fügte er sachlich hinzu.

»Ach, interessant, dass Ihnen das sofort auffällt. Der Gewerbeaufsicht aber seit Jahren nicht«, fiel Wagner ein, der unruhig wippend neben seinem Dienstwagen auf sie gewartet hatte. »Die behaupten doch glatt, der Gestank sei normal für ein gemischtes Gewerbegebiet.«

»Wieso Gewerbegebiet?«, wunderte sich Kevin. »Ich dachte, wir befänden uns in einer Ortschaft?«

»Vennebecks Wohngebiet endet auf der anderen Seite der Umgehungsstraße«, erklärte Wagner und deutete zum Ortskern hinüber, Richtung Osten. »Hier an unserem Standort ist gemischtes Gewerbegebiet, so heißt das. Und für den Westwind, der den Drecksgestank aus dem Mastbetrieb oder von den Güllefeldern mitten in die Ortschaft bläst, kann der Kock ja nichts. Sagt das Gewerbeamt.« Er spuckte auf einen der Minibäume mit Pudelfrisur. »Der Kock hat sie alle gekauft. Das Landratsamt, das Bauamt, die Gewerbeaufsicht – was weiß ich. Und immer schön geholfen hat ihm damals der …«

In diesem Moment wurde die Haustür aufgerissen.

# 10

Ein dürres Gestell von einem Mann um die Fünfzig, der auch schon bessere Tage gesehen hatte, stürzte heraus. Was wörtlich zu nehmen war. Ein großer dunkler Gegenstand traf ihn auf seiner Flucht von hinten in den Rücken, brachte ihn ins Trudeln und fast zu Fall.

Der Gegenstand, ein schwarzer lederner Damenstiefel, lag jetzt unter einem der Pudelbäume. Ein Schwall Flüche der zum Stiefel gehörenden Dame folgte ihm nach: »Du Miststück, Osterkamp! Lump! Meine … meine Lage so auszu…zunutzen. Penner du! Lass dich nie … nie wieder hier blicken!«

In der Haustür stand eine große, aschblonde Endfünfzigerin in einem pinkfarbenen Morgenmantel, dessen Gürtelenden frei herabhingen. Sie schwankte wie ein Maat im Sturm, versuchte, die Lippen zu spitzen und spuckte ihrem offensichtlich ungebetenen Gast hinterher, so gut es ging. Es landete trotzdem auf dem schwarzseidenen Unterrock, der sich unter ihrem offenen Morgenmantel ans Licht stahl.

Sie schenkte dem Verfluchten noch einen hasserfüllten Blick, und ohne die Polizisten vor ihrem Haus zu beachten, warf sie die Haustür wieder zu.

Mit verbissenem Gesichtsausdruck und wehenden Schößen seines dunklen Mantels segelte der Mann hinüber zu seinem Wagen, grüßte Wagner knapp und verlegen mit dem Autoschlüssel in der erhobenen Hand, stieg hastig ein und brauste davon.

# 11

Kevin Kuczmanik zeigte verdattert auf die verschlossene Haustür. »War das etwa die Witwe?«, wollte er von Wagner wissen.

»Und ob sie das war!«, bestätigte der. »So hab ich sie aber auch noch nicht gesehen. Junge, Junge.«

Er war sichtlich beeindruckt von ihrem Auftritt. Und fügte dann milde hinzu: »Na ja, man wird ja nicht jeden Tag Witwe.«

»Nein«, sagte Hufeland. »Offensichtlich fehlt ihr noch die Übung. Sagen Sie, Wagner, wer war denn der Flüchtige?«

»Das war Kurt Osterkamp. Ihm gehören der Golfplatz und das Golfhotel drüben in Vennebeck-Kapellen.«

»Aha, und in welcher Verbindung steht er zur Frau Kock? Wissen Sie das zufällig auch?«, wollte Hufeland wissen.

Wagner wiegte den Kopf hin und her, sein Otterschwanz machte Bewegungen wie das Pendel einer Standuhr. »Man munkelt so einiges im Dorf. Der

Osterkamp soll was mit der Silke gehabt haben. Oder sogar noch haben. Aber auch ohne die Silke waren der Kock und Osterkamp sich spinnefeind.«

»Warum das?«

»Na, weil's stinkt! In Vennebeck-Kapellen drüben genauso wie mitten im Ort. Direkt neben den Golfplätzen hat der Kock Felder, dort lässt er seinen Hühnermist ab. Jedenfalls bis gestern.«

»Was denn, direkt neben so einem Gestank spielen die Leute Golf?«, wunderte sich Kevin Kuczmanik.

Wagner machte ein süßsaures Gesicht. »Eben nicht! Nur ein paar wenige immer mal wieder. Die haben sich dann meist von Osterkamps Internetwerbung reinlegen lassen. Und schreiben von seinem Golfhotel aus schon mal wütende Briefe an ihre Anwälte, schätze ich.«

»Mit anderen Worten«, sagte Hufeland, »Golfunternehmer Osterkamp ist der – im Augenblick ungebetene – Hausfreund der Ehefrau. Und gehört finanziell gesehen zu Kocks prominenten Opfern?«

»Aber mit Sicherheit!«, stimmte Wagner lebhaft zu. »Seit vier Jahren sieht der Osterkamp wegen der Hühnermast vom Kock kein Land mehr. Golfmäßig gesehen. Finanziell dürfte der so gut wie erledigt sein.«

»Tja, und vielleicht«, lachte Kevin plötzlich laut auf, »hat der Golfer dem Kock letzte Nacht mal gezeigt, wie man mit einem Unkrautstecher ins Auge einputtet, was?«

Wagner lachte auf seine seltsam röchelnde Weise herzhaft mit.

**46**

Bis Hufeland ihn bat, im Auto auf sie zu warten, solang er und Kuczmanik im Haus mit der Witwe sprächen.

# 12

Wenn ich Hühnerfarmer wäre, dachte Hufeland, dann hätte ich sie auch geheiratet.

Silke Kock passte auf den ersten Blick zu dem Gewerbe ihres Mannes wie das Gackern zum Huhn. Sie war eine schlanke, fast schon magere Frau, deren Gesichtsbräune dem appetitlichen Farbton eines lecker gegrillten Hähnchens ziemlich nahe kam. Frisch vom Urlaubsgrill oder von der Sonnenbank.

Im Augenblick trug sie Trauer nur in Gestalt ihres schwarzen Seidenunterrocks unter dem offenen Morgenmantel.

Vom Bild der eiskalten Witwe, das Wagner von ihr gezeichnet hatte, war sie promilleweit entfernt. Sie hing tief und schief in den Falten des fettschwarzen Lederfauteuils im Wohnzimmer, wohin Hufeland und Kuczmanik sie mehr getragen als geleitet hatten. Auf dem Glastisch in der Mitte der Sitzgruppe stand eine offene Whiskey-Flasche, zur Hälfte geleert.

Silke Kock war sternhagelvoll. Ihr heruntergeklappter Unterkiefer hatte den Rest des Kopfes unweigerlich nach unten aufs Brustbein hinabgezogen. Der Morgenrock hing ihr nur noch locker um die Schultern, eine kleine Brust riskierte neugierig mit einem großen braunen Auge einen Blick über den seidenen Rand ihres Unterrocks hinaus in die Freiheit. Kevin zuckte plötzlich heftig mit der rechten Hand, als könne er sich kaum zurückhalten, sie wieder an Ort und Stelle zu rücken.

Hufeland begriff zwei Dinge. Erstens, warum Silke Kock noch nicht bei ihrem toten Mann gewesen war, obwohl Wagner sie längst informiert hatte. Zweitens, dass diese Frau natürlich alles andere als vernehmungsfähig war. Eigentlich konnten sie gleich wieder gehen. Möglichweise sollten sie aber einen Polizeipsychologen informieren? Oder den örtlichen Pfarrer? Oder den Arzt?

Er ging in die Hocke und fragte ihren blondierten Scheitel: »Wie geht's Ihnen, Frau Kock? Möchten Sie, dass wir einen Arzt rufen?«

Der Scheitel rollte langsam nach hinten, und nacheinander erschienen die krause Stirn, die trüben grauen Augen, die spitze, triefende Nase und der große, schmale Mund der Witwe.

»Nä!«, krächzte sie. »Brauch ich nicht. Keinen kann ich brauchen. Haut alle ab!«

Hufeland erhob sich wieder. Die Knie knackten vernehmlich, und im Schritt spürte er wieder ein schmerzhaftes Spannen und das beunruhigende Taubeneigefühl.

»Die Dame ist fertig«, sagte Kevin laut, aber durchaus mitfühlend.

Silke Kock nickte schwer dazu und ließ den Kopf wieder nach vorn sinken, bis das spitze Kinn auf der knochigen Brust aufschlug.

Hufeland machte einen Schritt zurück und ließ seinen Blick kreisen. Das Wohnzimmer war für seine Größe spärlich möbliert und bis auf die schwarze Ledergarnitur ganz in Weiß gehalten. Wie der Klinkerstein der Hausfassade und der Kies im Vorgarten (und auf dem Doppelgrab). Die gesamte Längsseite des Raums nahm ein weißes Bücherregal ein, voll leinen- oder ledergebundener alter Schinken mit goldbedruckten Buchrücken.

Dass der Hühnermäster oder seine Frau leidenschaftlich gern deutsche, griechische und lateinische Klassiker lasen, durfte bezweifelt werden. Vielleicht, überlegte Hufeland, hatte Kock die Bücher meterweise bei demselben Münsteraner Antiquar neben dem Borchert-Theater gekauft, das er gelegentlich selbst besuchte. Der Altbuchhändler, eher ein antiquarischer Discounter, verkaufte seine schmucke Ware, besonders nach neuen Haushaltsauflösungen, oftmals zum Kilopreis.

Die Krönung des Zimmers stellte zweifellos der blank polierte weiße Flügel dar, der auf einer Empore den hinteren Teil des Raums einnahm.

»Sie spielen Klavier?«, fragte Hufeland versuchsweise die Witwe.

»Nä.« Sie pendelte leicht den Kopf.

»Ihr Mann? Spielte er?«

»Nä … nur … nur Skat … ab und zu.«

Plötzlich raffte sie sich aus ihrem Sessel auf. Kalkweiß im Gesicht und würgend, stierte sie Hufeland und Kuczmanik an wie zwei böse Geister in ihrem Haus. Als hätte sie die beiden gerade jetzt, in diesem Moment, erst bemerkt. Dann manövrierte sie sich steil nach links und stakste mit beschleunigten Schritten auf den Flur zu. Doch sie schaffte es nicht mehr bis ins Bad. Noch vor dem gemauerten Rundbogen, der das Wohnzimmer mit dem Flur verband, übergab sie sich in hohem Bogen das erste Mal. Sie torkelte weiter auf die Bücherwand zu und erbrach dort ihre letzte Mahlzeit (den Details nach zu urteilen vermutlich das Frühstück) längs und quer über die gesammelten Werke der Weimarer Klassik: Goethe und Schiller in drei Dutzend wunderschönen, schweinsledernen Bänden.

Hufeland blutete das Herz.

Sie eilten zu ihr hin und stützten sie an den Armen.

»Hol den Wagner, Kevin. Der kennt sie und kann sich um sie kümmern.«

Kevin Kuczmanik gab der Dame ihren rechten Arm zurück. Er fiel herunter wie ein toter Ast, und Hufeland sah sich gezwungen, die Frau wie ein tölpelhafter Tänzer ganz zu umarmen. Sie war so schlaff und biegsam, dass er sich vorkam, als hielte er eine von diesen Puppen aus dem Beate-Uhse-Sortiment. Falls die biegsam *waren*.

»Steht Ihnen gut, die Frau«, gackerte Kevin und stampfte über die schweren Teppiche im Flur hinaus, um Wagner zu rufen.

# 13

Hufeland hatte buchstäblich die Nase voll. Er glaubte noch immer den Geruch von frisch Erbrochenem einzuatmen, obwohl er mit Kevin Kuczmanik längst wieder draußen neben den Autos stand. Wagner versorgte im Haus derweil die Witwe.

Hufeland überlegte gerade, wie sie am besten weitermachten – als Nächstes den Sohn des Opfers vernehmen? –, da setzte mit einem Mal ein erbärmliches Schreien Hunderter, vielleicht Tausender Hühner ein, zumindest kam es Hufeland so vor. Von einem angeregten Gackern konnte jedenfalls keine Rede sein. Der Lärm kam von jenseits der hohen Hecke. – Was zum Teufel hatten diese Hühner für ein Problem? Abgesehen davon, dass sie geschlachtet werden sollten, selbstverständlich.

Das Geschrei zerrte an seinen Nerven.

Mit denen es ohnehin nicht gut stand, seitdem er wieder allein lebte. Ohne Grit.

Ruhe und Abwechslung vom kriminellen Alltag fand

er eigentlich nur Sonntag morgens beim japanischen Bogenschießen im Budo-Sportverein. Ursprünglich hatte er mit Jiu-Jitsu begonnen. Allerdings unfreiwillig, im Rahmen seiner Ausbildung als junger Polizist. Aber nacheinander waren seine Knie, seine Lendenwirbelsäule und etwas in der rechten Schulter, das sich Rotatorenmanschette nannte, aus dem Leim gegangen. Die sanfte Alternative bot ihm das rituelle asiatische Bogenschießen. Doch kürzlich hatte Kerkhoff, ihr Trainer, eine Fortbildung gemacht. Nicht in Japan, sondern in der Schweiz. Seitdem wollte er, dass nackt geschossen wurde. Das sollte das Mu-Gefühl stärken. »Mu. Ohne H am Ende.« Was auch immer es bedeuten sollte. Bei Hufeland förderte diese Art von Mu nur sein tief eingebranntes katholisches Schamgefühl zutage. Besonders gegenüber den Frauen, von denen die jüngeren ganz rasiert und ungeniert mit ihrer Nacktheit umgingen. Kunststück, wenn man glatt und aufrecht wie eine Kerze hinterm Bogen stand, nicht wie er mit seinem Spitzbauch über den langen Stelzen. Seither stand der schöne, zweizwanzig lange Bogen nutzlos in einer Ecke seines Schlafzimmers. Zum Nacktsein, sagte sich Hufeland, brauchte er sich nicht mit zwanzig anderen zusammen in einer Turnhalle zu treffen. Wo man sich bloß warmschoss, damit man sich nicht den Arsch abfror.

Das Hühnerschreien auf der anderen Seite der Hecke nahm nicht ab.

»Zum Teufel! Schlachten die ihre Hühner jetzt unter freiem Himmel?«, platzte Hufeland heraus und schlug mit der flachen Hand donnernd aufs Autodach des Touran.

Kevin dagegen blieb trotz des Lärms, der für Hufeland allmählich apokalyptische Ausmaße annahm, entspannt. Der Junge hatte anscheinend Nerven wie Drahtseile. Oder er hörte schlecht.

Ein Lastwagen mit niederländischem Kennzeichen bog jetzt von der Umgehungsstraße her auf die Landstraße ein und dröhnte an ihnen vorbei, um laut furzend vor der Hühnermasthalle nebenan zu parken.

»Würde mich mal interessieren, so eine Mastanlage von innen«, sagte Kevin.

Hufeland wollte bereits protestieren, sie hätten mit der Aufklärung des Falls weiß Gott genug zu tun. Doch dann besann er sich anders. Umwege erhöhten die Ortskenntnis. Und in diesem Fall schien die Hühnermast ohnehin die heimliche (oder unheimliche) Hauptrolle zu spielen.

»Na gut, dann schauen wir doch mal, was hinter der Hecke passiert, Kevin«, stieß Hufeland sich vom Wagen ab.

»Und Wagner?«, wunderte sich Kevin. »Was machen wir mit dem?«

»Den Guten brauchen wir dabei nicht. Aber die Witwe Kock braucht ihn umso mehr. Wollen wir die beiden mal nicht stören.«

Sie gingen zur Straße und betraten über die breite Zufahrt, wie Wanderer, die zufällig vorbeikamen, den betonierten Vorplatz des umzäunten Betriebsgeländes.

Entlang der Hecke, die als Sichtblende zum Wohnhaus der Kocks diente, parkte ein halbes Dutzend Pkws, durch die Bank mit polnischen Kennzeichen. Unmittelbar vor dem geöffneten Tor am Kopfende der Halle stand jetzt der holländische Lkw.

Arbeiter in weißen Overalls, mit weißen Handschuhen und Schutzhauben auf dem Kopf, fuhren auf Rollwägen immer weiter stapelweise weiße Plastikkisten aus der Halle in den Hof. Dutzende dieser Kistentürme standen bereits dort. Durch die Luftöffnungen der Kisten sah man die gedrängten Hühnerleiber, die schon die ganze Zeit ihr Elend zum Himmel hinauf schrien.

»Entsetzlich«, sagte Hufeland mit belegter Stimme.

»Weiß Gott«, fügte Kevin hinzu.

»Welchen Gott meinst du?«, erwiderte Hufeland. »Den Hühnergott? Das ist der Typ, der sich um die armen Viecher einen Dreck schert.«

Die Rampe des Lkw wurde heruntergelassen, und die Hühnerkästen wurden mit hoher Geschwindigkeit von einem orangefarbenen Gabelstapler hineingefahren. Innerhalb weniger Minuten war die gesamte Ladung verstaut, die Klappe hinten wurde wieder verschlossen, und das Hühnerschreien kam nun gedämpft aus dem Inneren des riesigen Transporters.

Plötzlich bemerkte Hufeland, dass weit hinten an der Längsseite der Anlage ein einzelner Arbeiter, von Kopf bis Fuß in Weiß gekleidet, eine Schubkarre aus der Halle hinausfuhr. Er war auf dem Weg zu eini-

**54**

gen mannshohen Mülltonnen am äußersten Ende des Platzes. »Schaun Sie mal, Herr Hufeland!«, zeigte Kevin schief grinsend auf ein Huhn, das sich auf der Schubkarre des Arbeiters befunden hatte und nun ausgebüxt war. Der Mann setzte laut fluchend seine Karre ab und versuchte, das flüchtige Huhn wieder einzufangen.

Sie beschlossen, sich das Spektakel aus der Nähe anzusehen. Während sie sich näherten, narrte das Huhn – ein vollkommen abgezehrtes Exemplar seiner Spezies, das bereits gerupft wie ein Suppenhuhn aussah – seinen Verfolger ein ums andere Mal.

Dann brach es von einer Sekunde auf die andere zusammen. Der Arbeiter packte es mit seinen übergroßen schmierig-weißen Handschuhen unbarmherzig an den Beinen. Es zuckte und keuchte heftig, war aber zu schwach, um sich gegen sein Schicksal zu wehren. Der Mann ging mit seinem Fang zurück zur Schubkarre und zerschmetterte den Kopf des Huhns beiläufig an der rechten Außenseite. Den Kadaver warf er achtlos wieder auf die Karre.

Hufeland und Kuczmanik waren nun nahe genug, um zu erkennen, dass sich nichts anderes darin befand als eine Ladung Hühnerleichen, die aussahen, als seien sie zuvor gehäckselt worden.

Der Mann fuhr die tote Masse Huhn zu den Mülltonnen, um sie darin mit beiden Händen zu entsorgen. Auf dem Rückweg trottete er gleichmütig an den beiden Männern vorbei, ohne sie auch nur anzublicken. Der Arbeiter, dachte Hufeland, wirkte äußerlich bereits so tot wie die Hühner, die er soeben entsorgt hatte wie irgendeinen Kehrichthaufen.

Kevin war inzwischen an die benutzte Mülltonne herangetreten und öffnete sie. Er hielt den Deckel auf und rief: »Himmel, nein! Kommen Sie mal, Herr Hufeland, schaun Sie sich das an.«

Das entlaufene Huhn war gar nicht tot, stellten sie fest. Es lag schwer atmend auf dem Kadaverberg seiner toten Leidensgenossen.

Hufelands Puls begann zu rasen. »Diese Monster! Verflucht! Los, komm, Kevin!«

# 14

Der Arbeiter war durch die schmale eisengraue Tür des Seiteneingangs wieder in der Hühnerhalle verschwunden. Hufeland folgte ihm wütend mit Siebenmeilenschritten, der kleine Kuczmanik keuchte hinterdrein. Sie ignorierten die Warnung ›Zutritt verboten‹ und betraten einen fensterlosen, neonbeleuchteten Vorraum. In hohen Metallregalen linkerhand standen allerlei Gerätschaften, an der Wand gegenüber lehnten zerrissene, hellbraune Papiersäcke, offenbar schadhaft gewordene Futtermittel für die Tiere.

Hufeland fasste sich unwillkürlich an die Kehle. Der Pestgestank, der über ganz Vennebeck lag – hier verdichtete er sich plötzlich zu einer aggressiven säuerlichen Mischung. Wie Magensäure, die sich in ein ätzendes Gas verwandelt hatte.

Kevin Kuczmanik schien der Gestank weniger auszumachen. Ihn plagte die sommerliche Temperatur, die in dem Raum herrschte.

»Das sind ja mindestens fünfundzwanzig Grad hier drinnen!«, schimpfte er. »Wenn nicht sechundzwanzig, siebenundzwanzig.«

Kevin nahm für die Feinjustierung seiner Schätzung sogar den Zeigefinger als Thermometer zu Hilfe. Das sah wirklich komisch aus, und Hufeland lächelte hinter dem Ärmel seines Mantels, den er sich vor die Nase hielt.

Eine weitere grau gestrichene Eisentür wartete auf sie. Und nach dieser Vorhölle ahnten sie, dass sich dahinter wohl kaum das Hühnerparadies von Vennebeck befinden würde.

Sie betraten eine Halle, die wie das Universum keinen Anfang und kein Ende zu haben schien. Und kein Licht, das von außen hereinfiel. Meterlange Neonröhren ersetzten das, was im All die Sterne machen, ähnlich dunkel war – wegen der riesigen Dimension – das Ergebnis.

Der Gestank war seltsamerweise weniger brechreizend als im Vorraum. Zu irgendetwas mussten die Lüftungsschächte unterm Dach ja gut sein. Dafür erreichte die Temperatur jetzt tropische Ausmaße. Hufeland fühlte sich sogleich an die feuchte Wärme im Tropenhaus des Allwetterzoos erinnert, den er mal mit Grit besucht hatte. Gott, das war nun auch schon wieder wie viele Jahre her?

Hinter einem breiten Gang für die Arbeiter mit ihren Transportmitteln sahen sie buchstäblich nur noch Huhn. Auf einer grüngräulichen Schmierage krochen oder glitschten vielfach verdreckte, ehemals vielleicht weiß gefiederte Kreaturen am Boden. Mit echten Hühnern, wie Hufeland sie sich vorstellte, hatten sie nur noch den Namen gemein. Es gab einzelne Exemplare, die ihm ins Auge stachen, weil sie wie gefederte Fußbälle oder nackt und scharlachrot aussahen. Oder solche, die drei Beine hatten, das dritte thronte auf bizarre Weise hoch oben auf dem Hinterteil. Eigentlich Grauen erregend aber war die ungeheure Masse in einem geradezu physikalischen Sinne: Dicht an dicht verschmolzen die Tiere vor seinen Augen zu einem einzigen gefiederten Teppich, der zuckte, sich ruckartig bewegte, mal in diese, mal in jene Richtung verschob und vor allem einen unvorstellbaren Lärm verursachte. Das war kein Gackern, kein Krähen oder was auch immer man von dieser Spezies als arttypische Lebensäußerung hätte erwarten können. Sondern einfach nur infernalischer Lärm. Wie eine Mischung aus hysterischem Jodeln und dem Gellen, das man von Totenklagen aus arabischen Ländern kannte.

In Längsreihen zogen sich die Futtertröge und Wasserspender durch die ganze Halle. Die Tröge dienten zugleich als Hühnergrab. Deutlich erkennbar lagen darin auch tote oder halbtote Küken, auf denen ihre (noch) lebenden Artgenossen wie versessen herumpickten. Als wollten sie sie wieder zum Leben erwecken oder endgültig in den Hühnerhades befördern.

»Ich dachte immer, Hühner wären Vegetarier«, schrie Kevin Hufeland zu. Er war ganz blass geworden und stand sichtlich unter Schock.

Tote Tiere gab es aber nicht nur in den Trögen, sondern eigentlich überall. Etliche der verendeten Vögel hatten sich dermaßen fett gefressen, dass sie den Weg zurück zum Wasserspender offenbar nicht mehr geschafft hatten. Manche waren nur wenige Zentimeter davor verdurstet und krepiert.

Kevin lief inzwischen der Schweiß in Strömen von der bleichen Stirn. »Manche Viecher haben nicht mal mehr Federn!«, brüllte er gegen den Lärm an. »Sehen aus wie Nacktmulle.«

Hufeland überlegte, wie Nacktmulle aussahen, und suchte in seiner Erinnerung wieder nach Bildern aus dem Allwetterzoo.

In diesem Moment sah er den Mann, der vorhin die Hühner im Hof ›entsorgt‹ hatte. Er kam aus einem Nebenraum, auf dessen Tür etwas schief hängend das Schild *Personal* angebracht war. Schluff, schluff, schluff, gleichmütig stiefelte er jetzt durch den Hühnerteppich. Er fischte so viele tote und verendende Tiere aus der breiigen Masse aus Kot und Streu, wie Hühnerbeine in seine zwei Plastikhände passten. Mit der schlaff baumelnden Beute, vier oder fünf Stück in jeder Hand, bahnte er sich den Weg zurück zu seiner Schubkarre und warf die Kadaver-Sträuße hinein.

Wo sie anschließend landen sollten, das hatten Hufeland und Kuczmanik bereits gesehen.

»Ich glaube, mir wird schlecht, Herr Hufeland«, sagte Kevin. »Ich muss hier raus.«

»Gut«, sagte Hufeland, »warte draußen. Ich erledige das hier.«

# 15

Der Arbeiter, ein hagerer kleiner Mann mit einem Netz aus roten Adern im knochigen Gesicht, starrte Hufeland überrascht an, als er plötzlich vor ihm stand und ihm seine Marke vor die Nase hielt. Er war so perplex, dass er vergaß, den soeben gepflückten Strauß Hühner, deren Füße er noch in der Hand hielt, auf seine Schubkarre zu werfen.

»Kripo, guten Tag. Es ist zwar nicht gerade mein Fachgebiet, aber was Sie da tun, ist mit Sicherheit strafbar!«, fuhr Hufeland ihn an. »Tierquälerei.«

Der Mann schwieg. Und blickte ihn bloß schicksalsergeben von unten herauf an, Hufeland überragte ihn um mindestens zwei Köpfe.

Die Schafshaltung, dachte Hufeland. Er kannte diese stumm abwartende Taktik aus unzähligen Verhören. »Tierquälerei ist vielleicht kein Kapitaldelikt. Aber was Sie hier mit den armen Viechern machen …« – geht auf keine Kuhhaut, hätte er beinahe gesagt.

Nein, so wurde das nichts. Er machte sich bloß lächerlich, wenn er sich als Kriminalbeamter aufführte wie einer von der Lebensmittelkontrolle.

Er ließ seine Stimme persönlicher, freundlicher klingen: »Sagen Sie, Mann, finden Sie das nicht auch selbst eine … eine Sauerei? Tun Ihnen die Tiere denn gar nicht ein bisschen leid?«

Der Arbeiter starrte ihn weiter an. Zwar mit sichtbar unruhiger werdenden Zügen hinter dem roten Adernetzwerk in seinem Gesicht. Aber er blieb stumm.

Hufeland kam ein Gedanke. »Verstehen Sie mich eigentlich? – Sprechen Sie Deutsch?«

»Deutsch?« Der Mann zuckte unsicher die Schultern.

»Wie heißen Sie denn? Sagen Sie mir bitte Ihren Namen?«

»Name?«

»Ja, bitte.«

»Name: Szmoltczyk.«

»Aha. Danke.« Hufeland überlegte kurz. »Sie sind Pole, stimmt's?«

»Polen, da.«

**61**

»Und Sie sprechen ein wenig Deutsch?«

»Deutsch? Nje. Polski.«

»Okay, hab verstanden. Was ist mit den anderen? Ihren Kollegen?« Hufeland wies mit der Hand auf die Arbeiter, die am Vordereingang der Halle weitere Ladungen kreischender Hühner herausfuhren, um sie draußen zu verladen.

»Koledzy, da.«

»Ja, kommen Ihre Kollegen auch aus Polen?«

Die Augen des Mannes leuchteten. Er machte eine umfassend kreisende Bewegung mit der Hand (der Hühnerstrauß schwang kräftig mit) und nickte. »Polski, da. Koledzy.«

»Herr Szmoltczyk, wissen Sie eigentlich, dass Ihr Chef, Wilhelm Kock, tot ist.«

Der Arbeiter blickte ihn erschrocken an. »Kock, da. Chef«, bestätigte er eifrig.

»Danke, Herr Szmoltczyk«, sagte Hufeland und seufzte unmerklich. Er verabschiedete sich mit einer kleinen kreisenden Handbewegung und ging nachdenklich zurück zum Seitenausgang. Begleitet vom unsäglichen Schreien der Hühner, die um ihr Leben fraßen und umso schneller den Tod fanden.

Eigentlich, überlegte er, war es doch erstaunlich, wie wenig Arbeiter ein Mastbetrieb von solcher Dimension brauchte. Ein mickriges halbes Dutzend Leute, wenn's hoch kam, hatte er bei der Arbeit gesehen. Allesamt vermutlich billige Kräfte aus Polen, willkommen im Dumpinglohnsektor.

Er durchquerte den Vorraum, stemmte die nur mehr angelehnte schwere Eisentür auf und trat hinaus in den grauen, wolkenschweren Novembertag.

# 16

Kevin befand sich drüben bei den Mülltonnen für die Hühnerkadaver. Er stand auf den Zehenspitzen, hielt mit dem kurzen ausgestreckten Arm den grünen Deckel auf und beugte den Kopf über den Rand, soweit ihm das bei seiner Körpergröße möglich war.

Er kotzte auf das Hühneraas.

Der Junge hatte einen Orden verdient. Den großen ›Ich kotz doch nicht neben eine Mülltonne, egal was drin ist‹-Orden.

»Kevin!«, rief Hufeland ihm zu. Der Junge drehte sich über die Schulter gequält zu ihm um, mit schreckgeweiteten Augen. Er sah aus wie Peter Lorre in ›M – eine Stadt sucht einen Mörder‹. Für Hufeland der einzig wahre Kriminalfilm, alles danach war Schrott. »Wir fahren, Kevin! Zu Kock junior. Na los, Junge!«

Zuviel Mitgefühl schadete hier nur. Der Bengel schämte sich offenbar seiner vermeintlichen Schwäche.

# 17

Wagner saß entspannt in seinem Dienstwagen, als sie zum Wohnhaus der Kocks zurückkehrten, und rauchte mit zufriedener Miene. Die strahlend weiße Dienstmütze baumelte lässig an der Gangschaltung.

Hufeland klopfte an die Scheibe des Seitenfensters auf der Beifahrerseite. Doch Vennebecks Polizeiobermeister reagierte nicht, sondern schüttelte nur immerzu rhythmisch den Kopf. Mit den leicht geschlossenen Augenlidern und der etwas herabhängenden Unterlippe hatte sein Gesicht einen ziemlich debilen Ausdruck angenommen.

Erst jetzt sah Hufeland den MP3-Player in seiner Hand und die weißen Kabel, die aus seinen Ohren wuchsen. Er ließ das Klopfen sein und bat Kevin Kuczmanik, sich einmal frontal vor dem Wagen aufzubauen.

Kevin tat es mit Leichenbittermiene. Die toten Hühner lagen ihm allzu schwer im Magen. Der war sowieso seine Schwachstelle. Und anders, als die meisten dachten, hatte er nicht deshalb die Statur eines Zwergnilpferds, weil er sich Tag und Nacht mästete (nur manchmal). Sondern wegen einer Stoffwechselstörung, die ihn seit frühester Kindheit hatte aufquellen lassen wie einen Hefeteig. Und die auch seinen Magen nur vegetarische Kost verkraften ließ. Dass sie ihn bei der Kriminalpolizei überhaupt genommen hatten, lag an zwei

64

Dingen: Erstens, sie hatten extreme Nachwuchssorgen, auch wenn sie es nicht zugaben. Und zweitens (viel wichtiger), er hatte einen IQ weit jenseits der langweiligen hundert Punkte, die Durchschnitt waren, bei der Polizei wie überall. »Man sieht's Ihnen weiß Gott nicht an, Kuczmanik«, hatte der Testleiter damals zu ihm gesagt, »aber Sie sind eine verdammte Intelligenzbestie.«

Als solche fiel er jedoch selten auf, eben wegen seines Äußeren. Wer dick war, galt eben auch als dumm und gefräßig. Das war es doch, was die Leute dachten.

Auch in diesem Augenblick, da er sich mit seiner Leidensmiene stumm in Wagners Blickfeld schob, machte er keine gute Figur.

Doch der Auftritt tat seine Wirkung.

In den nächsten zwei Sekunden hatte Wagner seine Zigarette ausgedrückt, sich die Kabel aus den Ohren gerissen und die Wagentür aufgestoßen, um auszusteigen. Die plötzliche kühle Feuchtigkeit um den Kopf herum zeigte ihm jedoch, dass er noch nicht wieder komplett war. In einer weiteren Sekunde hatte er die Mütze vom Schaltknüppel geangelt, und nun meldete er sich gewissermaßen förmlich zurück zum Dienst. Wenngleich er den Eindruck machte, als würde er noch leicht nachwippen im Takt seiner entstöpselten Musik.

»Haben Sie eigentlich eine Ahnung, Wagner, was sich dort drüben abspielt?« Hufeland wies mit dem ausgestreckten Arm in Richtung Hühnermastanlage jenseits der hohen Hecke.

»Jetzt sagen Sie bloß, Sie waren in der Halle! Wie haben Sie denn das geschafft?«, staunte der Örtliche.

»Spielt keine Rolle. Sie sind mir dafür verantwortlich, Wagner, dass jemand Amtliches herkommt und sich die Sauerei anschaut. Die reinste Tierquälerei. Unglaublich.«

Wagner winkte ab und stand jetzt wieder bequem. »Was glauben Sie, wie oft wir das Veterinäramt schon informiert haben, Herr Hufeland.«

»Und?«

»Einmal ist tatsächlich ein hohes Tier von denen erschienen. Soweit ich weiß – Genaues erfährt man von denen ja nicht –, ist nur die Bodenstreu beanstandet worden. Zu feucht oder so. Sonst war alles in Ordnung.«

»Wird denn von keiner anderen Stelle kontrolliert?«

»Natürlich wird – kontrolliert.« Wagner kotzte das Wort geradezu aus. »Von unserem Doktor Eisenbart, ch-ch.« Er lachte (vermutlich) und erklärte es: »Ich meine Doktor Wenning, er ist unser Tierarzt in Vennebeck. Von Kock beauftragt, wenn die Viecher krank werden. Und natürlich auch von ihm bezahlt.« Wagner machte eine effektvolle Pause. »Alles in Ordnung, sagt Wenning. Vor allem das hier ist für ihn in Ordnung.« Er rieb Daumen und Zeigefinger aneinander.

Hufeland überlegte. Konnte in diesem Fall nicht auch Wirtschaftskriminalität Hintergrund des Verbrechens sein? Vielleicht ging's um Geld, Bestechung, anschließende Erpressung? Etwas in der Preisklasse?

Er wandte sich an Kevin Kuczmanik und bat ihn, sich später bei den Kollegen von der Wirtschaftskriminalität zu erkundigen, ob Kocks Name in dieser Hinsicht schon mal aufgefallen war.

Kevin Kuczmanik schaute etwas verlegen drein und wurde rot.

»Was' los, Kevin?«, wollte Hufeland wissen.

»Ich, ähm, hab schon angerufen. Ganz früh heute Morgen, als Sie noch unterwegs zum Tatort waren.«

Hufeland blickte ihn staunend an.

»Ja, ich kenne die Leute von der Wirtschaftskrim bei uns im Haus ganz gut, hab ja mein erstes halbes Jahr dort verbracht, und da dachte ich, weil der Kock doch Unternehmer war, kann es vielleicht nicht schaden …«

»So, dachtest du.« Er setzte eine strenge Miene auf. Es schien, als hätte er den kleinen Kuczmanik bislang unterschätzt.

»Entschuldigung.«

Hufeland kniff die Augen zusammen. Eigenmächtigkeiten von Auszubildenden konnte er selbstverständlich nicht dulden, er verlangte Teamgeist, Loyalität. Andererseits schätzte er selbstständiges Denken. Umso mehr, als es so selten vorkam. Bei der Polizei wie überhaupt. Und dieser Junge hier hatte nicht nur mit-, sondern gleich vorausgedacht. Er beschloss, Kevin Kuczmaniks Eigenmächtigkeit zu ignorieren und fragte: »Also? Was hast du rausgekriegt, Kevin?«

Kevin ließ erleichtert die Luft raus, die er angehalten hatte. »Ja, also Kemper von der Wirtschaft …«

»*Hauptkommissar* Kemper heißt das, Kevin.«

»Sorry, also der Kem … Hauptkommissar Kemper sagt, nichts Genaues weiß man nicht. Aber Wilhelm Kock stand verschärft unter Beobachtung.«

»Für die Baugenehmigung hat er alles bestochen, was die Hand aufhalten kann. Jede Wette!«, platzte Wagner heraus.

Kevin Kuczmanik wiegte den Kopf hin und her. »Man konnte dem Kock aber nie etwas Konkretes nachweisen. Der Neubau hier«, er nickte zur Hühnermasthalle hinüber, »wurde als normale Hoferweiterung genehmigt. Auffällig waren nur bestimmte Lustreisen nach Amsterdam von Behördenmitarbeitern, mit denen Kock zu tun hatte, sagt Kemp … also der Hauptkommissar. Die Sache ist aufgeflogen, weil es Ärger gab, als die deutschen Beamten im Bordell sich weigerten zu zahlen und behaupteten, es sei doch alles schon geregelt worden, von einem gewissen Kock in Deutschland.« Er lachte. »Hä, die Amsterdamer Kollegen waren schneller vor Ort, als die Jungs ihre Hosen wieder oben hatten. – Sagt KHK Kemper«, klemmte er rasch hinzu.

»Und da haben sie natürlich brav bezahlt, die Herren«, sagte Hufeland.

»Ja, jede Verbindung nach Deutschland abgestritten. Sodass Kock, wenn er wirklich damit zu tun hatte, gar nicht erst ins Spiel kam. Nur diffus mit seinem Namen.«

»Sehen Sie, so macht der Kock das. Er kauft sie sich alle«, setzte Wagner beinahe triumphierend hinzu.

»Jetzt nicht mehr«, erinnerte ihn Hufeland. »Diesmal hat sich jemand den Kock gekauft.«

Dann wechselte er abrupt das Thema. »Was macht denn die Witwe, Herr Kollege?«, erkundigte er sich.

»Liegt im Bett«, gab Wagner Auskunft. Er grinste zufrieden. »Schnarcht wie ne ganze Kompanie.«

Hufeland zuckte zusammen. Genau das hatte auch Grit eines Nachts zu ihm gesagt: Du schnarchst wie ne ganze Kompanie. Sie war deshalb ins Wohnzimmer umgezogen, um auf der Couch zu schlafen. Ab dem Zeitpunkt hatte es noch ein knappes Jahr gedauert, ehe sie auch aus der Wohnung ausgezogen war. Um kurz darauf Tisch und Bett wieder mit Möllring zu teilen. Der vermutlich schnarch- und auch ansonsten absolut keimfrei war.

»Gut«, sagte Hufeland. »Wo finden wir nun den Kock junior, Herr Wagner?«

»Den Bruno?«

»So heißt er wohl.«

»Normalerweise arbeitet Bruno am Golfplatz. Aber jetzt, wo der Alte, ich meine sein Vater, tot ist, dürfte er zu Hause sein.«

»Moment mal«, warf Kevin ein. »Der Bruno Kock arbeitet für den Golfplatzunternehmer, diesen …?«

»Osterkamp, richtig«, bestätigte Wagner.

»Wird ja immer interessanter«, sagte Kevin.

»Fahren Sie wieder vor, Wagner?«, bat Hufeland.

# 18

Bevor sie die Ausfahrt verlassen konnten, mussten sie den Lkw passieren lassen, der die verladenen Hühner zu ihrer Schlachtung fuhr.

»Ich fürchte, ich kann nie wieder Huhn essen«, sagte Hufeland im Auto zu Kevin.

»Ich weiß nicht mal, wie das schmeckt«, antwortete Kevin Kuczmanik. »Will's auch gar nicht wissen.«

»Vegetarier?«

»Jepp.«

»Aus Überzeugung? Oder wegen der Gesundheit?«

»Sagen wir, aus gesunder Überzeugung.«

Hufeland schmunzelte, der kleine Kuczmanik gefiel ihm von Minute zu Minute besser. Allerdings wurde ihm Kevins anschließende, detailfreudige Schilderung seiner diversen Enzym- und Stoffwechselprobleme dann doch etwas zu viel.

»Ein Wunder, dass unser Verein dich genommen hat, Kevin.«

Kevin drehte ihm den Kopf zu und lächelte verschmitzt. »Sie konnten keinen Besseren kriegen als mich«, sagte er im vollen Bewusstsein der Doppeldeutigkeit seiner Worte.

Sie fuhren Wagner hinterher, bogen auf die Hauptstraße ein und überquerten die extrabreite Schnellstraße, die Vennebeck mit dem Rest der Welt verband –

oder davon abschnitt, je nach Standpunkt. Gleich dahinter führte ein Sträßchen mit einem Parcours aus einbetonierten Jungbirken in ein Wohnviertel mit verklinkerten Neubauten, die gesäumt waren von kniehohen Sträuchern mit kugelrunden, immergrünen Köpfen und Rasenflächen mit Bürstenhaarschnitt. Flach gestufte, gefliese Zugangswege führten zu breiten, massiven Haustüren, an denen in jedem zweiten Fall die schon bekannte Huhnattrappe baumelte. In den anderen Fällen waren die Plastikhühner bereits auf dem Rasen gekreuzigt worden.

Nur wenige Autos waren unterwegs, meistens saßen junge Frauen hinterm Steuer, die auf dem Rücksitz ein Kleinkind spazieren fuhren oder nur den leeren Kindersitz. Die Verkehrsberuhigung durch den Birkenparcour war so erfolgreich, dass ein paar Schulkinder auf ihren Fahrrädern sie spielend und frech lachend überholten.

Wagner hielt vor einem Einfamilienhaus, an dessen Haustür mal kein Gummiadler hing, sondern ein großer Hampelmann, gespickt mit Hühnerfedern, die wie mit Blut gesprenkelt aussahen. Als sie ihn an der Tür dicht vor Augen hatten, sahen sie, dass dem Hampelmann ein Foto mit dem feisten Gesicht von Wilhelm Kock aufgeklebt worden war.

Wagner deutete auf die Hampelmannfratze und sagte: »Da wissen Sie gleich mal, was der Bruno von seinem eigenen Vater gehalten hat. Und so wie er denken hier alle über den alten Kock.« Wagner selbst nicht

71

ausgenommen, aber das wussten sie ja bereits. Und sie mussten nach dem Besuch in der Kock'schen Mastanlage nicht mal mehr die Nase großartig in den brechreizenden Wind halten, um zu wissen, dass der Hass nur allzu verständlich war.

Doch das war jetzt nicht Hufelands vordringliches Problem. Er spürte auf einmal wieder diesen unangenehmen Druck, jetzt sogar ein schmerzhaftes Stechen zwischen den Beinen. Er atmete zweimal tief durch und versuchte sich einen Moment lang einzureden, er habe gar keine Beschwerden. Kerkhoff, sein Budosport-Trainer, hatte mal behauptet, durch Meditation lasse sich jeder Schmerz bezwingen. Aber dazu fehlte es Hufeland offenbar an Mu. Denn auch jetzt ließ der pochende Schmerz nicht nach. Im Gegenteil, er nahm noch zu.

In der Tür erschien eine brünette Frau Mitte dreißig mit einem blassen, sommersprossigen Gesicht; sie schaukelte ein ebenso blasses Baby im Arm.

»Tag, Vera«, sagte Wagner. »Und herzliches Beileid wegen … deinem Schwiegervater«, schickte er matt hinterher.

»Hallo, Jochen.« Die Frau nickte schwach und sah die beiden fremden Männer, Hufeland und Kevin Kuczmanik, fragend an.

»Das sind Kommissar Hufeland und sein Assistent«, beeilte sich Wagner zu erklären.

»Tag, Frau Kock«, sagte Hufeland. »Auch von unserer Seite aufrichtiges Beileid.«

Die Frau sah ihn ausdruckslos an.

»Wir würden gern mit Ihrem Mann sprechen.«

»Mein Mann ist nicht zu Hause.«

»Weiß er noch gar nichts von dem, was passiert ist?«, fuhr Wagner eifrig dazwischen. Es klang, als würde er in diesem Fall ihrem Mann die frohe Botschaft gern selbst überbringen.

»Doch, sicher. Bruno hat mich ja angerufen und es mir gesagt. Ich kann halt momentan nicht weg von hier. Wegen dem Kleinen. Maik kränkelt ein bisschen, zahnt wohl.«

Der kleine Maik, er mochte etwas über ein Jahr alt sein, hatte sich ein Händchen in den Mund geschoben und fuhr sich leicht nörgelnd über die untere Kauleiste.

»Entschuldigen Sie, Frau Kock, wo finden wir Ihren Mann?«, sagte Hufeland. »Es handelt sich immerhin um ein Gewaltverbrechen, da zählt jede Minute.«

»Gewaltverbrechen«, wiederholte Vera Kock mechanisch und wurde selbst leichenblass.

»Hat Ihr Mann nichts davon gesagt?«, mischte sich Kevin Kuczmanik ein.

»Doch, natürlich, Bruno hat so was gesagt«, erwiderte Vera Kock. Und plötzlich steifte sie ihren Rücken durch, um mit gefestigter Stimme hinzuzufügen: »Hat er also endlich gekriegt, was er schon lang verdient hat, der Alte, ja!«

Das war weniger eine Frage als die Feststellung einer Tatsache. Der Wagner aus vollem Herzen beipflichtete: »Das kannst du laut sagen!«, setzte er selbst nicht eben leise hinzu.

73

In diesem Moment packte Hufeland der Schmerz zwischen den Beinen mit einer solchen Wucht, dass er plötzlich in die Knie gehen musste wie nach einem Schlag unter die Gürtellinie.

# 19

Kevin Kuczmanik war zwar dick, aber unglaublich reaktionsschnell. Er fing seinen Chef am Ellbogen auf und hinderte ihn so daran, kopfüber in den Hausflur der Familie Kock zu stürzen.

»Was ist los, Herr Hufeland. Ist Ihnen schlecht?«

»Soll ich einen Arzt rufen?«, fragte Wagner.

Hufeland wehrte kopfschüttelnd ab und bat mit heiserer Stimme: »Darf ich Ihr Bad benutzen, Frau Kock?«

Vera Kock war vor Schreck einen Schritt zurückgewichen, ihr Baby, das die Aufregung spürte, fing an zu weinen.

»Das Bad ist gleich hier im Flur links«, sagte sie und wies mit dem Kinn in die Richtung.

Kevin half Hufeland, sich wieder aufzurichten und führte ihn den etwas dunklen Flur entlang zum ersten Zimmer, dessen Tür einen Spaltbreit offen stand. Ihm wurde sofort klar, dass sie falsch waren. Es war das

Kinderzimmer. Und was für eines: Es gab wohl keinen Zentimeter dieses Raums, der nicht mit Kuscheltieren, Spielzeugen, Tierpostern, Mobiles und anderem Kinderkram gepflastert war.

Hufeland stöhnte auf und krümmte sich wieder vor Schmerzen.

Kevin wandte sich Hilfe suchend um. Hinter ihm im Flur stand Vera Kock und sagte: »Eins weiter.«

Hufeland, dessen Gesicht ganz grau und zerknittert war vor Schmerzen, nickte dankend, löste sich von Kevins stützendem Arm und verschwand um die Ecke ins Bad.

Kevin blieb unschlüssig im Türrahmen des Zimmers stehen und warf einen Blick aus dem Fenster. Draußen stand Wagner, an den Kotflügel seines Dienstwagens gelehnt, die weiße Mütze in den Nacken geschoben, und rauchte.

Er holte seinen Blick zurück ins Zimmer und betrachtete die Überfülle an Spiel- und knallbunten Nippessachen für das Baby. Mit dem Wenigsten, schätzte er, konnte der kleine Maik jetzt schon etwas anfangen, sogar ein Teil der Kuscheltiere (mindestens zweihundert Exemplare, kreuz und quer durch den Plüschtierzoo) war größer als das Baby selbst.

Vera Kock fing seinen Blick auf. »Tja«, sagte sie milde missbilligend, »was einem die lieben Freunde und Verwandten so alles zukommen lassen fürs Kind. Von allem zu viel, ist klar. Aber doch mit Liebe geschenkt!«, verteidigte sie es schließlich.

75

»Auch was von Ihrem Schwiegervater dabei?«, fragte Kevin leichthin.

Vera Kocks Gesicht verhärtete sich. Plötzlich sahen ihre Sommersprossen wie Fremdkörper darin aus. »Selbst *wenn* Wilhelm dem Kleinen etwas geschenkt hätte, wir hätten es nicht angenommen! Ich nicht. Und mein Mann erst recht nicht.«

»Verstehe.«

»Glaub ich nicht, dass Sie das tun«, entgegnete sie; es klang eher resigniert als verärgert. »Dazu müssten Sie hier leben. Hätten ihn kennen müssen, den Alten.«

Kevin fühlte sich immer unwohler. Was für eine ziellose Art der Zeugenvernehmung führte er da eigentlich? Er horchte, ob sich im Bad etwas tat. Nichts. Vera Kock schaffte es derweil, ihr Baby durch sanftes Schaukeln wieder zu beruhigen.

Kevin beschloss, aus der Not eine Tugend zu machen und der Frau einmal gezielt auf den Zahn fühlen. Mal sehen, ob da was faul war.

»Was ist eigentlich passiert, Frau Kock? Worum ging es bei dem Streit zwischen Ihrem Mann und Ihrem Schwiegervater?«

»Streit?« Sie kniff verständnislos die Brauen zusammen. »Wer spricht von Streit? Wagner etwa?« Sie wies mit dem spitzen Kinn zum Fenster. »Bruno war für seinen Vater einfach nur zweite Wahl. Hinter Hermann, Brunos älterem Bruder.«

»Was ist mit ihm?«

»Hermann ist tot. Schon lang. Verkehrsunfall. Mit siebzehn. Den Autoschlüssel hatte ihm der Alte selbst gegeben, für gelegentliche Spritztouren, obwohl er natürlich noch keinen Führerschein hatte. Weil sein Vater es ihm zutraute, dem *tollen Hermann*. – Verstehen Sie mich nicht falsch, ich kannte den Hermann gar nicht. Armer Junge, so früh gestorben. Aber Wilhelm hat sein schlechtes Gewissen einfach in eine Heldenverehrung für den toten Hermann und in Verachtung für Bruno umgemünzt. So hat Bruno es erlebt. Und so hat er es mir erzählt. Verstehen Sie das?«

Kevin war nicht sicher. Die Psychologie war wie ein schwankendes Schiff auf hoher See für ihn. Besser nicht betreten. Hufeland dagegen, hieß es im Präsidium, sei ein Meister darin.

Er selbst hielt sich vorerst lieber an die Tatsachen. »Was ist mit der Hühnermast Ihres Schwiegervaters?«

Sie winkte mit der freien Hand ab. »Bruno ist nie daran interessiert gewesen. Dabei hat er eine Ausbildung zum Landwirt gemacht und hätte den Hof übernehmen wollen. – So, wie er früher mal war, heißt das! Als intakten landwirtschaftlichen Betrieb. Aber dann starb Lene, seine Mutter. Der Alte heiratete ratzfatz die Silke, und beide zusammen haben sie die grandiose Idee von der Hühnermast aus dem Ärmel gezaubert.«

»Wann war das?«

»Vor vier Jahren etwa. Bruno wusste gleich, was das für den Ort bedeuten würde, er war dagegen. Aber das interessierte den Alten nicht. Und die Silke auch nicht.

Nur das Geld. Bruno und ich, wir wohnten damals schon in diesem Haus. Zur Miete. Wir hätten es gern gekauft. Aber nachdem Wilhelm die Silke geheiratet hat ... nach dem endgültigen Bruch mit dem Alten, gab's von ihm keinen Cent.«

»Das dürfte sich jetzt ändern«, sagte Kevin.

Vera Kock stutzte einen Augenblick und blickte ihn forschend an. »Ich weiß, was Sie denken, Herr Kommissar.«

»Anwärter«, verbesserte er.

Sie achtete nicht darauf. »Sie kennen ihn nicht. Bruno ist der friedliebendste Mensch, den man sich vorstellen kann. Er ...« Aus irgendeinem Grund brach sie ab und sagte stattdessen: »Außerdem sitzt jetzt Silke auf dem Erbe. Die wird schon dafür sorgen, dass Bruno leer ausgeht. Oder jahrelang nichts von seinem Erbteil sieht.«

Nebenan hörten sie jetzt die Klosettspülung rauschen, und kurz darauf erschien Hufeland in der Tür, immer noch leicht gebeugt, aber frischer im Gesicht, wie eine gut geschminkte Leiche.

Im Kopf schien er wieder hellwach zu sein. »Sagen Sie, Frau Kock«, kam er gleich zur Sache, »wo war Ihr Mann gestern Abend?«

»Was meinen Sie?«, fuhr Vera Kock erschrocken zu ihm herum. Das Baby begann wieder zu jammern.

Hufeland warf ihm einen bedauernden Blick zu. »Ich meine, wo war Ihr Mann gestern Abend, sagen wir ab sieben?«

»Ab sieben? Wieso? Ist Wilhelm denn zu dieser Zeit …?«

»Beantworten Sie bitte einfach nur meine Frage, Frau Kock. War er um die Uhrzeit zu Hause? Oder nicht?«

»Also, um sieben war Bruno noch im Dorf, im Brooker Hof. Der Kneipe seines Onkels. Brunos Stammkneipe.«

»An Allerseelen in der Kneipe?«, warf Kevin ein.

»Ja, warum denn nicht?«, gab sie genervt zurück. So genervt, wie ihr Baby inzwischen schrie. »Ich wusste gar nicht, dass die Polizei so kreuzkatholisch ist.«

»Nicht alle sind's«, sagte Hufeland. »Wann war Ihr Mann wieder zu Hause?«

»Zur Tagesschau war er wieder da. Die haben wir nämlich zusammen geschaut. Maik hat schon geschlafen. Kommt nicht so häufig vor zurzeit. Wegen der Zähne.«

»Armer Wicht, du«, sagte Hufeland und sah das Baby wieder mitleidig an. Als Kind hatte er selbst oft Zahnschmerzen gehabt. Schon bei den Milchzähnen. Zu viel Schokolade, zu viele Bonbons, die seine Mutter ihm regelmäßig spendiert hatte. Er hatte es mit schrecklichen Sitzungen bei der Zahnärztin bezahlt. Es kam vor, dass der Bohrer technische Ausfälle hatte und im schon halb aufgebohrten Loch verreckte. Ihm wurde jetzt noch schlecht, wenn er daran dachte.

»Okay«, sagte er. »Vielen Dank, Frau Kock.« Er wandte sich an Kevin: »Wo ist eigentlich Wagner?« Mit den Augen folgte er dessen Handzeichen zum Fenster, um zu bewundern, wie ihr Dorf-Navy genüsslich Rauchringe in den Novemberhimmel aufsteigen ließ.

# 20

Das Golfhotel Vennebeck-Kapellen befand sich Luftlinie nur knapp zwei Kilometer außerhalb der Ortschaft. Doch um hinzugelangen, folgten sie Wagners Dienstwagen in einem ähnlichen Muster wie das Pferdchen beim Schach, zwei Felder vor, eins zur Seite. Die Felder hier bestanden aus blassgrünen Weiden oder fettschwarzen Äckern, vielleicht mit Wintersaat, Hufeland hatte keinen Schimmer.

Sie krochen mit Tempo zwanzig hinter Wagners Dienstwagen her, und dieser folgte einem Trecker in der Dimension eines Panzers. Dieser Saurier von Landmaschine zog einen Anhänger mit einem walgroßen Behälter darauf vermutlich zu einem der Felder. Seine gigantischen doppelten Hinterreifen ragten seitlich weit über die schmale Straße hinaus und wirbelten die Grasnarben auf, sodass sie regelmäßig auf Wagners Autodach oder gegen die Windschutzscheibe seines Passats schlugen. Was bei Wagner, wie man von hinten sehen konnte, heftige Drohgebär-

den und offenbar auch entsprechende Schimpftira-
den nach sich zog.

»Ein Güllefass«, sagte Kevin. »Und was für eins!«
Er legte unwillkürlich zwei seiner kurzen Finger an die
fleischige Nase. Doch nach einiger Zeit bog der Trecker rechts ab, während Wagner weiter geradeaus fuhr.

Die Szenerie vor ihnen änderte sich jetzt. Hohe,
herbstbunte Laubbäume säumten die Straße, die sich
verengte und in einen asphaltierten Weg mündete.

›Privat‹, stand auf einem Schild. ›Zugang nur für
Gäste der Golfanlage. Schrittttempo fahren!‹

»Sag mal, mir kam's so vor, als hätte ich vier T
gelesen«, sagte Hufeland, als sie an dem Schild vor-
überglitten.

»Vier T?« Kevin schaute ihn verständnislos und ein
wenig besorgt an.

»Vergiss es, Kevin.«

Ein weites, sanftwelliges Areal öffnete sich vor
ihnen, mit satt-, um nicht zu sagen: giftgrünem Tep-
pichrasen, Kleingruppen aus Sträuchern und Nadel-
bäumen und wohlabgezirkelten Teichen.

»Wie gemalt«, sagte Kevin ohne rechte Begeisterung. »Aber mir zu künstlich.«

»Wie in England gemalt«, ergänzte Hufeland. Denn
das Gelände erinnerte ihn an Hampshire in Südeng-
land. Dort hatte er mal mit Grit zwei völlig verregnete
(und ebenso zerstrittene) Ferienwochen verbracht.
Jahre her. Gottlob.

Weniger englisch wirkte dagegen das massige zweistöckige Gebäude, auf das sie im vorgeschriebenen Schritttempo (ob nun mit drei oder vier T) zusteuerten. Gelb-weiß verputzt, das Dach mit rostroten Ziegeln, der verglaste Eingangsbereich mit kleegrüner Drehtür, das alles erinnerte eher an ein Krankenhaus oder ein Seniorenheim im Grünen.

Hier würde es seiner Mutter sicher gefallen, dachte Hufeland. Aber dazu fehlte ihr natürlich die Voraussetzung. Dass sie nämlich Golf spielte.

Seitlich neben dem Hauskomplex stand in Zweierreihen eine kleine Armada cremeweißer Golffahrzeuge, überdacht, aber an den Seiten offen. Hufeland kannte Golf nur aus dem Fernsehen, als Anlass wegzuzappen. Ähnlich wie beim Motorsport. Oder beim Geräteturnen, das noch aus seiner Schulzeit ein Trauma in ihm hinterlassen hatte, Stichwort: Felgaufschwung.

Kevin Kuczmanik zog ein Smartphone aus seiner Tasche und ging online.

»Was schaust 'n nach?«, wollte Hufeland wissen.

»Golfcarts heißen die Fahrzeuge«, nuschelte Kevin. »Fälschlicherweise oft Caddys genannt, behauptet Wikipedia.«

»Caddys. So. Und wie heißen die Dreiräder, die die Damen und Herren Golfer hinter sich herziehen? Weiß Wikipedia das auch?«

»Trolleys«, antwortete Kevin.

»Wenn du schon dabei bist, Kevin, ich hab nämlich keine Ahnung von Golf, schau doch mal nach, was eigentlich Handicap bedeutet. Das wollte ich immer schon mal wissen.« Ein Begriff, zu dem er ganz andere Assoziationen hatte als einen funktionierenden Arm, der einen Golfschläger durch die Luft wirbelt.

Kevin Kuczmanik freute sich über Hufelands Interesse und zitierte nun lang (und erschöpfend) aus dem Wikipedia-Artikel. Als sie schließlich auf dem großen Parkplatz vor dem Eingangsportal neben Wagners Dienstwagen und zwei weiteren Pkws hielten, war er immer noch nicht zum Ende gekommen. Und Hufeland verstand weniger als vorher, was ein Handicap beim Golfen zu suchen hatte.

»Danke, Kevin, ich bin im Bilde«, behauptete er.

Kevin schaute auf und deutete mit dem glänzenden schwarzen Gerät in seiner Faust auf den schwarzen Benz im fortgeschrittenen Alter, der ebenfalls vor dem Haus parkte.

»Kocks Hausfreund Osterkamp ist in jedem Fall anwesend«, nahm Hufeland den Wink auf. »Hoffen wir, dass auch der verstoßene Sohn Bruno ansprechbar ist.«

Wagner war bereits ausgestiegen und öffnete Hufeland die Tür, es sah beinahe aus, als wolle er ihm auch den Arm zum Aussteigen reichen.

»Sehe ich so gehandicapt aus?«, wehrte Hufeland ab. Nach der Schmerzattacke vorhin – er war sich vorgekommen wie ein Mann in den Wehen – fühlte er sich inzwischen wieder erholter. Aber die Sache dort unten, zwischen seinen Beinen, blieb latent bedrohlich, darüber war er sich im Klaren. Am besten nicht mehr dran denken.

Wagner trat einen Schritt zurück, ließ Hufeland aussteigen und wies mit dem Kinn auf zwei deutlich sichtbare Gestalten hinter einem der Fenster im Erdgeschoss. »Bruno und Osterkamp sitzen im Frühstücksraum. Ich kann zwei Personen am Tisch erkennen.«

»Dann müssen sie es sein«, sagte Kevin und ließ seinen Blick über den leeren Parkplatz und das entvölkerte Gelände schweifen. »Denn Gäste gibt's ja keine, wie's scheint. – Dabei stinkt es hier gar nicht, jedenfalls nicht nach Huhn«, unterstrich er mit der Andeutung einer schnüffelnden Nase.

Wagner schüttelte bedauernd den Kopf. »Im Moment vielleicht nicht. Aber warten Sie mal, bis der Wind wieder auffrischt und drüben über Kocks Felder mit dem Hühnermist weht!«

»Spielen Sie eigentlich Golf, Herr Wagner?«, fragte Hufeland ihn unvermittelt.

Wagner starrte ihn einen Augenblick verblüfft an, ehe er die Antwort fand. »Ich nicht, nein. Aber meine Frau spielt ganz gern. Der Gestank macht ihr nicht so viel aus, jedenfalls nicht mehr als der im Dorf, vor unserer Haustür. Und Osterkamp lässt sie umsonst. Also Golf spielen.«

»Wieso das?«

»Na, erstens ist eh nichts los hier. Sehen Sie ja.« Wagner machte eine ausschweifende Geste mit der Hand. »Und zweitens putzt sie hier ab und zu. Kleiner Nebenverdienst.«

»Aha«, sagte Hufeland. »Ich denke, wir brauchen
Sie vorerst nicht mehr, Herr Wagner, vielen Dank.
Machen Sie Mittagspause. Wir melden uns dann wie-
der bei Ihnen.«

Wagner nahm es gleichmütig hin, setzte sich in
sein Auto und verschwand über die Allee, auf der sie
gekommen waren.

# 21

Durch das gläserne Rondell betraten Hufeland und
Kevin Kuczmanik eine in Buche und Cremefarben
gehaltene Empfangshalle. Der Platz hinter dem Tresen zum Einchecken war leer, in dem Schlüsselkasten,
der sich dahinter befand, fehlte kein Zimmerschlüs-
sel. Die Blumen auf dem Tresen waren künstlich, und
dem Staub nach zu urteilen, den sie angesetzt hatten,
war Corinna Wagner anscheinend schon längere Zeit
nur zum Golfen vorbeigekommen, wenn überhaupt.

Sie durchquerten das Foyer und anschließend einen
großen, hellen Restaurantraum voller ungedeckter
Tische und verwaister Korbstühle. Die vollständig verglaste Front zum Golfplatz hin bot einen hübschen,
grasgrünen Ausblick. Fehlten nur die Gäste, die ihn
genossen.

»Ganz schön tote Hose«, bemerkte Kevin und schob sich rasch etwas in den Mund, das aussah wie eine mit Zartbitterschokolade überzogene Nuss. Gleich darauf folgte noch eine und noch eine, und dann mochte Hufeland es nicht mehr mit ansehen. Möglich, dass das Zeug vegan war, aber gesund war es deshalb noch lange nicht.

Der Frühstücksraum, wie Wagner meinte, war in Wahrheit ein Konferenzraum. Das war an der sachlichen Bestuhlung und dem riesigen, wie ein gigantisches umgekehrtes Bügeleisen geformten Buchenholztisch leicht zu erkennen. In der Nähe des Fensters, am spitzen Ende des Bügeleisens, saß Osterkamp mit dem Rücken zu ihnen. Ihm gegenüber ein Mann Ende dreißig mit aufgekrempelten Hemdsärmeln, der sie sperberhaft musterte. Vor ihnen auf dem Tisch standen zwei Kaffeetassen, eine Flasche Genever und die dazugehörigen Gläser.

Bruno Kock hatte glattes schwarzes, nur von dünnen Silberfäden durchzogenes Haar und musterte sie aus kühlen mattblauen Augen. Er hatte athletische, breite Schultern und strahlte eine mediterrane Vitalität und Männlichkeit aus, auf die viele Frauen sicher flogen, dachte Hufeland. Er selbst verkörperte mehr den leptosomen Typus.

Osterkamp wandte sich um, erhob sich und knöpfte sein schlackerndes Jackett zu. Er begrüßte die beiden Polizisten mit einem Nicken und der zweifelhaften Phrase: »Welch Glanz in meiner Hütte!«

An diesem Mann scheint alles zu groß, dachte Hufeland, als er Osterkamp jetzt unmittelbar gegenüberstand. Die ausladende Hornbrille, das metallisch (auch etwas speckig) glänzende Jackett, der Knoten seiner zackig gemusterten Krawatte, der breit grinsende Mund und irgendwie sogar der monströse Tisch, an dem sie saßen. Genau genommen schien das ganze riesige Hotel eine Nummer zu groß für diese magere, seifenglatte Unternehmerfigur.

Hufeland wandte sich an Bruno Kock, der sitzen geblieben war. »Ich bin Hauptkommissar Hufeland von der Kripo Münster, und das ist mein Kollege Kuczmanik. Mein Beileid, Herr Kock, zum Tod Ihres …«

»Geschenkt.« Bruno Kock sah ihn nicht an, hob seine Kaffeetasse an, trank sie schlürfend aus, goss sich einen Genever ein, kippte ihn hinunter – und schwieg.

Osterkamp schien die Szene unangenehm zu sein. »Wollen Sie sich nicht setzen?«, sagte er deutlich zu laut. »Möchten Sie einen Kaffee?«

»Danke, gern«, sagte Hufeland und nahm gegenüber Bruno Kock Platz. Kevin, der ebenfalls um Kaffee bat, setzte sich ächzend gleich daneben und zückte eifrig schon mal Kugelschreiber und Notizbuch.

Osterkamp wieselte davon, um den Kaffee zu holen. »Personal hab ich leider keins zurzeit«, rief er ihnen noch zu. »Abgesehen von Bruno natürlich.«

»Das müssen Sie mir erklären, Herr Kock«, sagte Hufeland und beugte sich zu Bruno vor. »Was arbeiten Sie auf einer Golfanlage, die keinen Betrieb, keine Gäste hat?«

»Einer muss sie ja in Schuss halten«, antwortete Bruno Kock trocken. »Die Anlage, meine ich.« Er wrang sich ein Grinsen aus dem Gesicht. »Falls doch mal Gäste kommen. Wie letzte Woche.« Er goss sich noch einen Schnaps ein, trank ihn jedoch nicht gleich aus. »Aber ich verstehe nicht, was meine Arbeit mit dem Tod meines Vaters zu tun hat. Was wollen Sie eigentlich von mir?«

»Schön, dann kommen wir gleich zur Sache«, sagte Hufeland. »Sagen Sie uns doch bitte, wo Sie sich gestern Abend aufgehalten haben. So ab sechs, sieben Uhr?«

»Sechs Uhr, das rechnen Sie schon zum Abend?«

Hufeland hatte seine Gründe, nach dieser frühen Uhrzeit zu fragen. Es gehörte zu seiner Methode. »*Wo waren Sie?*«, fragte er plötzlich so scharf, dass selbst Kevin erschrak.

Nicht jedoch Bruno Kock. Der ganz ruhig blieb. »Um sechs war ich im Brooker Hof«, antwortete er beinahe gelangweilt. »Der Kneipe meines Onkels. – Verboten?«, mokierte er sich dann aber doch. »Verdächtig, beim Onkel ein Bier zu trinken? Strafbar an Allerseelen?«

»Wie lang waren Sie dort?«, ignorierte Hufeland die Provokation.

»Bis um acht ungefähr. Zur Tagesschau war ich zu Hause.«

»Ich sehe, Ihre Frau hat Ihnen bereits das richtige Stichwort geliefert, während wir zu Ihnen unterwegs waren«, konterte Hufeland.

Zum ersten Mal verlor Bruno Kock ein wenig die Kontrolle: »Sie wollen sagen, wir hätten uns abgesprochen? Das wollen Sie doch sagen!«, giftete er Hufeland an. Sein Blick wurde hart und kalt wie Putin. »Dann hören Sie jetzt mal zu: Meine Frau und ich, wir haben es nicht nötig, uns abzusprechen. Ich war um acht zu Hause, hab mich vor den Fernseher gehauen, Nachrichten geschaut und anschließend einen ›Tatort‹. Später ins Bett gegangen. Wollen Sie auch wissen, was ich da gemacht habe?«

»Na, was soll man im Bett schon tun mit seiner Frau, was?«, rief auf einmal Osterkamp mit abgeschmackt guter Laune. Er war mit einem Tablett zurückgekehrt, auf dem er eine Kaffeekanne aus zartem, weißem Porzellan sowie Tassen, Zuckerschale und Milchkännchen balancierte. Formvollendet stellte er das Tablett vor ihnen auf dem Tisch ab. »Ich war mal Kellner, müssen Sie wissen. So habe ich angefangen. Ganz bescheiden.«

Hufeland wartete einen Augenblick, bis sich der Hotelier gesetzt hatte, und sagte: »Herr Osterkamp, es scheint ein offenes Geheimnis in Vennebeck zu sein, dass es mit Ihnen ein noch bescheideneres Ende nehmen könnte, wenn die Kock'sche Hühnermast nicht bald den Betrieb einstellt.«

Osterkamps Gesicht versteinerte. »Das ist durchaus richtig«, gab er unumwunden zu. »Wilhelm war drauf und dran, mich zu vernichten. Beinahe wäre ihm das ja auch gelungen.«

»Wieso beinahe?«, entschlüpfte es Kevin, die Lippen schon an der Kaffeetasse, die Osterkamp ihm hingestellt hatte.

Das Gesicht des Hoteliers hellte sich wieder auf. »Schauen Sie sich um. Mein Hotel steht noch. Aber Kock ist tot. Ich lebe. Sein Mastbetrieb wird eingestellt, und meine Golfanlage wird ruckzuck wieder aus den roten Zahlen sein. So einfach ist das.«

»Nur damit ich das richtig verstehe, Herr Osterkamp«, sagte Hufeland. »Sie erwarten, dass Kocks Hühnermast eingestellt wird?«

»Kein Wilhelm Kock, keine Hühnermast«, bekräftigte Osterkamp. Er warf Bruno einen fragenden Blick zu. »Soll ich's ihnen erklären, Bruno?«

Bruno Kock schloss viel- oder auch nichtssagend die Augen für eine Sekunde und öffnete sie wieder. Es wirkte eher desinteressiert als zustimmend.

»Also, Silke, die Frau Kock, Wilhelms …«

»Wir wissen, wer gemeint ist«, erklärte Kevin lächelnd.

Osterkamps Stirn warf Falten. »Silke Kock kriegt auf alle Fälle nur einen Fliegenschiss von Wilhelms Mastbetrieb«, fuhr er mit grimmiger Genugtuung fort. »Der Löwenanteil steht nach wie vor Bruno zu. Höfeordnung nennt sich das bei uns, Berechnung nach dem Einheitswert, damit der Betrieb nicht auseinanderfällt, verstehen Sie? Um das zu verhindern, hätte Wilhelm den Grundbucheintrag löschen müssen, bevor er … na ja.« Er wischte das lästige Detail der Ermordung mit einem Handschütteln vom Tisch. »Ich war heute Morgen bei ihr, um ihr zu raten, dass sie besser klein beigibt, statt zu prozessieren.« Er stutzte kurz und froschäugte sie an. »Aber das wissen Sie ja.«

»Sie schien nicht eben begeistert über Ihren Besuch«, bemerkte Hufeland.

»Aber sie wird ihren Anteil verkaufen, das steht fest, so wahr ich Kurt Osterkamp heiße!«, warf er sich in die Brust. »Ist doch auch die beste und einfachste Lösung. Bruno hier …« Er versuchte offenbar, seinem Gesicht einen Ausdruck von lässiger Milde beizubringen, was auf die Schnelle misslang und eher nach Tragödienstadl aussah. »Bruno kriegt von der Bank locker den Kredit, um Silke auszubezahlen. Damit kann sie sich ein schönes Leben auf Malle machen. Und Bruno wird freundlicherweise die Mast einstellen, damit wir alle wieder aufatmen können, haha.«

»Und dann? Was haben Sie vor, Herr Kock?« Hufeland hatte sich direkt an Bruno Kock gewandt. Doch der schwieg weiter mit einem unergründlichen Blick, den er auf Osterkamp heftete.

Der auch sogleich Auskunft gab: »Na, einen ganz normalen, anständigen Hof will Bruno aufziehen! Bäck tu se ruuts. Wie sich das gehört.«

»Klingt gut«, sagte Hufeland. »Gut für *Sie*, Herr Osterkamp.«

»Für alle ist das gut!«, protestierte Osterkamp. »Für Bruno, für ganz Vennebeck. Für mich natürlich auch, klar.«

»Darf ich Sie etwas fragen, Herr Osterkamp?«

»Tun Sie doch schon die ganze Zeit.«

»Wo waren Sie gestern Abend ab sechs Uhr etwa? – Und am besten sagen Sie jetzt nicht: bei Silke Kock«, mahnte Hufeland. »Könnte sein, dass wir dann sehr, sehr misstrauisch werden.«

Osterkamp lachte. »Schon klar. Nein, nein, natürlich war ich nicht bei Silke.«

»Sondern?«, setzte Hufeland nach. »Wo waren Sie also?«

»Na ja, wo werde ich gewesen sein?« Er zögerte, schien zu überlegen. »In Münster werd ich gewesen sein. Eine alte ... Freundin besuchen. Eine Geschäftspartnerin, genauer gesagt. Wir haben schon manches Mal miteinander ... ein Ding gestemmt.«

»Finanziell meinen Sie?«, sagte Hufeland und konnte sich ein Grinsen nicht verkneifen.

»Ja sicher, finanziell. Ausschließlich finanziell. Was denken Sie denn?«

»Ich denke, Sie könnten meinem jungen Kollegen den Namen und die Adresse Ihrer Freundin nennen«, erwiderte Hufeland trocken.

Kevin blickte Osterkamp herausfordernd an und ließ seinen Kugelschreiber wie einen beutegierigen Habicht über seinem Notizbuch kreisen.

»Gesine Verspohl, Raesfeldstraße 9.«

»Oha!«, entfuhr es Kevin. »Kreuzviertel, nicht schlecht. Sicher gut betucht, die Dame«, fügte er scheinbar naiv hinzu und zwang Osterkamp damit zu einem windschiefen Lächeln.

»Schön«, sagte Hufeland, »dann kann Ihre teure Freundin also bezeugen, dass und wie lange Sie gestern Abend bei ihr gewesen sind?«

»Na ja, nicht direkt. Weil … sie war nicht da.«

Kevin lachte kurz und heftig auf.

Osterkamp warf ihm einen bösen Blick zu. »Ich hab sie nicht angetroffen. – Sagen Sie mal, was soll der Quatsch? Werde ich etwa verdächtigt, den Wilhelm Kock umgebracht zu haben?«, empörte er sich plötzlich. »Was sagst du dazu, Bruno?«

Bruno sagte nichts dazu, sondern schloss lieber sekundenlang die Augen. Was nun wieder alles Mögliche bedeuten konnte.

Hufeland ließ sich durch Osterkamps Nebelkerze nicht beirren. »Sie waren also gegen sechs in Münster?«

»Gegen sieben. Um sechs bin ich hier losgefahren.«

»Gut, also um sieben in Münster. Aber Ihre Geschäftsfreundin war nicht da.«

»Jedenfalls hat sie nicht aufgemacht.«

»Was haben Sie dann gemacht, Herr Osterkamp?«, wollte Hufeland wissen.

»Ich hab noch eine Weile vor dem Haus gewartet, vielleicht eine halbe Stunde …«

»Das heißt, bis gegen halb acht etwa?«, fragte Kevin,

der Osterkamps zeitliche Angaben in sein Notizbuch eintrug.

»Halb acht, ja, das könnte hinkommen.«

»Und dann, Herr Osterkamp? Was haben Sie anschließend gemacht?«, fragte Hufeland.

»Jedenfalls nicht den Kock umgebracht!«

»Sondern?«

»Ich bin zurückgefahren. Nach Hause.«

»Leben Sie allein? Oder mit Familie?«

»Allein. Ich bin Junggeselle. Sie auch, oder? So was rieche ich.« Er grinste Hufeland kumpelhaft an. Und dieser fragte sich erschrocken, ob er das etwa ausschwitzte, dass er ledig war und allein lebte.

»Wie viel Uhr war es, als Sie zu Hause ankamen?«, hakte Kevin Kuczmanik wieder nach.

»Na, wie spät wird es gewesen sein? Halb neun rum, schätze ich.«

»Und weiter?«, fuhr Hufeland ihn an. »Nun lassen Sie sich nicht jedes Wort aus der Nase ziehen, Herr Osterkamp. Was dann? Blieben Sie zu Hause? Wenn nein, wo sind Sie hingegangen? Oder gefahren?«

»Zum Brooker Hof bin ich. Zu Fuß. Zur Kneipe seines Onkels«, nickte Osterkamp zu Bruno Kock hinüber. »Unser beider Stammkneipe.«

»Sieh an, Ihrer beider«, karikierte Hufeland seinen geschwollenen Stil. »Und haben Sie dort den Herrn Kock angetroffen, in Ihrer beider Stammkneipe?«

»Welchen Kock meinen Sie, den alten oder Bruno?«

»Beide.« Hufeland sah Bruno dabei nicht an.

»Bruno war schon weg. Und der Wilhelm zum Glück auch. Das hab ich von Werner erfahren. War schon komisch, der Wilhelm ist eigentlich sonst nie im Brooker Hof gewesen. Jedenfalls sehr selten. In letzter Zeit aber häufiger. Leider.«

»Haben Sie eine Ahnung, warum?«, wollte Hufeland wissen.

»Hat mich nicht interessiert. Sobald er aufgetaucht ist, hab ich mein Bier getrunken und mich vom Acker gemacht.«

»Hm. Und Sie?«, wandte Hufeland sich an Bruno Kock. »Haben Sie sich nicht gefragt, warum Ihr Vater neuerdings Ihre Stammkneipe frequentierte?« Doch der blickte erwartungsgemäß ins Leere und schwieg mit zusammengepressten Lippen.

Eine unangenehme Pause trat ein, in der niemand etwas sagte.

»Wie viel Uhr war es eigentlich genau, als Sie die Kneipe betraten?«, brach Kevin das Schweigen und setzte eine durchaus dazu passende Buchhaltermiene auf.

»Schauen *Sie* als Erstes auf die Uhr, wenn Sie Ihre Stammkneipe betreten?«, gab Osterkamp zurück.

»Ich schaue aufs Handy«, antwortete Kevin.

»Ich nicht.«

»Ich auch nicht.« Das waren seit Minuten die ersten Worte von Bruno Kock.

Erst jetzt trank Hufeland seinen Kaffee; er war schwarz, bitter und lauwarm.

»War's das?«, fragte Osterkamp erleichtert, als Hufeland und Kevin sich von ihren Stühlen erhoben.

»Wer weiß das schon?«, antwortete Hufeland. Und das war sein voller Ernst.

# 22

»Seltsam«, grummelte er beim Durchqueren des Foyers.

»Ja, das ganze Hotel vollkommen leer«, sagte Kevin. »So leer wie mein Magen«, fügte er seufzend hinzu.

»Ich meine das verstockte Verhalten von Bruno Kock. Ich wette, der blufft. Irgendetwas geht in dem Mann vor. Der brütet was aus. Ich schätze, dass uns das noch beschäftigen wird.«

»Beim Sohn eines Hühnermästers ist das ja auch erwartbar«, grinste Kevin frech.

»Was?«

»Na, dass er was ausbrütet.«

Als sie in die feuchte Novemberluft hinaustraten, zogen sich ihnen reflexartig die Nasenflügel zusammen.

Der Gestank war unerträglich.

»Scheiße!«, schimpfte Kevin Kuczmanik.

»Mist, mein Junge. Hühnermist. Wie Wagner gesagt hat.«

»Der Wind muss sich gedreht haben.«

»Bloß weg hier!«

Sie beeilten sich, zum Wagen zu kommen, rissen die Türen auf und warfen sich auf die Sitze, als seien sie mit letzter Kraft einer tödlichen Gefahr entronnen.

»Kennen Sie diesen vereisten New York-Film von Emmerich, ich komme jetzt nicht auf den Titel«, lachte Kevin Kuczmanik, während Hufeland den Motor anließ.

»Ich kenne nur *einen* Emmerich«, betonte Hufeland. »Der spielte bei Borussia Dortmund und hatte eine sagenhafte linke Klebe.«

Kevin kniff die Brauen zusammen, Hufelands Emmerich sagte ihm nicht das Geringste. »Ich meine den Film, wo sich eine gigantische Flutwelle über New York ergießt und sich durch die Straßenschluchten wälzt.« Er lachte. »Minutenlang steht diese Riesenwelle vor der National Library und droht das junge Mädchen und ihren Hund, der sich verklemmt hat oder was, unter sich zu begraben.«

»Und?«

»Sie schaffen es. Rein in die Biblio und Tür zu. Gerettet, die Monsterwelle bleibt draußen.«

»Da bin ich aber beruhigt«, sagte Hufeland und fuhr los. Die Klimaanlage ließ er diesmal wohlweislich ausgeschaltet.

Sie verließen das Golfgelände und fuhren zurück zum Ortskern. Mitten durch die von allen Tieren verlassene Weidelandschaft. Vorbei an alten Gehöften in ihrem unprätentiösen warmroten Klinkergewand, das Hufeland schon immer gefallen hatte, und ersten Siedlungsringen mit Einfamilienhäusern jüngeren Datums, nicht ohne die schon bekannten gekreuzigten Hühner im Vorgarten.

Kevin zeigte auf einen großen alten Mann mit schlohweißem Haar, der vor einem der Häuser stand und etwas tat, das Hufeland bestürzte: Vor dem Huhn am Marterpfahl hielt der Alte den Kopf gesenkt, die Hände gefaltet. Offensichtlich betete er für die arme Kreatur, eine von der Sorte Plastikhuhn, die in der Tat täuschend echt aussah.

Hufeland brachte den Wagen am Straßenrand zum Stehen, und sie stiegen aus. Vorsichtig näherten sie sich dem alten, offensichtlich verwirrten Mann. Jetzt erkannten sie auch, dass er unter dem knielangen grauen Wollmantel noch einen schwarzen Rock trug, der bis zu den Knöcheln reichte. Eine Soutane, erkannte der gewesene Messdiener Hufeland sogleich.

»Ein Geistlicher«, flüsterte Kevin, offensichtlich ebenso betroffen wie Hufeland.

Ja, aber wohl kaum der örtliche Pfarrer.

In gebührendem Abstand von einigen Metern warteten sie, bis der alte Priester sein Gebet beendet hatte und mit einem Kreuzzeichen dem Huhn seinen verwirrten Segen erteilte. »In nomine patris et filii et spiritus sancti.«

»Guten Tag«, sprach Hufeland den Alten an. »Können wir etwas für Sie tun?«

Der alte Mann schüttelte traurig sein weißhaariges Haupt. »Wer tut denn nur so etwas … Gottloses?«

»Das Huhn ist nicht echt«, beeilte sich Kevin Kuczmanik zu erklären. »Alles Plastik.«

Der verwirrte Geistliche blickte Kevin einige Sekunden lang mitleidig an und hob dann zwei Finger der rechten Hand, um auch ihn zu segnen. »In nomine patris …«

Kevins kugelrunder Kopf leuchtete auf wie das Ampelrot, und Hufeland drehte es immer mehr den Magen um. Nicht allein wegen des Gestanks, der von Kocks Gülleweiden herüberzog. Die Szene war einfach zu makaber. Und traurig. Der alte Mann erinnerte ihn an seine Mutter.

In diesem Moment hielt auf der kleinen Straße ein silbergrauer Passat Kombi. Ein Mann in Hufelands Alter, mit Halbglatze und deutlichem Bauchansatz, stieg aus. Aus seinem schwarz-weißen Stehkragen unter dem dunklen Jackett wuchs ein sichtlich erregtes Gesicht.

»Pater Paulus«, wandte er sich an den Alten, »wir waren doch verabredet. Zum Mittagessen bei mir!« Mit diesem sanften Vorwurf streckte er fürsorglich seine Arme nach ihm aus. »Kommen Sie, Pater, wir fahren zusammen.«

Er führte den alten Mann zur Beifahrerseite seines Wagens. Doch bevor der Pater einstieg, segnete der noch einmal Hufeland und Kevin, ihr Auto und dann auch das Auto des Pfarrers, dem er sich nun anvertraute.

Der Priester schlug die Autotür zu und kam noch mal rasch auf Hufeland und Kuczmanik zu. »Ich bin Pastor Sömmering«, sagte er. »Danke, dass Sie angehalten haben. Es passiert eigentlich nie etwas, wenn der Pater spazieren geht. Aber wenn er zum Essen nicht auftaucht, mache ich mir doch Sorgen.« Er bedankte sich ein weiteres Mal und setzte sich ins Auto. Nicht ohne nun auch selbst von Pater Paulus den Segen zu erhalten. Verdientermaßen. Dann fuhren sie ab.

# 23

Hufeland parkte den Wagen auf dem Parkplatz unmittelbar vor der Dorfkirche. Als sie ausstiegen, war er angenehm überrascht. Er hatte Vennebecks Ortskern von früher als einen gesichtslosen Flecken in Erinnerung, durch den sich ein graues Straßenband zog, das einem sagte: Schnell weg hier!

»Alle Achtung, der Ort hat sich gemacht«, sagte er anerkennend mehr zu sich als zu Kevin, der sich etwas umständlich den Mantel zuknöpfte. Die Hauptstraße rund um die Kirche war verkehrsberuhigt durch Schwellen und Verengungen; komfortable, ochsenblutfarben gekennzeichnete Radspuren begrenzten sie links und rechts. Ein Café, ›Die Bäckerlinde‹, linkerhand und eine Gastwirtschaft gegenüber und der schon mehrfach erwähnte ›Brooker Hof‹ waren neben einer Apotheke, einem Bekleidungsgeschäft, einem Fahrradladen und einer Drogerie die weltlichen Kommentare zur backsteinernen Kirche, die ihr massives Haupt ungerührt weit hinaus in den Hühnerdunst erhob.

Denn natürlich waberte er auch hier: der Huhngestank, Kocks allgegenwärtige Duftmarke in Vennebeck.

Sie überquerten die jetzt um die Mittagszeit kaum befahrene Straße mit dem für Großstädter so komfortablen Gefühl, nicht mal nach rechts und links blicken zu müssen, weil du jedes einzelne, sich nähernde Fahrzeug deutlich hörtest.

Dachten sie. Und übersahen dabei die beiden Jugendlichen, die auf ihren Hochgeschwindigkeitsrädern herangeschossen kamen, um ihnen fluchend, bremsend und schlingernd eben noch auszuweichen.

»Idioten!«, schrie einer der beiden, »Passt doch auf!«, der andere, und Hufeland, dem vor Schreck das Herz stehen zu bleiben schien, musste ihnen recht geben. Kevin dagegen blökte zurück: »Höchstgeschwindigkeit fünfzig in Ortschaften! Schon mal davon gehört?«

Im nächsten Moment nahmen sie die Kurve und waren schon nicht mehr zu sehen.

Durch eine schwere Eichentür betraten sie den dunklen, rundum holzvertäfelten Schankraum. Bernsteinfarbene Bleiverglasungen an fast allen Fenstern filterten, was vom trüben Tageslicht noch übrig war und erzeugten, zusammen mit der unverwechselbaren Mischung aus Bier-, Brause- und Bratendunst, die dämmrige, etwas schwermütige Kneipenatmosphäre der deutschen Nordländer.

Dem Betrieb schadete es offenbar nicht. Es war brechend voll. Hufeland erkannte auf Anhieb etliche der Gesichter wieder, die vorhin noch vor dem Friedhof auf Kocks Tod angestoßen und sich nun hierher verzogen hatten. In die Kneipe von Wilhelm Kocks Bruder. Nur die jungen Mütter mit ihren Kindern hatten offenbar auf den mittäglichen Pintenbesuch mit ihren Kleinsten verzichtet. So waren es vorwiegend die älteren Männer, die die Plätze an den einfachen Holztischen und auf den Barhockern vor der Theke einnahmen. Der allgemeinen Hochstimmung tat das dadurch angehobene Durchschnittsalter der Gäste freilich keinen Abbruch. Der Lärm war unbeschreiblich.

»Krass!«, brüllte Kevin Kuczmanik Hufeland zu, und das traf es genau.

Zwischen den fröhlichen Trauergästen der Kneipe zwängte sich jetzt eine große, heftig keuchende Gestalt zu ihnen durch, ein Mann von Mitte sechzig mit einem guten Dutzend Resthaaren, die er sich in feinen Linien von links nach rechts gestriegelt hatte. Der Mann machte ein gequältes, geradezu peinlich berührtes Gesicht, sanfte graue Augen blickten sie durch eine tropfenförmige Stahlbrille an, die vor einigen Jahrzehnten mal für kurze Zeit modern gewesen war, wie Hufeland sich erinnerte.

»Es tut mir leid«, quetschte der Mann mit einer Stimme heraus, die sich ehrlich bemühte, laut zu werden, aber kein Talent dafür besaß. »Sie möchten sicher essen. Aber Sie sehen ja, was hier los ist. Alles voll. Ganz plötzlich. In Guidos Pizzeria, das liegt zwei Straßen weiter, finden Sie sicher noch einen Platz.«

Hufeland zog wortlos seinen Ausweis heraus und hielt ihn dem Mann vor die wässrigen, hellen Augen. Die jetzt groß und größer wurden.

»Kripo Münster«, brüllte Hufeland dem Mann ins Ohr. »Sagen Sie, wo finden wir Herrn Kock, den Eigentümer?«

Der Mann nickte erschrocken und eifrig. »Aber … das bin ich«, sagte er. Vermutlich. Hufeland las es ihm von den Lippen ab.

»Was denn?«, entfuhr es Kevin Kuczmanik, der anscheinend ebenfalls Lippen lesen konnte. »Sie sind Werner Kock? Der Bruder des Ermordeten?«

Der Mann errötete wie ein kochender Hummer angesichts des Erstaunens, das dem jungen Kriminalbeamten ins kugelrunde Kindergesicht geschrieben stand. Darüber, dass der Wirt wenige Stunden nach dem gewaltsamen Tod seines Bruders höchstpersönlich feuchtfröhliches Kapital daraus schlug. Danach sah es wenigstens aus.

»Sie … Sie müssen das vergess … verstehen«, stammelte er, sichtlich um Fassung bemüht. »Plötzlich war es gerammelt voll. Ich …« Er schüttelte den Kopf, die gesamte Situation überforderte ihn. Den Eindruck vermittelte er zumindest.

Hufeland fasste spontan so etwas wie Mitleid mit Werner Kock. Falls der Wirt der Täter war (worauf derzeit freilich nichts hindeutete), dann wenigstens ein sympathischer. Einer von der Sorte, die es ihr Leben lang nicht für möglich halten, dass sie – sie selbst! – töten könnten. Bis sie es dann tun. Plötzlich halten sie ein Messer in der Hand, um es ›dem *Anderen*‹ ins verräterische Herz zu stoßen. Mitten hinein, ganz spontan, ganz tief. Hufeland konnte das verstehen. Besonders wenn er an Möllring dachte.

»Können wir uns irgendwo in Ruhe unterhalten, Herr Kock?«, schrie er gegen den Lärm an.

Kock nickte beflissen und bat sie, ihm zu folgen. Das heißt, wahrscheinlich tat er das, denn er sagte etwas (viel zu leise), wandte sich um und ging voraus.

# 24

Sie boxten sich durch die angeregt schreiende Menge, drückten sich an der Theke vorbei und erreichten nach intensivsten Reibungen mit Dutzenden von Männerbäuchen einen wegen seiner Holzvertäfelung nicht nur schummrig, sondern reichlich düster wirkenden Flur.

Hinter einer Doppeltür öffnete sich ihnen ein Saal, der nicht ganz die Größe eines Landkreises erreichte. Zum Glück menschenleer.

Links befand sich auch hier eine Theke. Am gegenüberliegenden Ende, hinter einem dunkelblauen, metallisch schimmernden Vorhang, verbarg sich eine Art Empore, vermutlich für die Musikkapelle oder einen Entertainer, DJ oder Ähnliches.

»Himmlisch«, sagte Kevin Kuczmanik und meinte die plötzliche Ruhe.

»Danke«, sagte der Wirt und verstand es offenbar als Kompliment für die Gemütlichkeit seines Tanzsaals. In dieser Hinsicht konnte man jedoch geteilter Meinung sein. Besonders ein überdimensioniertes Windrosenmuster im braunen Fliesenboden, das an den geprägten Tapeten vielfach wieder aufgenommen wurde, sorgte optisch für Unruhe. Aber vielleicht half das ja der Tanzlust auf die Sprünge. Und die Glasfront zum gepflasterten Innenhof verhalf dem Saal zu einer im Vergleich zum lichtscheuen Schankraum angenehmen Helligkeit.

Sie setzten sich an einen der vorderen Tische, die hufeisenförmig die Tanzfläche umgaben. Hufeland sprach dem Wirt zunächst in aller Form sein Beileid aus, und Werner Kock war der Erste heute, bei dem es ihm nicht wie ein leeres Ritual vorkam. Er stützte seine Ellbogen auf die Tischplatte, nahm seine Stahlbrille ab, und im nächsten Moment vergrub er sein bebendes Gesicht in den großen, groben Händen, schüttelte den Kopf, zuckte unkontrolliert die Schultern, zog mit einer Hand ein Taschentuch aus der Brusttasche seines graublau gestreiften Flanellhemds und schnäuzte sich.

Kevin, sichtlich betroffen, machte bereits Anstalten, den Mann zu trösten, doch Hufeland signalisierte ihm, sich zurückzuhalten.

So warteten sie eine gute Minute, bis Werner Kock sich wieder erholt zeigte. Er hob den Kopf, wischte sich mit dem Handrücken die geröteten Augen aus, setzte seine Brille wieder auf und blickte sie dann erwartungsvoll an.

»Jetzt können wir«, sagte er mit bemerkenswerter Schlichtheit. Es klang wie das berühmte Diktum des ersten amerikanischen Delinquenten, der nach der Wiedereinführung der Todesstrafe in den USA hingerichtet worden war: »Let's do it«, hatte er seine Henker aufgefordert, ihren Job zu tun. Und das ließen sie sich nicht zweimal sagen.

»Herr Kock«, begann Hufeland. »Sie wissen natürlich, auf welche Weise Ihr Bruder getötet wurde?«

Kock starrte ihn an. »Ich weiß, dass er …«, er zögerte und schluckte, »dass er erschlagen worden ist. Oder er … erstochen. Das hab ich von Wagner, am Telefon heute Morgen. Ich wollte gleich hin, zum Friedhof, meine ich. War schon im Mantel, aber dann hab ich's nicht übers Herz gebracht, ihn dort … Also, ich hab mir vorgestellt, wie er dort liegt, auf Lenes Grab, und seinem eigenen Grab quasi, dem Doppelgrab. Ausgerechnet.«

»Haben Sie dafür eine Erklärung?«, entfuhr es Kevin. Er warf Hufeland einen fragenden Blick zu, und der ließ ihn gewähren.

»Zufall, was sonst«, antwortete der Wirt und zuckte die Achseln.

Seine Naivität war vielleicht gespielt, dachte Hufeland. »Was hatte Ihr Bruder dort zu suchen, Herr Kock?«, übernahm er wieder. »Am Grab seiner ersten Frau? Abends im Dunkeln an Allerseelen?«

»Einsam trauern schien nicht gerade seine Spezialität zu sein, wie wir hören«, schob Kevin trocken nach.

Werner Kock zuckte nur leicht mit dem Augenlid und entschied sich, die Anspielung auf den Charakter seines Bruders zu überhören. »Wilhelm«, sagte er, »war gestern Abend hier in der Wirtschaft. Ich schätze, ab halb sechs, sechs etwa. Bis … na, es wird so gegen acht, halb neun gewesen sein. Wir waren ganz gut besucht gestern, na ja …«

»Zwischen acht und halb neun«, wiederholte Hufeland. »Genauer können Sie uns nicht sagen, wann Ihr Bruder das Lokal verlassen hat?«

»Noch genauer?«, schien der Wirt ehrlich verwundert über die Nachfrage.

»Sie verstehen doch, dass der Zeitpunkt wichtig für uns ist, Herr Kock, oder?«

»Der Mörder könnte sich unter Ihren Gästen befunden haben!«, warf Kevin Kuczmanik ein.

Anstelle einer Antwort stierte Kock vor sich hin, er war ganz der bestürzte, trauernde, aber verwirrte

Bruder des Opfers. Wenn das alles geschauspielert war, dachte Hufeland, dann hatte der Mann den Iffland-Ring für Schauspielkunst verdient. Oder einen ständigen Wohnsitz im nächstgelegenen Knast.

»Kam es eigentlich häufig vor, dass Ihr Bruder Ihr Lokal besuchte?«, fragte Kevin leichthin.

Kock schüttelte langsam den Kopf. »Nein, eigentlich kam das nur selten vor. Höchstens ein-, zweimal im Jahr. Und dann auch nicht unbedingt an … an Allerseelen.« Er senkte den Kopf.

»Was war also der Grund, dass er jetzt plötzlich bei Ihnen auftauchte?«, verschärfte Hufeland etwas den Ton.

Kock richtete sich wieder auf und hob die Stimme. »So plötzlich war das auch wieder nicht. In letzter Zeit kam er abends schon mal vorbei. – Aber meinetwegen bestimmt nicht!« Er machte ein schafsdummes Gesicht. Die letzte Bemerkung war ihm entschlüpft und offensichtlich peinlich. »Wir …«, reagierte er rasch, aber unbeholfen, »unser Verhältnis war so là là. Nicht ganz, wie es sein sollte unter Brüdern, meine ich.«

»Warum verstanden Sie sich denn nicht?«, fragte Kevin Kuczmanik mitfühlend.

Kock machte auf ehrliche Haut. Aber auch Kevin war kein schlechter Schauspieler, dachte Hufeland. Und hoffte, dass es geschauspielert *war*.

Kock winkte schlaff mit der Hand ab. »Lange Geschichte«, sagte er. »Bei der Abfindung für den Hof, als unser Vater gestorben ist damals, hat er mich ziemlich übers Ohr gehauen, eigentlich. Ist mir nur zu spät aufgefallen. Eigene Dummheit. Ich war wohl zu naiv.«

Kevin setzte sichtlich bereits zum Nachbohren an, doch Hufeland hielt ihn mit einem strengen Blick davon ab. Um die Motive konnten sie sich später kümmern. Zunächst mussten sie den gestrigen Abend rekonstruieren. Sie durften sich nicht verzetteln.

»Ihr Bruder Wilhelm war also noch mindestens bis acht Uhr gestern Abend im Brooker Hof«, sagte Hufeland. »Mit wem hat er gesprochen? Was hat er gemacht?«

»Hören Sie, es waren ja noch andere Gäste da!«, fuhr Kock plötzlich trotzig auf. »Ich hatte zu tun. Da konnte ich nicht drauf achten, was Wilhelm tat oder nicht tat. Abgesehen von den paar Bier, die er getrunken hat.«

»Sie waren ja nicht der Hüter Ihres Bruders, stimmt's?«, sagte Kevin mit biblischem Ernst.

Kock kniff die Augen zusammen. Dass mit dem Bibel-Zitat in diesem Zusammenhang etwas nicht ganz koscher war, begriff er natürlich.

»Ich hab nur gesehen, dass Wilhelm mit Bruno geredet hat«, stellte er klar. »Und das war schon eine kleine Sensation.«

»Aha. Warum das?«, spielte jetzt auch Hufeland den Ahnungslosen.

»Na, weil Wilhelm und Bruno seit Jahr und Tag zerstritten waren. Die sprachen praktisch kein Wort mehr miteinander.«

»Und dann das«, setzte Hufeland den Gedanken-
gang ironisch fort. »Kommt der Wilhelm wieder mal
her und redet mit Sohnemann auf offener Bühne!«

»Tja. Komisch war das schon.«

»Noch komischer ist, dass er kurz darauf tot war,
Ihr Bruder«, sagte Kevin. »Bisschen hoch der Preis für
ein seltenes Gespräch.«

Kock blickte den jungen, dicken Polizisten mit trotziger Miene an. »Darüber sollten Sie mit Bruno reden«,
sagte er. »Mich geht das nichts an.« Und damit lag er
zweifellos richtig.

In diesem Moment klingelte Kevins Smartphone. Er
zog es aus seiner Manteltasche wie einen kleinen Schatz,
warf einen kurzen Blick aufs Display, kräuselte die Stirn
und hielt es dann Hufeland direkt vor die Nase.

»Link aus dem Präsidium«, bemerkte er dazu knapp.
»Schauen Sie mal, die Website der WUZ.«

Unter einer mit fettgelbem Balken unterlegten ›Eil-
meldung‹ der Westfälischen Unabhängigen Zeitung
und der Titelzeile: ›Mord an Hühnerbaron‹ waren zwei
Fotos von Wilhelm Kock veröffentlicht. Auf dem linken lebte er noch, posierte lachend mit seiner zweiten
Frau vor der heimischen Hühnerhalle. Auf dem Bild
daneben war er schon tot, lag bäuchlings auf dem Grab
seiner ersten Frau.

Neben den Fotos blinkte ein Werbekasten. Die
›Münstersche Leben‹ warb mit zahnblitzenden Gesichtern einer intakten Familie für ihre Risikolebensver-
sicherung.

»Wie heißt gleich noch mal Ihr Pressefritze im Ort
mit Namen?«, wandte sich Kevin an den Wirt.

»Der Leichwart? Meinen Sie den? Der heißt Teichwart. Also mit richtigem Namen. Was hat denn der
Leichwart damit zu tun?«

Doch bevor Kevin Werner Kock das frisch veröffentlichte Tatortfoto des örtlichen Pressefotografen
auf seinem Smartphone-Display zeigen konnte, wurde
plötzlich an die noch halb offene Tür geklopft.

# 25

Hochgewachsen, honigblondes, schulterlanges Haar,
helle (vor allem: hellwache) graue Augen in einem
schmalen ovalen Gesicht – die schlanke Gestalt einer
etwa vierzigjährigen Frau zeigte sich im Rahmen.
Hufelands Blick haftete augenblicklich an ihr wie eine
Fliege am lockenden Klebstreifen.

»Entschuldigung«, sagte die Frau mit marmeladen-
weicher, dunkler Stimme, die bei Hufeland sämtliche
Saiten zum Schwingen brachte. »Werner, du wirst am
Telefon verlangt. Geht um die Bestellungen für nächste
Woche. Der Lehmann von der Brauerei sagt, er will
mit dir die Posten durchgehen. Jetzt.« Sie klang selbst-
bewusst und fordernd.

»Hast du ihm nicht gesagt, dass wir einen Trauer-
fall in der Familie haben, Hanne?«, gab Kock genervt
zurück.

»Doch, sicher.« Die Frau, die Hanne hieß, rollte ein
wenig mit den runden, rauchgrauen Augen. »Es täte
ihm zwar leid, sagt Lehmann«, fuhr sie sachlich fort,
»er hätte von der … der Sache mit Wilhelm schon im
Radio gehört. Aber er kann den Zeitplan nun mal nicht
ändern. Behauptet er.«

Sie schenkte jetzt auch Hufeland einen interessierten Blick, der ihn verunsicherte wie einen Fünfzehn-
jährigen. Sie lächelte (wollte ihm scheinen) und verschwand so überraschend schnell aus dem Türrahmen,
wie sie darin erschienen war. Als sie die Zwischentür
zum Schankraum öffnete, jedoch nicht vollständig wieder schloss, stieß auf einmal deutlich aus dem allgemeinen Kneipenlärm der Schmettergesang einer ganz
annehmbaren Bassstimme hervor: »Ich wollt, ich wär
ein Huuuhn. Und hätt nicht viel zu tuuun. Ich legte
täglich mal ein Ei …« Beim Nachsatz: »und sonntags
auch mal zwei«, brüllte die ganze Gemeinde mit wie
im Affenchor.

Werner Kock sprang plötzlich wütend auf. »Das
muss ein Ende haben!«, schalt er. »Schluss mit dem
Theater! Ich schmeiß sie alle raus!«, brüllte er. »Alle
Mann raus«, wiederholte er wütend und stürzte hinaus in den Flur und zurück in den Schankraum.

Doch es kam nicht zu dem angekündigten Donner-
wetter und dem Rauswurf der Vennebecker Sanges-

brüder durch den Wirt. Nur ein paar aufgeregte Wortwechsel mit einzelnen Gästen waren zu vernehmen, die den Gesang zwar abwürgten, aber der Stimmung ansonsten nicht schaden konnten. Sollten wirklich einige Gäste das Lokal verlassen haben, dann freiwillig und nicht mit Rücksicht auf den Wirt des Hauses. So hörte es sich jedenfalls für die beiden im Tanzsaal zurückgebliebenen Polizisten an.

Werner Kock war auf Anhieb kein unsympathischer Zeitgenosse, schloss Hufeland, aber er hatte ein Rückgrat wie ein nasser Schwamm. Nett, aber unverbindlich, freundlich, aber die Fahne immer nach dem aktuellen Wind gestellt. Solche wirbellosen Typen konnten dich zur Verzweiflung treiben.

Gleich darauf kehrte der Wirt zurück in den Tanzsaal. »Wissen Sie was? Ich lasse Ihnen die Karte bringen«, bot er den Polizisten in einem Anfall von Altruismus an. »Unsere Speisekarte! Hierher in den Saal. Da können Sie in Ruhe essen, wenn Sie wollen.«

»Gute Idee!«, sagte Hufeland. »Danke.« Er hatte Hunger, Kevin sowieso. Vor allem aber hoffte er, Hanne, die Kellnerin, würde es sein, die ihnen die Karte brächte.

Werner Kock entschuldigte sich, dass er wieder fort müsse. »Die Bestellung für nächste Woche, Sie verstehen«, sagte er hastig und verschwand im Flur um die Ecke.

# 26

»Speisekarte. Entschuldigung. Essen Sie ganz in Ruhe! Blabla. Will der uns einlullen oder will der uns einlullen mit seiner Speicheltour?«, sagte Kevin und kniff misstrauisch die Brauen zusammen.

»Ich denke, du hast Hunger«, erwiderte Hufeland. Und dachte wieder an die phosphoreszierenden Augen der Kellnerin.

Doch wer kurz darauf mit zwei Speisekarten in der Hand, einer frischen weißen Tischdecke und Servietten erschien, um den Tisch zu decken, war nicht Hanne, die Kellnerin, sondern Werner Kocks Frau Margit.

Sie war eine kleine, breithüftige Frau mit einer grauen Kurzhaarfrisur, deren marineblaues Wollkleid sich eng an ihren Körper schmiegte, den bloß üppig zu nennen, untertrieben gewesen wäre. Sie hatte große, moorbraune Augen, stark ausgeprägte Wangen und Lippen und fingerbreite Brauen, die sie sich womöglich zu dunkel nachfärbte (kein Gebiet, in dem Hufeland sich gut auskannte).

Sie war freundlich auf eine professionelle Weise, lächelte nicht mit dem Mund, aber mit den Augen. Was ihr ausgesprochen gut stand und die abschreckende Wirkung ihrer schwarzen Balkenbrauen wieder wettmachte. Margit Kock gab die verbindlich-freundlich auftretende Vollblutwirtin, und vielleicht war sie es tatsächlich.

Sie breitete die Speisekarte vor ihnen aus und nahm wie selbstverständlich, wie bei jedem anderen Gast, konnte man annehmen, die Getränkewünsche auf. »Ein Wasser, ein Alkoholfreies, in Ordnung.« Damit verschwand sie wieder.

Hufeland blätterte rasch durch die in braunes Kunstleder gebundene Speisekarte. Jedes Gericht wurde zweisprachig angeboten, deutsch und niederländisch. Er entschied sich für einen ›uitsmijter met ham en twee gebakken eieren‹, einen Strammen Max mit Kochschinken und zwei Spiegeleiern.

Kevin dagegen verzog sich zunächst an die ›Salatbar‹ des Brooker Hofs. Seine Wahl fiel auf einen ›Großen Bunten‹, dazu Frühlingsrollen (›loempias‹), anschließend Pommes frites mit Ketchup sowie zwei Gemüseschnitzel.

»Zum Nachtisch dann Apfelkuchen«, lachte er voller Vorfreude. »Und Sie, Herr Hufeland? Nix Süßes?«

Hufeland schüttelte den Kopf. Er stand nicht auf Süßspeisen. Kuchen, Eis, Schokolade, so was ließ ihn kalt. Zum Unverständnis der meisten seiner Freunde und Bekannten. Trotzdem durchforstete er jetzt weiter interessiert die Speisekarte, Seite um Seite ging er jedes Gericht durch.

»Fällt dir was auf?«, fragte er Kevin und hob die Karte leicht an.

Kevin legte seine Stirn in Falten. »Was soll mir denn auffallen? Hat's mit unserem Fall zu tun?«, lachte er wieder.

»Und ob!«, sagte Hufeland und tippte mit dem Zeigefinger auf das schokobraune Kunstleder der Karte. »Es gibt kein Huhn.«

»Kein Huhn?«

Hufeland beugte sich leicht zu ihm hin (oder vielleicht auch hinunter). »Man kann in dieser Kneipe kein Huhn essen, Kevin. Kein Brathähnchen, keine Hühnersuppe, keine Hähnchenbruststreifen. Kein Huhn nirgends, weder geschüttelt noch gewürgt!«

Kevin machte seine großen Kinderaugen. »Krass«, sagte er.

Hufeland stimmte ihm zu. »Die Kock'sche Hühnermast hat in Vennebeck sogar Löcher in die Speisekarte gerissen.«

»Mannomann.«

Die Wirtin erschien wieder, nahm ihre Wünsche auf und brachte danach erstaunlich schnell die Speisen.

Hufeland bat sie, sich für einen Moment zu ihnen zu setzen.

»Das geht nicht«, lehnte sie lakonisch ab. »Wir haben zu tun.«

Hufeland zog eine Braue hoch und sagte: »Dies hier ist eine Mordermittlung, Frau Kock, keine lustige Landpartie, verstehen Sie? Wenn wir bei Ihnen eine Kleinigkeit essen, dann sind wir trotzdem im Dienst. Also, wenn Sie sich jetzt bitte zu uns setzen würden!«

Kevin Kuczmanik staunte, wie hartnäckig und energisch sein neuer Chef auftreten konnte. Man musste sich vor ihm in Acht nehmen. Als Zeuge wie als Azubi.

Margit Kock leistete ihnen also unter stummem Protest Gesellschaft, während sie aßen und wie nebenbei nach dem gestrigen Abend fragten. Ihre Antworten kamen lustlos, aber präzise. Im Unterschied zu ihrem Mann konnte sie jedoch ungefähr den Zeitpunkt nennen, da ihr Schwager das Lokal verlassen hatte.

»Halb neun rum ist er gegangen, ich hab noch auf die Uhr gesehen. Regelrecht rausgestürmt aus dem Schankraum. Und das Beste, er hatte noch nicht mal bezahlt. Typisch Wilhelm. Glaubte wohl, er sei eingeladen, bloß weil er uns neuerdings mal wieder mit seiner Anwesenheit beglückt hatte.«

»Das wird er Ihnen in Zukunft ersparen«, zischelte Kevin durch zwei steil aus seinem Mund ragende Pommes frites hindurch.

»Und Bruno Kock? Wann ist der gegangen?«, wischte Hufeland Kevins Bemerkung mit einer ärgerlichen Handbewegung fort.

»Bruno? Wieso ist das wichtig?«, konterte die Wirtin und runzelte die Stirn. Ihre Antwort kam zögerlich: »Eine gute halbe Stunde vor seinem Vater hat Bruno den Schankraum verlassen.«

»Woher wissen Sie das so genau?«, fasste Hufeland nach. Er hatte sein Essbesteck aus der Hand gelegt und musterte sie skeptisch.

Sie hob leicht genervt die gekreuzten, auf dem Tisch abgelegten kräftigen Unterarme. »Unmittelbar vor Bruno ist Hanne Spieker, eine unserer Kellnerinnen, gegangen. Hanne hatte frei ab acht, ging aber schon zehn Minuten früher. Gut, sie war schon seit dem Mittag im Dienst. Aber Barbara, unsere zweite Tresenkraft, war noch nicht da; die hat auch Familie, kommt aber immer pünktlich um acht und stürzt sich gleich ins Getümmel. Wir gucken normalerweise nicht auf die Uhr, mein Mann und ich, wann unsere Angestellten gehen. (Was hiermit widerlegt war.) Aber ich bin ja oft noch in der Küche und zeitweilig bei unseren Hotelgästen unterwegs. Wenn da nicht alle hundertprozentig mitspielen, kann es schon eng werden, besonders bei den Übergaben.« Sie sah immer noch sehr verärgert aus.

»Das heißt, zehn vor acht ging Ihre Kellnerin, Hanne Spieker, und kurz darauf war auch Bruno Kock fort«, fasste Hufeland zusammen, der den Kampf mit dem Strammen Max wieder aufgenommen hatte.

»Richtig«, bestätigte die Wirtin. »Im Schankraum habe ich ihn danach jedenfalls nicht mehr gesehen.«

»Und Milhelm Kock?«, fragte Kevin mit einem Mund voll Gemüseschnitzel. »Mwo mwar der?«

Sie zuckte die massigen Schultern. »Stritt sich wohl wieder mit ein paar Leuten, die an ihrem Stammtisch Karten spielten. Das probierte er schon den ganzen Abend.«

»Wer genau stritt sich mit ihm?«, wollte Hufeland wissen und beendete die Mahlzeit, indem er das Besteck ablegte und sich den Mund mit der Serviette abwischte.

Die Wirtin blickte ihn erschrocken an. »Nicht dass Sie denen einen Strick daraus drehen. Das sind alles unbescholtene, ehrliche Leute.«

»Frau Kock, wir drehen niemandem einen Strick, wir ermitteln in einem Mordfall. Bitte beantworten Sie nur meine Frage: Wer waren die Kartenspieler?«, insistierte Hufeland.

Sie gab sich geschlagen und musste auch nicht lang überlegen: »Unser Leichwart war dabei, also Teichwart, der Fotograf. Dann der Paul, Paul Lanfermann ...«

»Was denn, der Friedhofsgärtner?«

»Genau. Außerdem Wagner, na, den kennen Sie ja.«

»Polizeiobermeister Wagner?«, entfuhr es Kevin.

Sie nickte. »Und Kamphues, unser Bürgermeister. Ich glaube, mit dem stritt Wilhelm sich hauptsächlich.«

»Worum ging es dabei?«, fragte Hufeland.

»Das müssen Sie ihn schon selber fragen«, sagte sie und setzte eine Miene auf, die ungefähr besagte, dass sie schließlich nicht der Ortsspitzel vom Dienst sei. Eine Einstellung, grundsätzlich nicht unsympathisch. Bloß unpraktisch, wenn man zufällig Kriminalbeamter war.

Hufelands Handy klingelte. Es war Wagner, dem er seine Nummer gegeben hatte. Wenn man den Teufel nennt, kommt er g'rennt. Aufgeregt und ohne Einleitung hörte er den Örtlichen in den Hörer brüllen: »Das müssen Sie sich ansehen, Herr Kommissar!«

»Was muss ich sehen, Wagner?«

»Na, das hier. Vor Kocks Wohnhaus. Die Silke, also die Witwe, hat mich vorhin angerufen.«

»Ist sie denn schon wieder nüchtern?«, erkundigte sich Hufeland.

»Geht so.«

»Was ist denn los?«

»Kommen Sie halt her, schauen Sie sich's an, Herr Kommissar. Hier braut sich was zusammen, glaube ich.«

»Wir sind gleich bei Ihnen, Wagner.« Hufeland sprang auf und erntete einen entgeisterten Blick seines Azubis, der sich gerade über seinen Apfelkuchen hermachen wollte. »Auf geht's, Kevin. Zur Witwe Bolte!«

»Und die Rechnung?«, rief ihnen die Wirtin erstaunt hinterher.

»Später!«, versprach Hufeland und boxte für sich und Kevin eine Schneise durch den Gästepulk im Tresenraum. Tief in seinem Unterleib, das spürte er diffus, bereitete sich eine böse Schmerzwelle auf den finalen Angriff vor.

# 27

Die Szenerie vor der Kock'schen Villa war nahezu unverändert im Vergleich zu ihrem Besuch am Vormittag. Die toten braunen Augen der Bleiglasfenster, der Zuckerkies des Vorgartens, die kugelrunden Bäumchen mit den immergrünen Pudelfrisuren im exakt bemessenen Rasen, die Porzellangeparden und die elektronischen Wachschutz-Engel, die von der unschuldsweiß verklinkerten Hauswand auf sie herabsahen – alles wie vorher.

Nur eines war dazu gekommen: drei Mülltonnenladungen voll totem Huhn. Die großen grünen Plastiktonnen, die vorhin noch auf dem Hof, drüben am Ende der Mastanlage, gestanden hatten, lagen jetzt umgestürzt mit aufgeklappten Deckeln am Boden. Ihr Inhalt verteilte sich als zähe, undefinierbare Masse über den gesamten Vorgarten, zierte einen Teil des Fußwegs zur Haustür und schmückte sogar die blanken, weißen Porzellanköpfe der Raubkatzen.

Hufeland parkte seinen Touran neben Wagners Dienstwagen. Sie stiegen aus und führten unwillkürlich die Ärmel ihrer Mäntel vors Gesicht. Der ätzende Huhngestank, hier um eine verwesungsintensive, faulige Note angereichert, raubte ihnen fast den Verstand.

Wagner stand mit der gleichen (und ebenso nutzlosen) Schutzhaltung, den Uniformärmel vor der Nase, am Rand der Rasenfläche und begrüßte sie mit einem stummen Leidensblick.

Aus dem Haus drang jetzt ein seltsamer, extrem hoher, lang gezogener Klagelaut. Er hatte etwas Wölfisches oder vielmehr etwas von einem Kojoten (jedenfalls wie Hufeland sich das Heulen eines Kojoten vorstellte).

Es nützte ja nichts, er nahm den Arm vom Gesicht, deutete mit dem Borstenkinn zum Haus und fragte: »Die Witwe?«

Wagner schloss und öffnete zustimmend die Augen, den schützenden Arm ließ er wohlweislich vor der Nase.

Hufeland und Kevin Kuczmanik betrachteten das Desaster nun aus der Nähe.

»Erinnert mich irgendwie an ... Kunst«, quetschte Kevin hinter seinem Ärmel hervor. »Ich weiß nur nicht, von wem.«

»Kunst?!«, fuhr Hufeland ihn an. »Die Sauerei oder vielmehr Hühnerei hier nennst du Kunst?«

»Na ja, für mich sieht das aus wie ein abstraktes Gemälde, das irgendwie aus dem Rahmen gefallen ist«, verteidigte sich Kevin erschrocken.

Hufeland legte den Kopf schief, betrachtete das Szenario ringsum unter dieser unerwarteten Perspektive und musste zugeben, dass das Bild nicht ganz so schief war, wie es sich zunächst anhörte. Die Abfallmasse war nur deshalb noch als zusammengepresste Hühnerkadaver erkennbar, weil sie ja *wussten*, dass es sich um totes Geflügel handelte. Andernfalls konnte man darin durchaus eine kreative Schöpfung, eine Kunstaktion aus roten und weißen und schwarz-grünen Materialien sehen, einen gefiederten Teig, formlos, mit einzelnen Elementen, die abgetrennten oder zerquetschten Beinen, Köpfen, Krallen, Kämmen, Muskelsträngen und Innereien nur noch *glichen*. ›Ohne Titel‹ könnte das Werk heißen, ›Assemblage aus Federn, Fleisch und weiteren Materialien‹.

»Gibt es Zeugen für die Aktion?«, richtete sich Hufeland an Wagner.

Der Örtliche schüttelte den Kopf, den Arm noch immer vorm Gesicht.

»Wo sind eigentlich die Arbeiter?«, wunderte sich Kevin.

Wagner deutete mit den Augen zur Halle hinter der hohen Hecke. »Sie wollten den Dreck schon wegräumen, aber …« Er nahm jetzt doch den Arm vom Gesicht, es hatte bereits verzerrte Züge angenommen, wie unter einer Art Nasenfolter. »Silke hat den Männern gesagt, sie sollten mit Wegräumen noch warten«, begann er ausführlicher zu erklären. »Sie hat zuerst mich angerufen. Bin natürlich gleich her. Keiner der Arbeiter hat irgendwelche Fremden gesehen, behaupten sie. Nur Sie beide heute Vormittag.« Er hackte mit der langen Nase in ihre Richtung. »Weil sie ja drinnen gearbeitet hätten. Sie hätten die toten Hühner, also die Reste hier, schon heute früh in die Tonnen entsorgt.«

Das war zweifellos richtig. Hufeland und Kevin hatten es selbst beobachten können.

»Sprechen Sie eigentlich Polnisch, Wagner?«, fasste Hufeland nach.

»Ich, Polnisch? Woher denn? Das haben die Männer alles der Silke berichtet. Irgendwie. Und die …«

»Hat's Ihnen erzählt«, sagte Hufeland, »Schon klar.« Irgendwie.

»Jedenfalls haben die Arbeiter nichts von der Aktion hier mitbekommen, sagen sie«, schloss Wagner etwas trotzig und striegelte mit einer Hand seinen Otterschwanz unter der Mütze.

Kevin blickte hoch zu den Überwachungskameras. »Macht ja nichts«, sagte er. »Die Kameras dürften alles aufgezeichnet haben.«

Wagner wiegte den Kopf. »Die Kameras sind tot. Der Computer drinnen im Haus zeichnet nichts auf. Das Programm, sagt Silke, ist nicht besonders kompatibel mit den Kameras. War es von Anfang an nicht. Die Kameras dienten lediglich zur Abschreckung. Aber Wilhelm hielt das für ausreichend. In Vennebeck passiert nix, hat er gesagt. Sagt jedenfalls die Silke. Und damit hatte er ja auch recht.« Der Polizist streckte sich in seiner blau-weißen Uniform, um anzudeuten, wem die Ruhe und Ordnung in Vennebeck vor allem zu verdanken sei.

»Bis *gestern* hatte er recht«, konnte sich Kevin nicht verkneifen. Eine Bemerkung, die dem Örtlichen sogleich wieder die Luft herausließ.

»Wie geht's der Witwe jetzt?«, fragte Hufeland.

»Sie hat sich hingelegt. Aber Sie hören's ja«, antwortete Wagner.

In der Tat, das Heulen der Kojotin aus der Tiefe des Hauses war zwar schwächer geworden, aber noch gut zu vernehmen.

»Will sie Anzeige erstatten?«

»Sie will sich's überlegen.«

»Gut, Wagner«, sagte Hufeland. »Machen Sie schnell noch ein paar Fotos von der Sache. Dann kann Frau Kock die Scheußlichkeit wegräumen lassen.«

»Fotos sind schon gemacht«, verkündete Wagner

stolz. »Ich hab unseren Leichwart hergebeten, damit er sie gleich …« In derselben Sekunde begriff er, dass er sich diesen Hinweis besser geschenkt hätte.

Hufeland starrte ihn an wie einen Wahnsinnigen: »Sie haben *was* getan, Wagner? Den Fotografen von der WUZ um ein paar Fotos von dem Dreckhaufen hier gebeten?«

»Na ja, so machen wir das immer in Vennebeck. Eine Hand hilft der anderen. Ich geb dem Leichwart hin und wieder einen Tipp. Eingeworfene Fensterscheiben im Vereinslokal nach einem Fußballspiel, zum Beispiel. Oder gesprengte Mülltonnen am Neujahrstag. So kleine Sachen eben. Und er organisiert der Polizeistation ein Probeabo der WUZ mit Laufzeitverlängerung bis ultimo. Was ist dabei?«

»Aber *Sie* sind die örtliche Polizeistation, Herr Wagner!«, ereiferte sich Kevin wie ein echter Azubi. »Ihnen *persönlich* spendiert er sein Zeitungsabo.«

Wagner zuckte lässig die Schultern. Oder vermutlich sollte es lässig aussehen.

»Polizeiobermeister Wagner«, platzte jetzt auch Hufeland der Kragen, »wir befinden uns mitten in einer Mordermittlung! Hier handelt es sich nicht um ein paar geklaute Hühner oder vom Nachbarhund gerissene Kaninchen, die hinterher malerisch für den Ortsfotografen im Garten des Pfarrers liegen!«

»Wieso beim Pfarrer?«

»Herrje, Wagner!«, fauchte Hufeland ihn an. »Stellen Sie sich doch nicht künstlich dumm. Sonst müssen wir annehmen, dass Sie vielleicht selbst in den Fall verwickelt sind.«

»Was denn, ich? Was habe ich mit dem Fall zu tun?«, stierte Wagner ihn entgeistert an.

»Ja, Sie, Wagner!«, kläffte Hufeland ihn an. »Wieso haben Sie uns nicht gesagt, dass Sie noch gestern Abend Zeuge waren, wie Kock sich im Brooker Hof mit einem halben Dutzend Stammtischbrüdern angelegt hat? Darunter auch Sie, Wagner?!«

Wagner griff sich an den Mützenschirm, rückte ihn nervös vor und zurück und setzte eine entrüstete Miene auf. »Herrgott, der Kock lag mit dem ganzen Ort im Streit wegen seiner Hühnermast. Wieso soll es da eine Rolle spielen, wenn er sich nebenbei auch noch in der Kneipe herumstreitet?«

»Nebenbei?« Hufeland schnappte nach Luft. »Was heißt hier *nebenbei*! Es war verdammt noch mal der Tatabend, Wagner. Unmittelbar danach hat Kock die Kneipe verlassen, Mensch. Ob dieser Streit nebensächlich war, überlassen Sie gefälligst uns von der Kripo, verstanden!«

Hach, er hatte die Schnauze gestrichen voll von diesen selbstherrlichen, störrischen Wagners: Ortspolizisten, die sich der Kripo gegenüber aufführten, als würde ihnen der Ort, für den sie zuständig waren, persönlich gehören. Er musste tief ein- und ausatmen, um wieder die Kontrolle über sich und die Situation zu bekommen. Doch er spürte bereits, wie die Welle zurückkam. Ein Tsunami aus Schmerz rollte durch seinen Unterleib und brach sich weit schlimmer als vorhin zwischen seinen Beinen. Ihm wurde schwarz vor Augen, er kippte vornüber und fiel Wagner direkt in die vor Schreck geweiteten Arme.

# 28

Zwei, drei Sekunden lang hing Hufeland dem Örtlichen am Hals wie eine Seemannsbraut, dann sprang Kevin Kuczmanik hinzu und griff seinem Chef von einer Seite unter den Arm, um ihn mit Wagner zusammen ins Haus zu schleppen. Es dauerte freilich eine Weile, ehe die inzwischen still gewordene und offenbar eingeschlafene Witwe Wagners Dauerklingeln und Kevins aufgeregtes Rufen zur Kenntnis nahm. Noch immer ganz in Pink (der Morgenmantel) und mit verheulten Augen, deren verlaufenes Make-up dunkle Alice Cooper-Schlieren über ihre Wangen zog, öffnete sie die Tür und ließ das keuchende Männer-Trio widerwillig eintreten. Wagner und Kuczmanik schleppten den großen, schweren Mann durch den Flur hinüber ins Wohnzimmer und kippten ihre Last auf dem schwarzen Ledersofa ab.

»Is ihm schlecht, oder was?«, krächzte Silke Kock vom Türbogen aus, unter dem sie stand. Sie erhielt keine Antwort. Wagner riss sein Handy aus der Gürteltasche unter der blauen Uniformjacke und alarmierte den Notdienst.

Hufeland bekam das alles nur schemenhaft mit. Er lag in Embryonalhaltung auf dem Sofa, das Gesicht ins weiche Leder gedrückt, die Hände gegen den Schritt. Tief in seinem Unterleib pulste der Schmerz. Ihm war schlecht, auf seiner Zunge machte sich ein metallischer Geschmack breit, sein ganzer Körper fühlte sich an wie vergiftet. Was, zum Teufel, bedeutete das? Fühlte er sich *so* an, der Unterleibskrebs des Mannes im vermeintlich besten Alter? Oder hatte das alles etwa mit der … örtlichen Pestilenz zu tun? An die zwar die Vennebecker seit Jahren gewöhnt waren, bei ihm aber Blitzvergiftung auslöste? Absurde Vorstellung … aber Gott, was für ein Schmerz!

Er spürte, wie Kevin Kuczmanik ihm mitfühlend seine schwere Patschhand auf die Schulter legte. »Arzt kommt gleich, Chef«, sagte er bloß. Geradezu einsilbig für seine Verhältnisse. Der Junge war charakterlich wirklich in Ordnung.

Die Witwe verzog sich wieder in den hinteren Teil des Hauses, und kurz darauf klingelte bereits das Notarztteam an der Tür. Drei Männer, eine Frau in alarmroten Westen. Sie sahen eher aus wie Straßenarbeiter.

Die Ärztin blickte ihm prüfend in die Augen, interviewte ihn in sachlichem, ruhigem Ton zu seinen Beschwerden, zählte unterdessen seinen Puls, fühlte seine Stirn und sagte, sie brächten ihn jetzt in das nächstgelegene Krankenhaus, um ihn dort in der Notaufnahme zu untersuchen.

»Haben Sie verstanden, was ich Ihnen gesagt habe?«, fragte sie ihn schließlich.

Hufeland kam sich vor wie in einer Zeugenvernehmung, er nickte und winkte wie mit letzter Kraft Kevin Kuczmanik zu sich heran. Kevin beugte sich über ihn, und Hufeland zerrte an dessen Mantelkragen, bis sich Kevins Ohr ganz dicht an seinen Lippen befand. »Mach hier weiter, Kevin«, flüsterte er ihm mit heiserer, vom Schmerz verzerrter Stimme zu. »Fühl dem Wagner ordentlich auf den Zahn, hörst du! Nicht locker lassen, Junge!« Kevin nickte eifrig. Hufeland löste den Griff und drückte ihm seinen Schlüsselbund in die Hand. Und lauter, sodass alle ihn verstehen konnten, sagte er: »Tu mir den Gefallen und fahr meinen Wagen später nach Hause, Kevin, ja?« Wieder nickte Kevin beflissen.

Hufeland fiel kraftlos zurück aufs schwarze Leder. Die drei Männer hatten inzwischen eine Trage ausgeklappt, hievten ihn mit geschickten, starken Armen darauf und verließen mit ihm das Haus. Noch in dem mit allem Hightech ausgestatteten Rettungswagen zapften sie ihm literweise (so kam's ihm vor) Blut ab, pflasterten seinen Schädel und seine Brust mit Elektroden und errechneten wahrscheinlich, wie lang er noch zu leben hatte: zwei Stunden, zwei Tage, zwei Monate oder Jahre? Er tat sich selbst ziemlich leid in diesem Moment, und der gemeine Schmerz zwischen seinen Beinen gab ihm auch volles Recht dazu.

# 29

Kevin Kuczmanik blickte dem Rettungsfahrzeug hinterher, das sich mit seinem Chef im Inneren rasch entfernte. Er stand in der Eingangstür der Kock'schen Villa (füllte den Türrahmen beinahe voll aus) und betrachtete melancholisch wie ein geschlagener Feldherr die gefallenen Hühner im steinernen Vorgarten. Die Arbeiter aus der Mastanlage hatten schon begonnen, die Leichen einzusammeln und in die dafür vorgesehenen Container zurückzuverfrachten.

Kevin war gerührt. Allerdings weniger, wie er sich eingestehen musste, weil Hufeland an irgendeiner Kolik litt oder was immer. Sondern weil der Kommissar ihm die weiteren Ermittlungen im Fall Kock auf so intime Weise anvertraut, geradezu ans Herz gelegt hatte.

Hinter sich hörte er jetzt Wagners schnaufenden Atem über seiner rechten Schulter. »Hat sich ganz schön rabiat aufgeführt, Ihr Chef«, beklagte er sich. »Scheint ihm aber nicht bekommen zu sein, was?«, schob er befriedigt nach. Er deutete mit dem spitzen Kinn auf den Kadaverberg. »Silke will anscheinend keine Anzeige erstatten, um diese Leute nicht noch mehr zu reizen, sagt sie.«

Kevin wandte sich zu ihm um. »Diese Leute, das klingt, als wüssten Sie und die Witwe ganz genau, um wen es sich handelt«, sagte er.

»Kann man sich doch denken!«, erwiderte Wagner energisch und warf den Kopf in den Nacken, dass seine weiße Mütze ins Rutschen kam.

»Und zwar?«

»Militante Tierschützer. Diese Spinner, Robin Hood oder wie sie nun heißen.«

»Robin Wood«, verbesserte Kevin. »Und die sind gewaltfrei.« So was wusste man doch.

»Ach, das behaupten die bloß! In Wahrheit fallen sie nachts in die Ställe ein und tagsüber richten sie Verwüstungen an, sobald sich ihnen die Gelegenheit bietet.«

»Gibt's von denen eine Ortsgruppe in Vennebeck?«

»Nee! Hier im Ort nicht! Ein Vennebecker tut so was nicht.« Er deutete wieder auf die toten Hühner vorm Haus.

»Wie kommen Sie darauf?«

Wagner blickte ihn erstaunt von der Seite an. Aber mehr noch auf ihn herab. »Sie kommen nicht aus der Gegend hier, was?«

»Nein.«

»Münster?«

»Jepp.«

»Na sehen Sie. Feine Stadt an sich.«

»Kann man so sehen.«

»Aber nur für feine Pinkel. Und solche, die's mal werden wollen.« Wagner sah ihn herausfordernd an.

Kevin hielt seinem Blick stand und fragte sich, worauf Wagner eigentlich anspielte: die hohe Zufriedenheit – oder Selbstzufriedenheit – der Münsteraner?

Dass die Stadt mal den Pott als lebenswerteste Stadt der Welt eingeheimst hatte? Was ihn betraf, er war in Kinderhaus aufgewachsen und lebte dort noch immer. Und er mochte diesen Stadtteil von Münster, der seinen Namen, egal wovon er sich ableitete, reichlich verdient hatte! Brennpunkt, klar. Kriminalität, schon richtig. Aber erstens gab's die auch woanders in der Welt, besonders in der Wirtschaft, wie er inzwischen wusste, nur dass die kaum belangt wurde. Und zweitens: lieber kinderreich und herzlich als steinreich und herzlos.

Aber was verstand Wagner schon davon? Er fand es lohnender, den Örtlichen auf seinen offensichtlichen Widerspruch aufmerksam zu machen: »Diese … Leute«, sagte er gedehnt, »die Tierschützer, die arbeiten im Grunde doch in Ihrem Sinne, Herr Wagner, meinen Sie nicht auch?«

»Also, Arbeit würde ich das nun nicht nennen, was die tun«, wehrte Wagner kopfschüttelnd ab. »Gibt welche, die sind praktisch gegen alles. Nicht nur gegen Hühnermast, was ja vernünftig ist. Die sind auch gegen Tierversuche und sogar …« Er unterbrach sich und fuhr mit gesenkter Stimme fort: »Corinna hatte mal einen Boxer, also die Hunderasse jetzt. Klitschko hieß er, dem hat sie die Ohren schön kupieren lassen, weil's besser aussieht, ganz klar.« Er bleckte die Zähne. »Und da geht doch so ein Aktivist aus Dinkel, der hier regelmäßig seine Freundin oder Verlobte oder was besucht, hin – und zeigt sie an!« Seine Augen waren die blanke Empörung.

»Ist ja auch verboten«, erwiderte Kevin.

»Was?«

»Na, das Kupieren von Ohren und Schwänzen bei Hunden. Es ist verboten, Herr Wagner. Und zwar schon ziemlich lange.« Ein Verbot, das Kevin aus vollem Herzen unterstützte, das Verstümmeln von Hunden war für ihn die reine Barbarei, roh und bekanntermaßen äußerst schmerzhaft für die Tiere.

Wagner sah das anders. »Wissen Sie, was den Viechern in der *Tiermast* alles abgeknipst wird? Schnäbel, Schwänze, Ohren, den Ferkeln sogar die Eierchen! Alles ohne Betäubung, millionenfach, aber das kontrolliert *dort* kein Mensch. Bloß wir Privatleute, wenn wir unsere Hunde da und dort mal ein bisschen anspitzen, damit sie nach was aussehen, ja, dann wird gleich Ärger gemacht!«

»Was ist denn aus der Anzeige gegen Ihre Frau geworden?«, fragte Kevin ziemlich frostig.

»Nichts natürlich. Wir haben den Hund rechtzeitig weggegeben, sozusagen.«

Kevin musterte ihn skeptisch und entschied sich, besser nicht nachzufragen, was mit ›sozusagen‹ gemeint war.

Wagner war der Stimmungseinbruch zwischen ihnen offenbar unangenehm. Mehr jovial als kollegial legte er die Hand auf Kevins Schulter und sagte mit aufgesetzter Heiterkeit: »Wissen Sie was, Kuczmanik, ich lade Sie ein. Auf eine Lecker-Tass-Kaff bei mir zu Hause. Was halten Sie davon?«

Kevin Kuczmanik war einverstanden. Bei einer ›Lecker-Tass-Kaff‹ fiel dem Wagner womöglich gar nicht auf, wenn er ihm beiläufig wegen gestern auf den Zahn fühlte. Kam drauf an, wie weit der POM das Maul dabei aufriss.

# 30

Sie gingen noch mal ins Haus und verabschiedeten sich im Wohnzimmer von Silke Kock, die sich inzwischen in ein malvenfarbenes Kleid mit unzähligen kleinen schwarzen Zotteln gezwängt hatte. Wie Quarzsteine glitzerten die Bommel und repräsentierten anscheinend ihre momentan empfundene Trauer über den Tod ihres Mannes.

Dann fuhren sie los. Das heißt, Kevin brauchte eine Weile, um in Hufelands Touran Sitz und Spiegel auf seine Größe und Reichweite einzurichten. Er folgte Wagners Dienstwagen wie am Vormittag über die Umgehungsstraße hinweg – und schon waren sie da. Wagners Haus lag in der Tat nur wenige hundert Meter von Kocks Villa entfernt. Es befand sich in der äußersten Reihe der Siedlung schmucker kleiner Einfamilienhäuser mit direktem Blick auf Kocks Hühnerfarm am jenseitigen Straßenufer. Spitzes rotes Ziegeldach, weiß geklinkerte

Fassade, Rasen mit Achttagebart, ein kleiner, gestufter Weg aus grauen Schieferplatten, der zwischen weißem Kiesbelag zur Haustür führte – im Grunde, schien es Kevin, als er den Touran vor dem Haus parkte, unterschied sich der Stil gar nicht von Kocks Villa. Nur dass eben alles erheblich kleiner war als drüben.

Und es stank selbstverständlich. Als er ausstieg, konnte er sogar noch die Abluftrohre auf der Mastanlage erkennen, deren Öffnungen wie Kanonenrohre auf die Ortschaft gerichtet waren. Technisch vielleicht unsinnig, aber eine gelungene Provokation der Nachbarn gleich gegenüber.

Ja, das konnte einen schon wütend machen, selbst wenn man Polizist war, dachte er und folgte Wagner ins Haus.

# 31

Das Erste, was ihm auffiel, war der Geruch. Wie im Kaufhaus. Nein, wie im Drogeriemarkt, diese unnachahmliche Mischung aus Veilchenimitat-Seife, Kloreiniger und parfümiertem Tee, der einem in solchen Geschäften unweigerlich entgegenschlug.

Wagner schien seine Gedanken zu erraten, als er ihm im Flur den Mantel abnahm und sich selbst seiner Mütze und Uniformjacke entledigte. »Aah, das tut gut, was?«, atmete er demonstrativ durch. »Corinna, meine Frau, entgast quasi jeden Morgen und Abend den Hühnergestank aus dem Haus, der von draußen reinkommt.«

Und zwar mit Gegengas, das die Geruchsnerven verklebte, dachte Kevin. »Superidee!«, gratulierte er dem Hausherrn und kniff die Nasenflügel zusammen, so gut es ging.

Auf dem Weg ins Wohnzimmer kamen sie an einem Zimmer vorbei, an dessen Tür ein großes, himbeerrotes ›J‹ aus Holz prangte. Die Tür stand halb offen, ein Staubsauger lehnte gleich daneben an der Wand, der hellgraue Wollteppich im Zimmer sah wie neu verlegt aus und war sicher kürzlich erst gesaugt worden.

Wagner fing seinen Blick auf und blieb seufzend stehen, um die Tür noch ein Stück weiter zu öffnen. In einer Ecke stand ein Kinderbett, so blank, wie Gott es geschaffen hatte, ohne Matratze, ohne Kissen, ohne alles. Neben dem schmalen weißen Kinderschrank befand sich rechts vom Fenster ein Wickeltisch, darüber an der Wand eine Heizlampe. Sonst war das Zimmer leer, selbst die bunten Streifentapeten schienen nur darauf hinzudeuten, dass Kinderbilder an den Wänden fehlten.

»Janne oder Jan soll es mal heißen, wenn's endlich mal schnackelt«, sagte Wagner mit belegter Stimme und deutete mit dem Finger auf das einsame rote ›J‹ an der Tür. »Hat bisher nicht sollen sein«, fügte er traurig hinzu.

Was für ein seltsamer Gegensatz dieses unbehausten Zimmers zu dem überladenen, von Spielsachen und Kuscheltieren überquellenden Kinderzimmer im Haus der jungen Kocks, dachte Kevin.

»Meine Frau ist übrigens nicht da«, erklärte Wagner, als sie das Wohnzimmer betraten, das eine Vorliebe für getigerte Muster verriet. »Sie arbeitet heute im Altenheim drüben.« Er schraubte den Kopf herum, der Otterschwanz zappelte unbestimmt in seinem Nacken.

»Ah, als Pflegerin, interessant«, sagte Kevin und ließ sich auf dem Sofa nieder, das eine schwarze Wolldecke mit gelben Tigerstreifen zierte. Er dachte an seine neue Freundin, Melanie, die als Krankenschwester in der Uniklinik arbeitete. Er hatte Melanie per Internet kennengelernt. Über das Asex-Portal, in dem sich dankenswerterweise die Asexuellen der Nation tummelten, sich gegenseitig Mut zusprechen und Kontakt miteinander aufnehmen konnten. So wie er und Melanie vor gut einem Jahr.

Doch Wagner korrigierte ihn. »Nee, Corinna arbeitet dort auch als Putze hin und wieder.«

»Wie im Golfhotel?«

»So isses. Als Verkäuferin früher musste sie doppelt so viel arbeiten und hatte am Ende weniger als jetzt«, verriet Wagner mit einem Blick ›unter uns‹ und stiefelte nach nebenan, um in der Küche den Kaffee für sie zu machen.

Das Hohelied der Schwarzarbeit, dachte Kevin. Das kam eben heraus, wenn man das ganze Land zum Billiglohnsektor erklärte und der sogenannte Mindestlohn mindestens Hohn war. Kevin konnte sich unendlich über derlei ärgern, er war gewerkschaftlich aktiv und politisch hellwach. Eine Weile hatte er sogar davon geträumt, beruflich in die Politik zu gehen, aber nachdem man ihn mehrfach schon bei den Jugendsekretärswahlen übergangen hatte, ließ er die Pläne fallen, Deutschlands auffälligstes politisches Schwergewicht werden zu wollen.

Er führte ein wenig seinen Blick spazieren. Das Wohnzimmer war zugleich Ess- und Fernsehzimmer, wie der lang gestreckte Esstisch am Fenster drüben und das große schwarze Rechteck, der Flachbildschirm an der Wand gegenüber, zeigten. Wechselrahmen mit Wagners Ausbildungsjahrgang und weiteren uniformierten Kollegen, Familienfotos, kleine Glasfiguren, vor allem Tiger in verschiedenen Größen, und andere Nippes hier und da, alles ganz ›normal‹, wie man in der Gegend gern sagte. Nur's Kind fehlte noch, Jan oder Janne.

Wagner kam mit zwei schlanken hohen Bechern zurück, die er auf dem Glastisch in der Mitte der hellbraunen, wildledernen Sitzgruppe abstellte. Instant-Muckefuck, nicht gerade die selbst gebrühte ›Leckertass‹, die Kevin erwartet hatte, das Gebräu schmeckte bitter und ledrig, als hätte Wagner eine Schuhsohle darin aufgelöst.

Wagner fing, kaum dass er sich Kevin gegenüber platziert hatte, ganz von selbst mit dem Thema des Tages an. »Der Kock, Mannomann, dass es den erwischt hat. Dabei hab ich ihn gestern Abend noch gesehen.«

»Im Brooker Hof, meinen Sie?«

Wagner nickte, schüttelte den Kopf, nickte wieder, schlürfte seine Leckertass.

Die Absicht war offensichtlich. Wagner wollte jetzt, da Hufeland außer Gefecht war, seinen Fehler rasch vergessen machen. Entweder, weil's ihm peinlich war. Oder weil er etwas zu verbergen hatte, überlegte Kevin Kuczmanik.

»Es heißt, Wilhelm Kock soll die Kneipe gegen halb neun verlassen haben«, konfrontierte er Wagner mit der Aussage der Wirtin.

Wagner zuckte die Achseln.

»Wann sind *Sie* eigentlich gegangen?«, fragte Kevin ihn ganz unverhohlen.

»Na, bald nach dem Ärger, den es wegen Kock gegeben hat.«

»Am Stammtisch?«

»Ja. – Nein! Wilhelm Kock gehörte natürlich nicht zu unserem Stammtisch. Wir haben gekartet …«

»Ge-was?«

»Na, Karten gespielt. Der Leichwart, dann Paul, also Paul Lanfermann, Kamphues und ich.«

»Kamphues, Ihr Bürgermeister im Ort?«

»Ja, Josef Kamphues, richtig.«

Komische Vorstellung, dachte Kevin, dass ein so kleiner Ort wie Vennebeck noch immer nicht einverleibt worden war, sondern als selbstständige Gemeinde auch einen eigenen Bürgermeister stellte. Das zeigte, wie weit vom Schuss Vennebeck entfernt lag. Zu weit jedenfalls, um von irgendeinem der größeren Orte in der Region geschluckt zu werden.

»Der Kock, also Kock senior jetzt«, fuhr Wagner fort, »der schlich den Abend immer schon so um unseren Tisch herum. Kommentierte das Spiel, unsere Blätter und so weiter.«

»Und das nervte«, schob Kevin ein.

»Und wie das nervte, Mann! Na ja, es war dann natürlich Kamphues, der ihn als Erster anpfiff, er solle sich vom Acker machen.«

»Wieso *natürlich* Kamphues?«

Wagner machte eine wegwerfende Geste. »Ach, die beiden können sich nicht ausstehen. Dabei waren sie früher mal die dicksten Kumpel. Schon seit der Schulzeit, die beiden sind ja ungefähr gleich alt. – Ich meine: waren, was Kock betrifft.«

Wagner stand plötzlich auf. »Kommen Sie mal, ich zeig Ihnen was!«

Er führte Kevin Kuczmanik zum Wohnzimmerfenster, zog die weiße Gardine zur Seite und deutete mit dem Finger auf ein wuchtiges Wohnhaus mit Walmdach am Kopfende der Straße, das die anderen um ein ganzes Stockwerk überragte. »Das ist das Haus vom Kamphues. Vor fünf Jahren frisch gebaut. So ziemlich das jüngste hier in der Ecke.«

»Und das größte«, sagte Kevin Kuczmanik.

»Sicher. Ein Dreifamilienhaus. In den unteren Etagen wohnt Kamphues senior, also unser Bürgermeister. Oben sollte sein Sprössling einziehen, um später das ganze Haus zu erben. Bloß, dem jungen Kamphues stinkt's natürlich, der will partout nicht einziehen. Wohnt lieber zur Miete irgendwo in Münster, bei guter Stadtluft.«

Vor fünf Jahren, überlegte Kevin Kuczmanik, das hieß ein Jahr, bevor Kocks Hühnermastanlage in Betrieb ging. »Kock hat also auch seinen besten Kumpel Kamphues übers Ohr gehauen?«

»Ihn besonders! Wir anderen wohnten meist ja schon hier. Aber Kamphues hat neu gebaut. Auf dem Grundstück, das Kock ihm verkauft hat. Garantiert günstig. Denn der Kamphues hat in der Verwaltung kräftig dafür gesorgt, dass Kock seine Hühnermast ohne Probleme, ohne Auflagen et cetera, bauen konnte. Das kann Ihnen hier jeder bestätigen.«

»Aber warum hat er das getan, wenn er doch selbst gleich gegenüber der Anlage sein Haus bauen wollte?«

»Der Kock hat ihn getäuscht! Er hat dem Kamphues – wie uns allen hier im Ort! – weisgemacht, dass man seine Viecher in der Anlage weder sehen, riechen noch hören würde. Hat da so ein paar Agrarexperten angeschleppt, die ihm das bescheinigt haben.« Wagner sah Kevin dabei mit einem langen Blick an und zog ironisch an einem Augenrand.

»Und der Kamphues hat das geglaubt? Einfach so? Wie Sie alle?«, wunderte sich Kevin immer mehr.

**141**

»Was den Kamphues betrifft: Wenn Sie für'n Appel und 'n Ei ein Grundstück angeboten bekommen, das Sie auf Ihre alten Tage noch standesgemäß mit dem größten Haus weit und breit bebauen können, glauben Sie gern mal solchen Unsinn.« Er seufzte und legte eine kleine Pause ein, bevor er fortfuhr. »Und ich muss ehrlich sagen, wir im Ort haben Kocks Pläne damals alle nicht besonders ernst genommen. Jeder ist halt mit seinen eigenen Sorgen beschäftigt. Ist doch so! Da achtet man nicht so drauf, was ein Bauer drüben auf der anderen Seite der Umgehungsstraße für Hallen baut. Und was da drin passiert.«

»Heute ist das aber anders«, stellte Kevin trocken fest und dachte an die unzähligen Plastikhühner und Protestplakate in den Vorgärten von Vennebeck.

Wagner nickte zustimmend. »Tja, heute schon. Wir sind getäuscht worden. Und natürlich sauer.«

»*Stink*sauer«, konnte sich Kevin nicht verkneifen.

Wagner setzte eine kampflustige Miene auf. »Aber bald stehen wieder Bürgermeisterwahlen an. Da bekommt der Kamphues von ganz Vennebeck die Rechnung präsentiert. Das garantiere ich Ihnen!«

»Ich dachte, der Kamphues wäre Ihr Skatbruder«, stichelte Kevin.

»Was hat das denn damit zu tun, dass er als Bürgermeister ein Versager ist!«, zog Wagner jetzt rücksichtslos Bilanz. »Geldgeil wie alle anderen, die sich von Kock haben einseifen und kaufen lassen.«

»Sagen Sie, Herr Wagner, wann hat Kamphues

eigentlich die Kneipe verlassen? Können Sie sich erinnern?«

Wagners Handy klingelte, er nahm es aus der Halterung. »Als ich gegangen bin«, antwortete er, indem er bereits aufs Display schaute, »war Kamphues noch im ›Hof‹. Stand an der Theke mit Lanfermann. Fragen Sie ihn am besten selbst. Der hockt sicher noch im Gemeindehaus und schaukelt die Eier.« Er nahm ab. »Ja, Wagner. Ach, Silke, was gibt's?«

Er hörte eine Weile zu, nickte dann bedächtig und sagte: »Einer von denen ist noch da. Hier in meinem Büro, ja«, schob er ganz selbstverständlich nach. »Wie du meinst, Silke. Dann komme ich jetzt zu dir. Bis gleich.«

Er tippte mit dem Finger gegen sein Handy und sagte: »Das war Silke Kock. Sie will eine Anzeige machen.«

»Jetzt also doch«, sagte Kevin.

»Sie will Ihren Chef anzeigen. – Und Sie.«

»*Was?*« Kevin blieb der Mund offen stehen. »Wieso das auf einmal?«

»Sie sagt, Sie beide hätten die Anlage ohne Schutzanzug betreten. Das hätte sie aus einem der Arbeiter rausgeholt, mit dem der Kommissar gesprochen hat.«

»Ja und!«, erwiderte Kevin erleichtert. »Ich bin gleich wieder raus. Und Hufela … also Kommissar Hufeland schien das Klima in dem Stall drinnen nichts auszumachen.« So weit kam's noch, dass man sich strafbar machte, wenn man sich bei kranken Hühnern mit Vogelgrippe oder was immer ansteckte!

»Es geht nicht um *Ihre* Gesundheit, Kuczmanik«, klärte Wagner ihn auf. »Oder um die Ihres Chefs.«

»Sondern?«

»Sondern um die der Hühner. Die Silke sagt, wenn durch Sie irgendwelche Keime in die Anlage getragen wurden, sodass sie die Hühner töten muss, dann würden Sie beide, Hufeland und Sie, Kuczmanik, die Rechnung dafür kriegen.«

Kevin war, als würde soeben ein Schnellzug auf ihn zurasen. Sein Mund war trocken, sein Herz begann zu hämmern, der Schweiß brach ihm aus.

»Haben Sie eine gute Berufshaftpflicht?«, setzte Wagner genüsslich nach. »Vierzigtausend Hühner, wissen Sie, was das kostet?« Er stand auf und klatschte einmal kräftig in die Hände. »Tut mir leid, dass ich Sie jetzt rausschmeiße. Ich muss zur Witwe. Die Anzeige aufnehmen.«

# 32

Kevin Kuczmanik saß in Hufelands Wagen, presste die Hände gegen das Lenkrad, bis sie weiß wurden, und überlegte, was er jetzt tun sollte. Dieser ebenso umtriebige wie undurchsichtige Dorfcop hatte ihm gehörig Angst eingejagt. War der Besuch im Hühnerstall – wenn man dieses Zentrum des Grauens denn so nennen konnte – etwa schon das Ende der Karriere bei der Polizei, ehe sie begonnen hatte? Er versuchte, Hufeland anzurufen, doch der Kommissar meldete sich nicht. War wohl noch in der Klinik.

Je mehr er darüber nachdachte, desto klüger erschien es ihm, die Mission, die Hufeland ihm übertragen hatte, für heute abzubrechen.

Er rief Melanie in ihrem Büro an und verabredete sich mit ihr für später im ›Prütt‹.

Er fuhr los, unter einem Himmel mit Wolken wie aus schwarzer Galle, und erreichte Münster in gut einer Stunde. Osterkamps zeitliche Angaben waren also zutreffend, aber was besagten sie schon, er war die Strecke sicher schon x-mal gefahren und wusste, wie er sich zur Not die Fahrzeiten zurechtlegen musste.

Er parkte den Touran schräg gegenüber dem hübschen roten Bürgerwohnhaus in der Querstraße des Herz-Jesu-Viertels, in dem Kommissar Hufeland wohnte. Nah bei der Altstadt, nah zu den Geschäften in der Wolbecker Straße, nah am Kreativkai unten am Hafen mit den Cafés, Kneipen, Bars – keine schlechte Wohngegend, dachte er, als er die Straße überquerte und an der Haustür den Klingelknopf drückte. Ohne Ergebnis. Vielleicht war es doch ernster, als er angenommen hatte. Womöglich fiel Hufeland längere Zeit aus? Er klingelte auf gut Glück bei einem Nachbarn namens Waterkamp, der sich mit etwas heiserer Stimme meldete. Kevin erklärte ihm, er habe Post für Hufeland, und so wurde ihm vertrauensvoll geöffnet. Er warf den Schlüsselbund in Hufelands Briefkasten und verließ das Haus. Er lief die Querstraße hinunter bis Höhe Ottostraße, wo er die Abkürzung über die Grünfläche zur Schillerstraße nahm und dann den Weg über Hansaring und Meppener in die Bremer Straße.

Hinter der Glasfront des ›Prütt‹, in der sich die helle Fassade des gegenüberliegenden Altbaus spiegelte, erkannte er bereits Melanies schlanke Gestalt. Sie begrüßten sich mit einem geschwisterlichen Kuss, und er setzte sich zu ihr an den runden Tisch unmittelbar vor der Fensterfront. Ihr Blick fiel auf die Traube dicht beieinanderstehender Fahrräder vor dem Lokal und den Autoverkehr, der sich müde durch den Nachmittag schleppte.

Kevin bestellte eine Gemüsemoussaka, Melanie Crêpes mit Mangold-Käse-Füllung, dazu tranken sie Fruchtsaftcocktails.

Sie waren ein Paar. Eines, das die Blicke auf sich zog. Auch jetzt im Café. Blicke, die ihm zu sagen schienen: Wie kommt ein so fetter junger Olm zu so einem schönen, schlanken, blonden Mädchen? Was findet die an dem? Nun, wenn er Melanie danach fragte, war die Antwort: Wir lachen über die gleichen Dinge. Du kannst zuhören. Du interessierst dich für mich. *Und* du willst keinen Sex mit mir.

Umgekehrt, so empfand er es, war es genauso.

Melanie fragte ihn jetzt gleich danach, was geschehen war. Sie kannten sich erst ein Jahr etwa, und obwohl er ihr vorhin nicht mal angedeutet hatte, was vorgefallen war, bemerkte sie doch sofort, dass etwas nicht stimmte.

»Ein Toter in Vennebeck. So was wie der Hühnerbaron dort«, erläuterte Kevin knapp. »Ich arbeite mit Kommissar Hufeland dran. Wir waren auch kurz in der Hühnermastanlage des Opfers. War mehr eine spontane Aktion, verstehst du.« Er ersparte ihr jetzt beim Essen die Details der Eindrücke von heute Morgen.

»Wo liegt das Problem?«, fragte sie, während sie weiter ihre Crêpes aß.

»Das hätten wir nicht ohne Weiteres tun dürfen«, fuhr Kevin fort. »Jedenfalls nicht ohne Schutzanzüge. Ich meine solche, die die Hühner vor unseren Keimen schützen. Die Witwe des Ermordeten will uns jetzt anzeigen. Und vielleicht sogar Schadenersatz. Für vierzigtausend Hühner, stell dir das vor!«

Melanie hielt sich plötzlich die Hand vor den Mund und prustete los. So laut, dass einige der anderen Gäste sich amüsiert zu ihnen umdrehten.

Sie legte ihre schmale, weiße Hand auf seine fleischigen Pfoten und sagte: »Entschuldige, Schatz. Aber lass dich nicht ins Bockshorn jagen. Diese armen Schweine, vielmehr Hühner, *sind* doch schon voller Keime. Und deshalb bis zur Halskrause vollgepumpt mit Antibiotika.«

»Schon, aber …«

»Nichts aber!«, wischte sie seine Befürchtungen mit einem Stück Crêpe auf der Gabelspitze fort. »Gefährliche Keime gelangen nicht von außen hinein, sondern umgekehrt, von drinnen nach draußen. Das sagt einem doch schon der gesunde Menschenverstand.«

Schon, dachte Kevin. Aber der ungesunde Juristenverstand sagte sicher was anderes dazu. Dennoch erschien ihm die Sache nun auch selbst reichlich obskur. »Vielleicht«, überlegte er laut, »will die Witwe nur von etwas ablenken.«

»Aber hallo!«, bestärkte ihn Melanie und ließ sich von ihm weitere Details des Mordfalls berichten. »Vielleicht hat die Gute ihrem Männe selbst eins übergebraten«, spekulierte sie munter weiter. »Mensch, am Grab seiner ersten Frau. Kevin, das hat doch was zu bedeuten!«

Schon, dachte Kevin. Aber angesichts der drohenden Anzeige war es besser, wenn er Kommissar Hufeland die Witwe überlassen würde. Auch wenn er als Azubi doch sicher so was wie juristischen Welpenschutz genoss. Er musste das einmal im Arbeitsrecht nachschlagen.

Dennoch nahm er sich nun vor, gleich morgen an dem Auftrag weiterzuarbeiten, den Hufeland ihm anvertraut hatte. Und ihn zu erweitern! Nach POM Wagner sollte er am besten auch die anderen Skatbrüder vernehmen, denen Wilhelm Kock den Spaß verdorben hatte, bevor jemand *seine* Karte geknickt hatte. Wäre doch interessant zu erfahren, was Bürgermeister Kamphues dazu zu sagen hatte …

Sie tranken noch einen Zichorienkaffee und widmeten sich dann ihrer gemeinsamen Leidenschaft: den Zufällen oder, wie Kevin es ausdrückte: Überzufälligkeiten.

Über diese Brücke waren sie sich ein weiteres Stück nähergekommen. Er war darauf gekommen, als ihm auffiel, dass bestimmte Personen, wenn man gerade an sie dachte, noch im selben Augenblick anriefen. Oder dass man plötzlich Leuten begegnete oder Dinge geschahen, meist kleine Begebenheiten, die mit einem Thema in Verbindung standen, das einen gerade beschäftigte. Zum Beispiel dachte er eines Abends darüber nach, demnächst einen Niederländisch-Kurs an der Kinderhauser Volkshochschule zu belegen. Und schon am nächsten Morgen fiel ihm an einer Straßenkreuzung ein Werbeplakat für eine Ausstellung niederländischer Kunst auf. Und zwar nur an dieser Kreuzung, an diesem einen Tag, denn schon am folgenden Morgen war es fort.

Auch Melanie sammelte solche Beobachtungen. Ihr größter Fang bislang war ein Radiointerview ihres Vaters, der Jugendrichter war. Nach einer aufwühlenden Nachtschicht (ein Patient war gestorben) konnte sie am folgenden Vormittag zu Hause nicht einschlafen. Schließlich schaltete sie irgendwann das Radio ein. Und wie auf Bestellung hatte sie sekundengenau die sonore Stimme ihres Vaters im Ohr, der sich brandaktuell zu Fragen der Jugendkriminalität äußerte. Sie hatte ihn ein paar Tage nicht mehr gesprochen und keine Ahnung gehabt, dass er dieses Interview überhaupt gegeben hatte. Geschweige denn, wo und wann es gesendet wurde!

»Was hast *du*?«, fragte sie Kevin freudig erregt.

Er schüttelte den Kopf. »Heute nichts. Aber du, oder?« An ihren glänzenden Augen erkannte er natürlich, dass sie einen neuen Fang gemacht hatte.

»Jepp.«

»Erzähl!«

»Also«, begann sie lustvoll grinsend, »ich unterhalte mich heute kurz mit einer Patientin, so einer alten Vogelfreundin, ja, darüber, ob Stieglitze eigentlich dasselbe sind wie Dompfaffe.«

»Keine Ahnung«, sagte Kevin. Bilder von knallbunten Singvögeln, die aussahen, als hätten sie ihr Gefieder in einem Malkasten gebadet, tanzten vor seinem inneren Auge.

»Eben, ich wusste es auch nicht mehr. Und genau in dem Moment, ja, wo wir noch rätseln, setzt sich draußen auf dem Fenstersims – das Bett der Patientin steht direkt am Fenster – so ein bunter Piepmatz hin. Und pfeift und flötet und scheißt munter vor sich hin.«

»Dompfaff?«

»Error.«

»Also Stieglitz.«

»Genau. Und in dem Moment wussten wir beide wieder, die Patientin und ich, dass sie eben doch verschieden sind, Stieglitz und Dompfaff.«

»Hast du's schon aufgeschrieben?«, fragte Kevin.

»Noch nicht. Aber später«, versprach sie.

Anschließend kutschte Melanie ihn in ihrem altersschwachen Golf zur Friesenstraße, wo sein feuerroter Micra vor dem Polizeipräsidium stand wie ein Marienkäfer vor einer Hauswand. Sie verabschiedeten sich mit zwei Wangenküsschen, dann fuhr er zu seiner Wohnung in Kinderhaus, während Melanie noch ihre Eltern besuchen wollte, die am Aasee wohnten.

# 33

Als der Anruf von van Heest kam, kurz nach zwei am Mittwochnachmittag, war Hufeland gerade im Begriff, seine Wohnung zu verlassen. Van Heest war Erster Kriminalkommissar der Abteilung, oberes Ende der Fahnenstange, was den gehobenen Dienst betraf, und Hufelands Vorgesetzter. Formal gesehen. Persönlich waren sie seit Jahrzehnten befreundet, auch wenn sie sich nur selten außerhalb des Dienstes verabredeten. Wozu auch, in der Friesenstraße liefen sie sich häufiger über den Weg als van Heest seiner fünfköpfigen Familie (mit Frau, zwei erwachsenen Kindern und Hund Heino). Typisch, dass van Heest ihn jetzt nicht auf dem Diensthandy, sondern privat anrief.

»Felix, Mensch! Warum rufst du mich nicht an, verflucht?!«, beschwerte er sich lautstark, was gar nicht seiner sonst eher defensiven Art entsprach. »Wie geht's dir?«, schob er etwas milder nach.

»'tschuldige, Ernst«, knurrte Hufeland. »Hab's versucht, gestern. Aber du warst nicht da.«

»Stimmt«, musste van Heest zugeben. »Wo war ich denn?«, überlegte er laut.

»Kann ich dir nicht sagen, Ernst. Nur, wo ich war. Vorgestern war ich ausgeknockt, gestern Hausärztin, heute Urologe. Bin gerade auf dem Sprung dorthin.«

»Was isses denn?«, erkundigte sich van Heest mit Besorgnis in der Stimme.

»Erfahre ich gleich. Wenn du mich gehen lässt. Gibt's noch was Besonderes?«, fragte er ungeduldig.

Van Heest räusperte sich. »Mnnjaa«, sagte er gedehnt. »Da ist eine Anzeige reingekommen.«

»Was ist daran besonders?«

»Vielleicht, dass du der Beschuldigte bist. Und der kleine Kuczmanik.«

Hufeland lachte laut auf. »Wahas! Kevin und ich? Angezeigt? Von wem?«

»Von einer gewissen Silke Kock. Frau des Opfers im Mordfall …«

»Ich weiß, ich weiß, Ernst. Weshalb zeigt die Dame uns an? Weil wir den Mörder noch nicht gefasst haben?«

Van Heest erklärte es ihm mit knappen Worten.

»Das nimmst du doch nicht ernst, Ernst!«, rief Hufeland halb amüsiert, halb ungehalten aus. »Die will entweder von was Tatrelevantem ablenken. Oder einen Dummen finden für ihre verdreckten, kranken Hühner, die ihr vermutlich keiner mehr abkauft!«

»Wenn, dann zwei, Felix. Zwei Dumme. Und die Sache ist leider auch nicht einfach vom Tisch zu wischen. Ihr Anwalt ist Onnebrink, du weißt schon, dieser Wichtigtuer.«

»Ach du Schande.« Onnebrink war der örtliche Staranwalt der Schnöden und Seichten. »Diese Qualle.« Wie war sie denn an den geraten?

»Was hattet ihr eigentlich in dem Stall zu suchen, Felix?«

»Na, Eier bestimmt nicht!«, kläffte Hufeland.

»Ich mach dir einen Vorschlag«, sagte van Heest besänftigend. »Unsere Version ist, ihr konntet ›Gefahr in Verzug‹ nicht ausschließen, deshalb seid ihr dort rein.«

»Stimmt doch auch!«, bekräftigte Hufeland. »Die Gefahr, die von dort ausgeht, besteht in vierzigtausend verseuchten, todkranken Vögeln, die kurz bevor sie von allein verrecken, noch in Laster gepfercht, abtransportiert und weiß der Deibel wo noch schnell geköpft werden.«

»Du weißt, wie ich das meine«, sagte van Heest. »Ich regle das. Aber ich kann dir nicht versprechen, dass nicht doch noch was nachkommt. Onnebrink ist nun mal …«

»Eine Plage isser. – Okay. War's das, Ernst? Mein Urologe ist schon ganz scharf auf meine Blase.«

153

»Leider noch nicht, Felix.«

»Was denn noch?« Nngg, das Taubenei zwischen seinen Beinen meldete sich mit heftigen Stichen zurück. Es zwang ihn leicht in die Knie.

»Eine Beschwerde. Gegen Kuczmanik. Vom Vennebecker Bürgermeister. Kamphues heißt er.«

»Was hat der Kevin mit dem Bürgermeister von Vennebeck zu tun?«, fiel Hufeland aus allen Wolken.

»Das frage ich dich, Felix! Kamphues hat ziemlich viel Wind gemacht.« Van Heest senkte die Stimme: »Über seine Partei. Er lasse sich von einem unverschämt und respektlos auftretenden kleinen Polizei-Azubi doch nicht ausfragen wie ein Verbrecher. Diese Tonart, du kennst das.«

Hufeland musste schmunzeln. Er hatte zwar keine Ahnung, wie der kleine Kuczmanik dazu kam, außer Wagner, der ja weitläufig sogar zur Polizeifamilie gehörte, auch noch andere Personen zu vernehmen. Das war eigentlich nicht der Auftrag gewesen. Aber nach den Erfahrungen vom Montag wusste er, dass Kevin Kuczmanik einen eigenen Kopf und vermutlich seine guten Gründe für die Vernehmung hatte. Allerdings hätte der Junge ihm natürlich Bericht erstatten müssen … na ja, vielleicht hatte er es sogar versucht …

»Ich kümmere mich darum, Ernst«, sagte er schließlich.

»Soll ich mich beim Bürgermeister für den Jungen entschuldigen?«, bot van Heest an.

»Nein«, sagte Hufeland energisch. »Sollst du nicht.«

Er bedankte sich bei van Heest und legte auf, um endlich aus der Wohnung zu kommen.

# 34

Der Notdienst am Montag hatte ihn ins nächstgelegene Krankenhaus gefahren, das St. Marien in Berkel, überraschender und beruhigender Weise ein hypermodernes Riesentrumm mit fünfhundert Betten. Unter einer Landklinik hatte er sich bis dahin eine Einrichtung in der Größe einer Gebetskapelle vorgestellt.

In der Ambulanz hatte man ihn zunächst von Kopf bis Fuß untersucht, seinen Unterleib geröntgt und ihm ein starkes Schmerzmittel gespritzt, das wie ein erlösender K.-o.-Schlag gewirkt hatte. Einer der Ärzte hatte ihm auch eine vorläufige Diagnose mit auf den Weg gegeben, aber er konnte sich hinterher beim besten Willen nicht mehr daran erinnern, so benommen war er durch die verabreichte Spritze gewesen. Eine stationäre Aufnahme konnte er dennoch verhindern, lieber bestellte er auf Kosten seiner Dienststelle einen Krankentransport, der ihn nach Hause fuhr.

Seine Hausärztin in der Ottostraße um die Ecke hatte ihn am folgenden Tag, also gestern, zu einem Spezialisten überwiesen, Hufeland fand einen Urologen, der seine Praxis in der Lambertistraße führte. Das waren fünf Minuten Fußweg. Häusliche Nähe war das Prinzip, nach dem er alle seine Ärzte aussuchte.

Es war windig heute und bedeckt, hin und wieder nur stachen Sonnenblitze durch die dunkle Wolkendecke über der Stadt. Hufeland zog sich Schal und Mantelkragen dicht um den Hals zusammen und nahm den Weg die Ottostraße entlang, schlitterte über das herbstliche Laub des Hubertiplatzes, wo die Händler des Mittwochsmarkts bereits weitgehend ihre Waren eingepackt hatten, und erreichte die Praxis in der Lamberti.

Er brauchte zehn qualvolle Minuten, um endlich einen Plastikbecher mit seinem Urin füllen zu können, und wartete dann geschlagene zweieinhalb Stunden in einem passenderweise weiß und uringelb gestreiften Wartezimmer. Er saß buchstäblich und im übertragenen Sinn wie auf heißen Kohlen. Das Taubenei zwischen seinen Beinen brannte und schmerzte, und er fragte sich schwitzend, welche verfluchte Krankheit er sich eingefangen hatte. Ihm fiel ein Woody-Allen-Film ein, in dem der neurotische Held auf dem Weg zum Arzt, der ihm seine Befunde erläutern wird, die Stunde der Wahrheit durchspielt: ›Sie haben Krebs, Sir, tut mir leid. Machen Sie am besten Ihr Testament.‹

Endlich wurde er aufgerufen. Der Arzt hieß Leistenschneider (nomen est omen, dachte Hufeland). Er hatte einen imposanten Zeigefinger, dick und lang wie ein Zimmermannsbleistift, im weißen Plastikhandschuh sah er noch bedrohlicher aus. Als er den Langfinger in Hufelands Hinterteil hineinschob und darin herumfuhrwerkte wie mit einem Rührstab, wurde ihm schwarz vor Augen, es fehlte nicht viel, und er wäre vor Schmerz ohnmächtig geworden.

»Prostatitis«, teilte ihm der Arzt anschließend mit. »Sie bekommen von mir ein Antibiotikum verschrieben, und etwas gegen den Schmerz. Schonen Sie sich«, riet er ihm eindringlich. »Prostatitis ist kein Fliegenschiss. Früher hat man die Patienten mit Ihrem Krankheitsbild drei Wochen ins Krankenhaus gesteckt. – Was arbeiten Sie, Herr Hafeland?«

»Ich bin Polizist«, antwortete Hufeland und überlegte, ob er den Doc seinerseits vielleicht Leichenschneider nennen sollte.

»Hm. Viel draußen unterwegs?«

Hufeland dachte an Vennebeck, da draußen im Münsterland. »Zurzeit schon.«

»Warmer Hintern, warme Füße, kein Alkohol, kein Sex. Und vor allen Dingen …« Der Leistenschneider hob mahnend die Brauen.

»Ja?«

»Nicht Radfahren.« Eine Mahnung, die in Münster offenbar mit besonderem Nachdruck ausgesprochen werden musste. »Rezept bekommen Sie vorn. Gute Besserung, Herr Hafeland.« Er streckte zum Abschied die riesige Hand über den Schreibtisch. Mit respektvollem Blick auf den Zimmermannsfinger ergriff Hufeland sie nur zögerlich.

# 35

Der Wind hatte nachgelassen, doch die geschlossene Wolkendecke des späten Nachmittags ließ nur noch ein bleiernes Licht zu, vor dem man am liebsten in Deckung gegangen wäre.

Hufeland schleppte sich die Lambertistraße entlang in Richtung Wolbecker, um in der Hubertus-Apotheke seine Medikamente zu besorgen. Auf der anderen Straßenseite lockte die mintgrüne Fassade des ›Scharfen Hahns‹, wo er sonst gern ein saftiges Brathähnchen gegessen hatte. Kein Appetit. Vielleicht konnte er nie wieder Huhn – *irgendein* Federvieh! – essen. Eine Thaimassage im WatPo nebenan wäre im Augenblick ohnehin angebrachter. Doch es konnte nur falsch verstanden werden, wenn er um eine Spezialmassage für seine Prostata bitten würde; das WatPo war ein seriöses Haus.

Auf dem Heimweg kam er bei Garten Geyer vorbei und ging spontan hinein. Die freundliche junge Verkäuferin mit dem blitzenden Ring in der Oberlippe hatte rasch das Gerät gefunden, das er sehen wollte.

Der ›Finito Classic Line Unkrautstecher‹ kam der Mordwaffe im Fall Kock ziemlich nahe. »Griff aus Hartholz, Metallteil aus Edelstahl, formschöne und stabile Arbeitsfläche hier vorn.« Die Verkäuferin wies mit dem ausgestreckten Zeigefinger (er zuckte leicht zusammen) auf den Zweizack an der Spitze des Geräts, das insgesamt gut 25 Zentimeter lang und nur zwei Zentimeter breit war. »Damit stechen Sie alles ab, was Ihnen in die Quere kommt«, lachte das Mädchen, ihr silberner Lippenring lachte kräftig mit.

Hufeland wog das Ding in der Hand und fügte der Ladenluft ein paar kräftige Stiche zu.

»Sind Sie … Fechter oder so was?«, fragte die Verkäuferin mit der schiefen Ebene ihres irritiert verzogenen Munds.

»Mehr ein Stecher momentan«, lachte Hufeland. Und merkte erst, als die Kleine rot wie eine Tomate anlief, was er da Zweideutiges gesagt hatte.

Er gab ihr das Gerät zurück, sagte: »Sie haben mir sehr geholfen«, und machte, dass er aus dem Laden kam.

Zu Hause angekommen rief er Sabine im Präsidium an und teilte ihr mit, dass er bis Ende der Woche krankgeschrieben sei.

»Du willst mir doch nicht sagen, dass du's so lang ohne mich aushältst, Felix«, gurrte sie rauchig.

»Zwangspause, halt«, sagte Hufeland.

»Wo zwickt's denn, Mäuschen?«

»Sag ich nicht.«

»Ach, komm! Jetzt mal im Ernst.«

»Nee, im Schritt.«

»Ich komm vorbei.«

»Andermal, Sabine.«

# 36

Sehr früh am Donnerstagmorgen rief er Kevin an. Gerade noch rechtzeitig, bevor der sich wieder solo auf den Weg nach Vennebeck machte. Er zitierte ihn zu sich in die Wohnung, und eine halbe Stunde später stand Kevin in der Tür: frisch gekämmt, rund und gesund. Wenngleich etwas schuldbewusst, wie Hufeland scheinen wollte.

Er komplimentierte ihn in die Küche und setzte ihm einen frisch gebrühten Becher Kaffee vor.

»So, Kevin, und jetzt raus mit der Sprache. Was hast du angestellt in Vennebeck?«

»Sie meinen den Kamphues, ja?«

»Wen sonst? Van Heest hat gepetzt. Also, was ist vorgefallen? Wieso hast du dir ausgerechnet den Bürgermeister vorgeknöpft?«

Kevin Kuczmanik erinnerte ihn jetzt daran, dass Kamphues am Mordabend gehörig Streit mit Kock gehabt hatte. Wagner habe das bestätigt. »Sie waren krank, Herr Hufeland, und da wollte ich …«

»Schon gut, Kevin, entspann dich«, winkte Hufeland ab und gab damit bereits Entwarnung. »Was hast du rausgekriegt?«

Kevin atmete einmal kräftig durch und schnaubte leicht mit seinen Rosslippen. »Kamphues wurde von Kock ziemlich übers Ohr gehauen, das hatte ich schon von Wagner.« Er erklärte ihm die Hintergründe des Hausbaus und der politischen Mittel, die Kamphues vor fünf Jahren hinter den Kulissen eingesetzt hatte, damit sein alter Kumpel Kock seine vermeintlich umweltneutrale Hühnermast hatte starten können. »Der konkrete Streit mit Kock am Sonntagabend drehte sich darum, dass Kamphues – ›aus Gründen der Wertminderung‹, wie er meinte – dem Kock schon seit einiger Zeit nur noch die Hälfte der Raten für den Grundstückskauf zahlt.«

»Und weshalb regt sich Monsieur so auf, dass er gleich seine Partei alarmieren muss, um uns die Hölle heiß zu machen?«, wunderte sich Hufeland.

»Wahrscheinlich …« Kevin stupste sich etwas verlegen an der breiten Nase. »Na ja, ich habe ihn damit geärgert, dass die Wertminderung des Hauses vielleicht auch darin besteht, dass ihm nach seinem Sohn nun auch seine Frau von der Fahne gegangen ist.«

»Getrennt?«

»Richtig. Sie ist kürzlich zu ihrem Sohn nach Münster gezogen. Seitdem soll Kamphues zu beiden keinen Kontakt mehr haben.«

»Woher, zum Teufel, willst du das wissen, Kevin?!«

»Ich unterhalte mich eben gern mit den Leuten.« Kevin Kuczmanik linste frech durch eine schon fast wollüstig grinsende Grimasse. »Und besonders ergiebig ist der Friedhofsgärtner.«

»Lanfermann?«

»Er wohnt in der gleichen Siedlung wie Kamphues

und Wagner. Ganz allein in einem halben Rohbau im Grunde genommen, von dem er nur einen Raum beheizt. Die Küche.« Ihn gruselte jetzt noch, wenn er an seinen Besuch dort dachte. »Hat seine Augen und Ohren überall, der Lanfermann. Auf dem Friedhof in Vennebeck wird anscheinend getratscht wie im Fernsehen. Und dem Lanfermann entgeht nichts, sage ich Ihnen, Herr Hufeland, schon gar nicht, was in der Nachbarschaft läuft.« Er machte eine effektvolle Pause. »Auch nicht Kamphues' gehäufte Besuche in letzter Zeit bei Kocks, drüben auf der anderen Seite der Umgehungsstraße. Wenn der alte Kock außer Haus war, versteht sich.«

»Was denn? Läuft was zwischen der Witwe und dem Bürgermeister?«

»Sieht so aus. Auszahlen würde es sich für Kamphues genauso wie für Osterkamp, wenn er mit der Witwe gut kann«, spekulierte Kevin und senkte durchtrieben die Stimme. »Lanfermann ist jedenfalls sicher, *dass* er mit ihr gut kann. Vielleicht stundet sie ihm die Schulden, jetzt, wo der Alte tot ist. Oder sie machen gleich gemeinsame Sache und …«

»Gut, gut, Kevin, denken wir lieber mal zurück«, stoppte Hufeland die Gedankenflüge seines Azubis mit erhobener Hand und versuchte, sich die Lage des Bürgermeisters vor Wilhelm Kocks Ermordung bildlich vorzustellen. »Kamphues wohnt also in fortgeschrittenem Alter und am Ende seiner Karriere allein in seinem großen, verlassenen, noch nicht abbezahlten Haus.

Und schaut Kocks höhnischen Abluftrohren zu, wie sie ihm und der ganzen vor Wut schäumenden Gemeinde das Leben endlos verpesten. Es sei denn … – Alibi?«

»Kamphues hat nach dem Streit mit Kock am Stammtisch noch ein Bier oder zwei gestemmt«, erläuterte Kevin. »Nur Wagner war schon gegangen. Gegen Viertel vor neun will Kamphues mit dem Fahrrad nach Hause gefahren sein. Lanfermann sagt, er ist noch geblieben. Und das bezeugen auch die Wirtsleute, die Kocks.«

»Wagner, Kamphues, Lanfermann …« Hufeland resümierte, mit welchen der streitlustigen Skatbrüder Kevin inzwischen gesprochen hatte. »Was ist mit dem vierten, dem Fotografen von der WUZ, diesem Leichwart?«

»Guido Teichwart. Den hatte ich mir eigentlich für heute vorgenommen«, sagte Kevin bedauernd.

Hufeland schüttelte den Kopf. »Kommt nicht infrage, Kevin«, entschied er. »Kontakte mit Presseleuten sind noch zu heikel für dich. Da möchte ich dabei sein. Aber lass uns kurz überlegen, was wir haben. – Tatverdächtige?«

»Erstens die Witwe«, sagte Kevin. »Alibi offen. Noch nicht vernommen.«

»Nein, nicht wirklich«, erinnerte sich Hufeland an Silke Kocks Zustand als kotzende Schnapsdrossel. »Mögliches Motiv?«

»Bereicherung«, schlug Kevin vor. »Sie ist die Haupterbin zusammen mit Bruno Kock. – Und sie hatte zwei Liebhaber!«

Laut Blockwart Lanfermann zumindest, dachte Hufeland. Beide Herren waren unmittelbar Opfer von Kocks Hühnerfarm. Und profitierten jetzt eventuell von seinem Tod.

»Beide sind ohne stichhaltiges Alibi«, ergänzte Kevin, als hätte er in Hufelands Gedanken gelesen.

»Quatsch nicht wie im Fernsehen, Kevin«, wies Hufeland ihn mit gequälter Miene zurecht.

Kevin wurde rot.

»Ganz konkret«, sagte Hufeland. »Osterkamp war angeblich mit dem Auto unterwegs. Und anschließend in der Kneipe. Wo er sich jederzeit unbemerkt davonmachen konnte.«

»Und Kamphues gondelte zur Tatzeit mit dem Fahrrad durch Vennebeck«, ergänzte Kevin, der sich schon wieder gefangen hatte.

»Ja. Angeblich auf dem Weg nach Hause.«

»Oder zur Witwe.«

Hufeland wurde mit einem Mal bewusst, dass der Tatort, Vennebecks Friedhof, seine Lage im Ort, eine entscheidende Rolle spielen könnte. Wer konnte zu welchem Zeitpunkt am Friedhof sein, den alten Kock erschlagen und kurz darauf zu Hause oder bei der Geliebten auftauchen, ohne dass es ihn viel Zeit gekostet hätte?

Kamphues und Osterkamp mit Sicherheit. Auch die Witwe wahrscheinlich. Und sogar ... »Was ist mit Wagner?« Er konnte sich den Örtlichen zwar ganz und gar nicht als Killer vorstellen, aber trotzdem, die Frage musste gestellt werden: »Wo war *er* zur Tatzeit?

»Schon wieder zu Hause. Behauptet er. Seine Frau kann das bezeugen, sagt er. Ich hab sie aber noch nicht mal zu Gesicht bekommen. Sie ist dauernd am Putzen.«

»Putzfimmel, oder was?«, lachte Hufeland irritiert.

»Nee, sie putzt beruflich. Mal hier, mal da, immer woanders. Hört sich beinahe so an, als würde sie das halbe Dorf auf Hochglanz bringen.«

»Sogar das Golfhotel, wie wir wissen«, erinnerte sich Hufeland jetzt wieder. »Was uns zu einem weiteren heißen Kandidaten bringt. Bruno Kock. Mädchen für alles – außer Putzen offenbar – im leeren Golfhotel. Ausgebooteter Sohn seines Vaters. Mögliches Tatmotiv?«

»Rache«, sagte Kevin dunkel.

Hufeland wiegte skeptisch den Kopf. »Ich weiß nicht.« Er traute dem Braten nicht recht, der ihm da von Kock junior selbst allzu bereitwillig aufgetischt worden war. »Aber irgendwas stimmt mit dem nicht, das ist sicher«, sagte er. »Alibi?«

»Seine Frau«, sagte Kevin und verschwand hinter dem Kaffeebecher.

»Ein wahres Wort, Kevin.« Hufeland schaute ihn, mit dem Finger wedelnd, direkt an. »Bruno Kocks junge Frau, jawohl.« Eine duldsame Seele, wie es schien. Ihrem tapferen, vom Vater übervorteilten Mann bestimmt treu ergeben. Sie verschafft ihm nicht nur ein Alibi, sondern auch eine kleine bunte Story dazu, angefangen beim schreienden Baby bis zum gemeinsamen Tagesschau-Erlebnis.

»Was ist mit Kocks Bruder, dem Wirt vom Brooker Hof?«, warf Kevin ein. »Könnte der's nicht auch gewesen sein?«

Hufeland spitzte den Mund. »Theoretisch ja. Aber praktisch? Wäre ihm schwergefallen, die voll besetzte Kneipe unbemerkt zu verlassen. Außerdem sehe ich kein Motiv bei ihm. Zwei Brüder, die sich nicht verstehen, und ein Erbstreit, der Jahrzehnte zurückliegen muss – nein, das reicht mir nicht.« Hufeland selbst hatte mit seinem Bruder in Aplerbeck seit Jahren kaum mehr als zehn lauwarme Sätze gewechselt, am Telefon, jeweils zum Geburtstag. »Trotzdem, vielleicht wirft er uns nur die bekannten Brocken hin, damit wir die unbekannten nicht sehen. Wir sollten uns die Wirtsleute noch mal vornehmen – oder nein!« Ihm fiel etwas Besseres ein. »Wir sprechen vorher mit der Kellnerin über ihre Chefs. Und über Bruno.«

»Sie meinen, mit dieser Spieker, Hanne Spieker?«

»Richtig, Hanne Spieker. Vielleicht erinnert sie sich noch an ein paar weitere Details des Mordabends«, sagte Hufeland und spürte wieder ein leichtes Kribbeln in der gebeutelten Region zwischen seinen Beinen. »Wir hätten sie gleich zu Anfang befragen sollen«, tadelte er sich.

Kevin legte sein dickes Gesicht in Falten wie ein Mastino und schüttelte nachdenklich den Kopf. »Aber es ist schon so, wie Sie befürchtet haben, Herr Hufeland«, sagte er. »Nicht nur die Kocks, der Bürgermeister, Osterkamp oder sogar Wagner – *jeder* im Dorf hatte Grund, den alten Kock unter die Erde zu bringen. Er hatte einfach kein Recht, ihnen allen das Leben zu verpesten.«

»Nein, hatte er nicht«, stimmte Hufeland zu und würdigte im Geiste Kevins juveniles Gerechtigkeitsempfinden. Hoffentlich würde es ihm nicht, wie so vielen seiner Kollegen, proportional zum steigenden Gehalt abhandenkommen. »Aber ermordet wurde der Kock nicht wegen seiner Hühner, Kevin«, war er inzwischen überzeugt.

Dann fiel ihm auf einmal etwas ganz anderes, sehr Praktisches ein: »Sag mal, Kevin, ist schon raus, wann die Leiche freigegeben wird?«

»Am Freitag, also morgen.« Das hatte Kevin aus dem Präsidium erfahren.

»Was denn, schon?«, wunderte sich Hufeland.

»Forensisch ist alles dokumentiert, er braucht ihn nicht mehr, sagt der Doktor.«

»Aber wir vielleicht noch!« Hufeland beschloss jedoch, sich nicht aufzuregen. Er war krankgeschrieben und fühlte sich auch so. Vielleicht hatte die Witwe ihre Beziehungen, sprich ihr Geld, spielen lassen, um alles möglichst rasch über die Bühne, vielmehr unter die Erde zu bekommen. Verständlich war's immerhin, selbst wenn sie ihrem Mann nicht den Finito Unkrautstecher ins Auge gerammt hatte.

»Der Leichenbefund vom Doc soll ebenfalls morgen vorliegen«, ergänzte Kevin noch. »Kock soll gleich nach der Überführung in Vennebecks Leichenhalle aufgebahrt werden«, fügte er hinzu.

»Wann ist die Beerdigung?«

»Am Samstag. Um elf, glaube ich.«

»Wir fahren hin, Kevin.«

»Ich ... ich dachte, Sie wären krank«, rief Kevin etwas erschrocken aus.

»Nur bis Freitag«, erwiderte Hufeland und musterte ihn leicht amüsiert. »Schon was vor am Wochenende?«

Allerdings. Eigentlich wollte er am Samstag etwas mit Melanie unternehmen. Mal rausfahren. Vielleicht nach Holland. Oder in die Baumberge. So was.

»Nein, nein, geht klar«, versicherte Kevin ein wenig traurig.

»So ist es nun mal, das Bullenleben«, sagte Hufeland wenig mitfühlend. »Am besten, du gewöhnst dich schon mal dran, Kevin. Denn es wird so bleiben.«

# 37

Kurz darauf am Donnerstagmorgen bekam Hufeland eine Mail von van Heest.

›Zwischenstand Anzeige der Witwe. Onnebrink beantragt Straf- und Zivilklage (das A.loch) wg. Hausfriedensbr., Sachbeschädigg. (der Hühner), Nötigg. (des Arbeiters durch dich). Onn. hat neben den Kocks übrigens noch einen weiteren Klienten aus Vennebeck: Bürgerm. Kamphues. Wird schwierig, Felix, diesen Hühnermist von deiner Hacke zu kriegen. Gruß, Ernst.‹

Er versetzte den Rechner gleich wieder in Tiefschlaf und legte sich auch selbst ins Bett, den Bauch voller Tabletten, eine Wärmflasche zwischen den Beinen, den Kopf so leer wie sein Briefkasten, seitdem es das Internet gab.

Am Abend rief Grit an. »Wie geht's dir?«, fragte sie nicht ganz ohne Anteilnahme.

Er stöhnte gekonnt. »Wie soll's mir schon gehen, mit einer Bombe zwischen den Beinen?«

»Du übertreibst«, stellte Grit sachlich fest. »Was isses denn?«

Er sagte es ihr.

Sie schwieg einige Sekunden und empfahl ihm kühl: »Such' dir eine Frau.«

»Davon geht's weg, ja?«, biss er zurück.

»Nein, aber die hält dich warm.«

»Oh. Sicher. Wäre ein Vorteil. – Sag, Grit, woher weißt du eigentlich, dass ich todkrank bin?«

Sie lachte. Und sagte: »Von Kurt natürlich.«

»Natürlich.« Von Kurt Möllring.

»Er will dich übrigens sprechen.«

»Ich ihn aber nicht«, ätzte er. Vergeblich.

»Gute Besserung«, sagte Grit noch. Im nächsten Moment hatte er Möllring im Ohr.

»Halloo, krankes Huhn«, flötete der.

»Sag nie wieder Huhn zu mir, Möllring. Sonst verarbeite ich dich zu Froschlaich!« In einer wilden Assoziation fiel ihm seine Mutter ein, die er dringend wieder besuchen musste. Dann auch wieder mit frischen Blumen. »Was willst du, Möllring?«, setzte er patzig hinzu.

»Dir sagen, was wir haben«, antwortete Möllring völlig unbeeindruckt im vollen Bewusstsein seines Triumphs. Der den Namen Grit trug.

»Okay, was habt ihr?«, tat Hufeland so desinteressiert, wie es ihm möglich war.

»Jede Menge Spuren.«

»Und zwar?« Hufeland war sofort hellwach.

»An der Mordwaffe. Am Holzgriff.«

»Nee, oder!«

»Doch. So viele Fingerabdrücke nebeneinander, übereinander, miteinander, dass du den Restregenwald abholzen müsstest, um sie alle auszudrucken.

Scheint, dass jeder in dem Kaff den Ehrgeiz hatte, seinen Abdruck darauf zu hinterlassen.«

»Das heißt, die Abdrücke taugen nichts?«, ahnte Hufeland.

»Kann man aus nem Flickenteppich einen Orientteppich knüpfen? Vergiss es.«

Im Gegenteil, das Detail musste aufgeklärt werden: Wieso befanden sich massenhaft Abdrücke auf der Mordwaffe? Und waren genau deshalb vollkommen unbrauchbar. »Sonst habt ihr nichts?«, versuchte Hufeland, seine Frage wie einen persönlichen Vorwurf klingen zu lassen.

»Nur viel Gesprächsstoff«, konterte Möllring. »Über einen Kommissar und seinen Azubi. Die lieber in Tierschutz machen und eine Hühnerhalle knacken, statt ihren Fall aufzuklären.«

»Du mich auch, Möllring.« Hufeland legte auf. Und rief Kevin an. »Wo steckst du, Junge?« Im Hintergrund hörte er heftiges Schreien.

»Zu Hause, Herr Hufeland!«

»Und wer bringt sich da gerade um in deiner Wohnung?«

»Ach so!« Er lachte. »Das is n junges Paar, das mit seinem kleinen Furz Urlaub macht. Im Donaudelta dort unten in Bulgarien oder wo. Superinteressant. Weil plötzlich ist der Junge weg. Und seine Eltern, die sich permanent streiten und anmachen, sie vermuten, dass es so eine Kindergang war, die ihn entführt hat. Bloß, sie sind natürlich right in the middle of nowhere, und der Örtliche, also der Polizist in dem Kaff, spricht kaum Deutsch, sodass sie denken, sie müssten ihn bestechen. Und das …«

»Kevin, stopp!«, platzte Hufeland dazwischen. »Was, zum Teufel, erzählst du mir da?«

»'tschuldigung. Ist bloß ein Krimi, den ich höre. Podcast. Moment, ich stelle auf Pause.«

Hufeland genoss die plötzliche Stille im Ohr.

»Hör mir jetzt mal zu, Kevin«, sagte er streng. »Du hast mir doch erzählt, du hättest mit dem Friedhofsgärtner gesprochen. Diesem …«

»Lanfermann, ja. Was ist mit dem?«

»Hast du mit dem zufällig auch über die Mordwaffe gesprochen, den Unkrautstecher?«

»Ähm, wieso?«

»Beantworte meine Frage, Kevin.«

»Sorry, hab ich ganz vergessen, zu erwähnen, Herr Hufeland. Ja, Lanfermann hat das Teil wiedererkannt. Er meint, so abgegriffen, wie es aussieht, kann es sich nur um eines der kleinen Gartengeräte handeln, die er für den allgemeinen Gebrauch immer am Friedhofsbrunnen bereitlegt.«

»So«, brummte Hufeland unzufrieden.

»Ja. Es pilgern so viele Leute zum Friedhof, sagt er, die erst am Grab merken, dass sie keine Lust haben, mit ihren Händen im Dreck zu wühlen, Unkraut zu zupfen, Blumen einzupflanzen und so was.«

»Aha.«

»Ja, nur … also nur ganz selten«, stotterte Kevin,

spürbar nervös geworden, »kommt mal was weg, meint er. Und speziell der Unkrautstecher lag schon eine ganze Weile dort aus. Und ist jetzt weg. Das heißt, seit dem Mord vermisst er ihn. Hat ihn natürlich schon ersetzt.«

»So, hat er das. Und warum erfahre ich nichts von alledem, wenn wir über den Fall reden?«, ärgerte sich Hufeland.

»Tut mir voll leid«, hauchte Kevin Kuczmanik kleinlaut in die Leitung.

»Kleiner Tipp, Kevin«, sagte Hufeland schon etwas milder. »In Zukunft alles aufschreiben. Ausnahmslos.«

»Wird gemacht, Herr Hufeland.«

»Ach, und noch was, Kevin. Wenn du morgen im Präsidium bist, mailst du mir bitte den forensischen Befund von Doktor Tenberge zu.« Er überlegte kurz. »Halt, nein, nur die Zusammenfassung.« Bei Tenberge reichte das völlig aus.

»Okay, Chef!«, rief ihm Kevin noch zu.

Noch bevor Hufeland sich aus der Leitung geklickt hatte, hörte er bereits wieder das infernalische Geschrei des jungen Paares im Hintergrund. Noch lauter als zu Anfang des Gesprächs.

Umschalten konnte der Junge.

Hufeland legte den Hörer auf und war sich der Tatsache bewusst, dass die Information, die er soeben von Kevin Kuczmanik erhalten hatte, den Fall noch komplizierter machte. Die Tatwaffe hatte also ganz offen am Brunnenrand des Friedhofs ausgelegen. Jeder

konnte sie von dort genommen haben, um den verhassten Hühnerbaron wie Unkraut auszustechen. Jeder,
der vorbeikam. Zufällig oder gezielt, das entschied
darüber, ob es Totschlag war oder Mord. Eine Tat im
Affekt oder hinterhältig und geplant.

# 38

Am Freitagnachmittag sah er sich in der Lage, Tenberges Bericht zu lesen. Luft-, Boden- und Körper-
temperatur, Blutlagerung im toten Körper, entomologische und zahlreiche weitere forensische Befunde
in Rechnung gestellt, konnte Kocks Tod nun defini-
tiv auf etwa 21 Uhr am Mordabend festgelegt werden.
Plus/minus eine halbe Stunde.

Tenberge, wusste Hufeland allerdings auch, trat oftmals mit einer Schnapsfahne an, die, wäre das Opfer
nicht schon tot, ihm garantiert den Rest gegeben hätte.

Noch ein anderes Detail war – mit dieser Ein-
schränkung – interessant. Tenberge diagnostizierte
einen Herzinfarkt, der dem tödlichen Stich unmittelbar vorausgegangen sein musste. Verschiedene medi-
zinische Parameter (die Hufeland nicht das Geringste
sagten) der inneren Organe, insbesondere von Herz,
Hirn und Lunge, deuteten angeblich darauf hin. Kock

senior musste wegen des Herzschlags geradezu in Schockstarre verfallen sein, als die Waffe gegen ihn erhoben wurde. Im entscheidenden Moment vollkommen wehrlos, ein leichtes Opfer also. Jedes Kind hätte den großen schweren Mann unter diesen Umständen erstechen können.

# 39

Am Abend traf er sich wie üblich mit Köttering im Hot Jazz Club unten am Hafenweg.

Alfred Köttering, Spitzname ›Knöttering‹, war bis vor ein paar Jahren Hauptkommissar gewesen wie er und dann widerwillig in Rente gegangen. Er konnte sich vom Verbrechen einfach nicht lösen, und so verbrachte er seine ›Restlaufzeit‹, wie er sie nannte, damit, Kriminalromane zu schreiben, in denen ein pensionierter Kommissar höchst unfreiwillig allerlei haarsträubende Fälle zu lösen hatte. »Regionalkrimis!«, betonte Köttering gern, denn der enge örtliche Bezug zum Münsterland, wo er aufgewachsen und zur Schule gegangen war, und zu Münster, wo er jahrzehntelang gearbeitet hatte, war ihm beinahe heilig. Was ihn jedoch nicht daran hinderte, Stadt und Land literarisch gehörig aufs Korn zu nehmen. Für Arschkriecherei war ›Knöttering‹ auch früher nicht bekannt gewesen. Das verband ihn mit Hufeland. Und eine ganz hübsche Reihe gemeinsam verbrachter Dienstjahre.

Sowie die Leidenschaft für den Jazz.

Dass es den Hot Jazz Club gab, seit mehr als zehn Jahren inzwischen, war für sie beide ein Glücksfall. Nur nicht heute Abend, da sie an der Bar Schulter an Schulter einer Latin Jazz-Combo lauschten. Weder Hufeland noch Köttering fühlten das Salsa-Gen in sich, etliche der Gäste dagegen riss es bereits von den Stühlen und zog es auf die Tanzfläche. Köttering stand hauptsächlich auf Jazzrock, Weather Report und Ähnliches, während Hufeland ein unerschütterlicher Fan der großen alten Frauenstimmen war, Ella natürlich, Billy Holiday, Peggy Lee, Anita O'Day, aber auch Diana Krall oder Silje Nergaard fand er würdige Nachfolgerinnen der Grand Old Ladies.

Köttering, ein hagerer Knochen mit kurzen grauen Stoppelhaaren und fusseligem Schnauzbart, war heute noch knötteriger gestimmt als sonst. Während er stockend und fast schon verzweifelt von seiner letzten Lesung erzählte, kippte er ein paar Schnäpse mit einer Miene, als wären es Schierlingsbecher. Hufeland trank wie üblich sein Schwarzbier und hörte ihm zu, soweit es ihm bei der in seinen Ohren scheppernden Musik und den tausenderlei Stimmen im knallvollen Kellerraum möglich war.

Köttering hatte in Dinkel gelesen, ›Dinkel an der Gronau‹, wie das Städtchen sich gern verkaufte. »Weißt schon, kurz vor der Grenze, gar nicht weit von deinem neuen Tatort entfernt.«

Hufeland nickte und dachte mit wenig Begeisterung an die Beerdigung in Vennebeck, die er und Kevin sich morgen Vormittag würden ansehen müssen.

»Nicht dass der Saal in Dinkel leer gewesen wäre. Nee, nee!«, versicherte Köttering. »Alle Stuhlreihen voll besetzt.«

»Aber?«, fragte Hufeland.

»Es gab Ärger«, brüllte ihm Köttering ins Ohr. »Mit so einem Lokalpatrioten.«

Hufeland sah ihn ratlos an.

»Dieser Typ aus dem Publikum stellt sich doch glatt nach der Lesung hin und sagt ... also er ...« Köttering bekam einen weiteren Klaren hingestellt, haute ihn weg wie Wasser und stierte dann wild vor sich hin.

»Was hat er denn nun gesagt, dein Leser?«, erinnerte ihn Hufeland.

»Ach so, ja, der stellt sich hin und behauptet, ich hätte falsche Angaben in meinem Buch gemacht.«

Das Buch hieß ›Bammel in Bahnhausen‹ und war der Nachfolger von ›Arglos in Ahaus‹, ›Haltlos in Haltern‹, ›Reglos in Reken‹ und ›Stickum in Stockum‹. Hufeland hatte die Bücher zwar gelesen, konnte sich an ihren genauen Inhalt aber momentan nicht mehr erinnern, im Grunde glichen sie sich alle, nur die Örtlichkeiten wechselten.

»Der Typ, dieser Leser, ja«, ereiferte sich Köttering wieder, »er ärgert sich, bloß weil ich geschrieben habe, die Skyline von Banausen würde vom Fernmeldeturm neben dem Bahnhof dominiert. Dass man den noch kilometerweit sehen könne.«

»Und? Kann man?«, fragte Hufeland etwas lustlos und bereits halb aus seinem Bierglas heraus. Wohl wissend, dass Köttering mit Absicht von Banausen sprach, wenn er Bahnhausen meinte.

»Natürlich kann man!«, rief Köttering erbost, als wäre es Hufeland gewesen, der ihn angegriffen hatte. »Neunzig Meter ist der dumme Sendemast hoch. Aber dieser Lokalfanatiker – er wohnt nicht mal in Banausen, obwohl er einer *ist*, wenn du verstehst, was ich meine! – der will das nicht wahrhaben. Könne gar nicht sein, meint er. ›Waren Sie mal da?‹, frage ich ihn. ›Dort draußen, Richtung Zwischenlager? Haben Sie sich mal hingestellt und zurück auf die Stadt geschaut?‹« Köttering machte gekonnt einen Entenschnabel: »Nö, hat er nicht, braucht er nicht, weiß er besser, ohne dass er's gesehen hat. – Haach!« Ein weiterer Schnaps verschwand in seinem Schildkrötenhals.

»Warum ärgert dich der Typ eigentlich so?«, piekte Hufeland ihn ein bisschen. »Immerhin hat er dein Buch gekauft.«

Köttering rammte sein Schnapsglas auf die Theke und fraß Hufeland mit seinem wilden Blick. »Was mich an dem ärgert? Dass er von aller Welt die gleiche Kuhstallatmosphäre fordert, wie sie in seinem Hirn herumwabert! *Andere* Leute in der Region, solche mit *Grips* zwischen den Ohren, wissen aber ganz genau, dass es sich dort nicht mehr wie vor zwanzig oder dreißig Jahren lebt.«

»Wie meinst du das?« Das interessierte Hufeland jetzt. Indirekt hatte das Thema auch mit seinem aktuellen Fall zu tun.

»Das heißt: Schluss mit der Bauernromantik!« Er kippte sein Glas, musste aber feststellen, dass er es schon geleert hatte, und bestellte frustriert Nachschub. »Was wollte ich sagen?«, kratzte er sich unwirsch die Stirn.

»Dass das Land, die Region, sich verändert hat, wenn ich dich richtig verstanden habe«, half Hufeland nach.

»Ja, ganz schön scheppernd hier!«, missverstand ihn Köttering wenigstens zur Hälfte. »Die Wahrheit ist doch«, setzte er noch mal neu an, »dass wir es auch auf dem Land mit einer *Industrie*region zu tun haben. Bauernhöfe, die noch aussehen wie früher, mit glücklichen Hühnern, Schweinen, Gänsen, Kühen, das sind doch Museumsstücke. Klatschmohn und Kornblumen an den Feldrändern musst du heute mit der Lupe suchen. Landwirtschaft, das ist eine moderne Industrie wie Energiewirtschaft oder Müllwirtschaft. Und ›modern‹ darfst du getrost mit rücksichtslos übersetzen!« Der nächste Schnaps kam und verschwand in einem Rutsch hinter Kötterings hüpfendem Adamsapfel. »Äußerlich«, kam Köttering wieder in Fahrt. »mag manches noch so gemütlich aussehen wie vor fünfzig oder sogar hundert Jahren. Aber die Zeiten sind vorbei. Auf dem Land geht's zu wie überall in der globalisierten Welt. Hektisch und brutal. Das verändert die Leute.«

»Aber manche, dein Leser aus Dinkel zum Beispiel, wollen den Dreck vor ihrer Haustür nicht auch noch im Buch lesen. Die wünschen sich eben die guten alten Zeiten zurück«, warf Hufeland ein. »Die neue Zeit macht ihnen Angst.«

»Möglich«, räumte Köttering ein. »Aber die guten alten Zeiten hat's in Wahrheit nie gegeben. Schon gar nicht für alle, sondern immer nur für sehr wenige Nutznießer. *Und* in der Fantasie von solchen Leuten wie diesem Fanatiker aus Dinkel.«

»Eben. Deshalb findet er *dich* fantasielos und ärgert sich, wenn du ihm die Welt vorenthältst, die *er* doch sieht.«

»Soll er sich ärgern. Und von mir aus ins Fantasialand gehen. Oder die Brüder Grimm lesen.« Köttering nickte trotzig und verschränkte die Arme vor sich auf dem Thekenrand.

Puh! Köttering hatte sich nicht verändert. Ein Bruder Ingrimm wie er selbst. Hufeland trank sein Bier aus und bestellte ein neues. Antibiotika hin oder her.

»Was hast du deinem Leser nun eigentlich geantwortet nach der Kritik?«, wollte er nun aber noch wissen.

Köttering schraubte ein Auge zu ihm herum und schürzte zum ersten Mal an diesem Abend leicht amüsiert die dünnen Lippen unter seinem Fusselbart.

»Provinz, habe ich ihm gesagt, ist eine Kategorie des Geistes. Nicht des Ortes.«

Hufeland lachte. »Aus deiner Sprüchesammlung?«

Köttering führte seit Jahrzehnten, nicht erst, seit er Kriminalromane schrieb, Listen mit Sprüchen und Sentenzen zu allen möglichen und unmöglichen Lebenslagen. Und war dadurch immer wieder in der Lage, mit einem passenden (oder unpassenden) Bonmot zu überraschen.

»Von einem Krimikollegen«, bestätigte er mit einem knappen Nicken. »Hat ihn einer Holländerin in den Mund gelegt. Ausgerechnet. Der einzige Satz in dem ganzen Buch, der was taugt. Hab ihn mir gleich rausgeschrieben.«

»Nett, wie du über deine Schreiberkollegen sprichst«, sagte Hufeland. »Erzähl mir lieber, was dein spezieller Leser dir darauf gesagt hat!«

»Gesagt hat der gar nichts mehr. Er sprang gleich auf und wollte mir an die Gurgel. Konnte nur mit Mühe zurück auf seinen Stuhl gedrückt werden, haha.« Ein fettes, feuchtes Lachen sprang aus seiner Kehle bei der Erinnerung an die Szene.

# 40

»Blumen! Das ist lieb von dir, Bernd«, freute sich seine Mutter, als er sie am Samstag früh besuchen kam. Ihre Augen glänzten, als er den bunten Herbststrauß in die Vase mit frischem Wasser stellte. Sie trübten sich aber gleich wieder ein (die Augen), als sie bitter hinzufügte: »Felix hat mir schon seit Wochen keine Blumen mehr gebracht.«

»Aber Mama ...«, wollte Hufeland widersprechen und sie dezent darauf hinweisen, dass er keineswegs sein Bruder Bernd war. Der hatte sich mit Sicherheit schon ein halbes Jahr nicht mehr blicken lassen. Doch Hufeland gab es auf, es war immer noch besser, für den Bruder als für den Heiland gehalten zu werden. Er fütterte ihr den bunten Morgenbrei und wollte ihr anschließend das Gebiss einsetzen. »Wo hast du es?«

»Felix weiß es.«

»Felix?!«, fragte er schrill. »Wieso ich?«

»Nicht du! *Felix* hat es versteckt.«

»Versteckt? Wie kommst du denn darauf, Mama?«

»Letztes Mal hat er es in die Vase getan. Zu den Blumen.« Sie schüttelte traurig den Kopf. »Gott, was der mit mir macht. Der eigene Sohn.«

Hufeland seufzte tief. Und begann, zwischen den Sachen auf dem kleinen Tisch zu kramen. Er fand das

Gebiss recht schnell diesmal. Es lag als Lesezeichen in ihrem Gebetbuch.

Um kurz nach zehn fuhr er los. Verließ die geschäftige Stadt unter einem mattblauen, locker bewölkten Himmel und ließ fahlbraune Äcker, dumpfgrüne Weiden, spätherbstliche Wälder und verstreut liegende Gehöfte an sich vorbeiziehen. Hin und wieder traf ihn ein greller Lichtpfeil, wenn er in den Rückspiegel schaute und das Gefühl nicht loswurde, er sollte einfach weiter fahren, immer weiter nach Westen, über die Grenze bis ans Meer, wo sich gigantische Wolkenambosse auftürmten, wo das Salz die Luft reinigte, wo der Horizont sich magisch vor ihm bog und … Da fiel ihm ein, dass er vor einigen Jahren bei einem Wochenendausflug an die Nordsee, in Katwijk aan Zee war das (mit Grit natürlich), beinahe von einem verbotenerweise den Strand entlangjagenden Jeep überfahren worden wäre. Grit hatte ihn in letzter Sekunde zur Seite gerissen. Und wenn er jetzt darüber nachdachte, hatte es am Strand sogar gestunken. Pestilenzialisch. Nach Verwesung.

Um kurz nach elf erreichte er Vennebeck.

Kevin Kuczmanik, der schon auf ihn wartete, hatte ihn bereits per Handy vorgewarnt, dass rund um den Friedhof weit und breit keine Parkmöglichkeit mehr bestehe. »Der Parkplatz ist voll wie ne Sardinenbüchse! Ich stehe vor dem Brooker Hof. Hab einen Platz für Sie frei gehalten.«

»Danke, Kevin.« Alle Achtung, der Junge war auf Draht.

War er wirklich. Als Hufeland auf den Brooker Hof zufuhr, sah er zuerst den roten Micra des kleinen Kuczmanik und gleich daneben ihn selbst breitbeinig und mit verschränkten Armen vor den Brüsten eine komfortable Parklücke vor dem Wirtshaus gegen alle Angreifer verteidigen, die da kommen mochten.

Er parkte ein und registrierte, dass auch rund um die Ortskirche kein Parkplatz mehr frei war.

»Die ganze Gemeinde ist schon am Friedhof«, sagte Kevin. »Die Totenmesse war kurz und schmerzlos.«

Zumindest für den Toten, dachte Hufeland. Er sog die Luft ein und stellte erleichtert fest, dass heute kein Hühnergestank über Vennebeck hing.

»Heute steht der Wind mal günstig«, lachte Kevin, der anscheinend seine Gedanken erraten hatte. Manchmal war er geradezu unheimlich.

Sie hasteten den Weg von einigen hundert Metern bis zum Friedhof vorbei an einer endlosen Schlange Autos entlang der schmalen Straße. Die milde, noch leicht wärmende Novembersonne über den Köpfen, stapften sie den linken Hauptweg des Friedhofs hinunter, drangen jedoch nur so weit vor, dass der hochgewachsene Hufeland über die anwesenden Massen hinweg die Bestattung eben noch verfolgen konnte.

Hunderte waren gekommen. Es herrschte eine Stimmung wie bei einem Fußballspiel, wenn die eigene Mannschaft vier zu null vorn liegt. Mit sichtlich zufriedenen Gesichtern, heiteren Mienen, manche wirkten geradezu euphorisch, verfolgten die Leute das Geschehen. Kein Vennebecker, der auf sich hielt, wollte es offenbar verpassen, wenn der eichene Sarg des Hühnerbarons Wilhelm Kock für immer versenkt wurde.

Vor dem mit grünen Kunstgrasmatten ausgelegten und mit Kränzen und Blumenstöcken geschmückten Erdloch stand in vollem Ornat der Priester mit einem offenen Gebetbuch in der Hand. Ihm waren sie kürzlich schon begegnet, zusammen mit dem alles segnenden alten Pater, erinnerte sich Hufeland. Flankiert wurde der etwas korpulente Mann von stabdünnen, noch jugendlichen Messdienern im gleichen weiß-violetten Outfit. Der Pfarrer sprach ein Gebet, wie es aussah, verstehen konnte man ihn von hier aus nicht.

Der Sarg war bereits ins kühle Grab hinuntergelassen worden. Die Kock-Familie stand ganz in Schwarz daneben und blickte mit gesenkten Häuptern und unergründlichen Gesichtern auf den Patriarchen dort unten hinab. Bruno Kock mit seiner blassen Frau, das Kind im Arm wie die Muttergottes. Werner Kock und seine Frau Margit, die stämmige Wirtin. Daneben Silke Kock, steif und aufrecht wie ein Stock – stocknüchtern oder stockbesoffen war nicht ganz klar.

Unweit vom Grab, vor einer der haushohen Tannen im Hintergrund, entdeckte er jetzt eine dünne, hoch aufgeschossene Gestalt, einen spindeldürren Mann in den Vierzigern, der fleißig und ungeniert Fotos schoss. Kein Mensch schien sich daran zu stören, als wäre er der Haus- und Hoffotograf der Kocks. Oder so etwas wie ›Vennebecks Auge‹.

Makaber an der Szene war nicht nur die unübersehbare Schar der zufrieden blickenden Vennebecker; Hufeland erkannte jetzt auch Wagner und Kamphues, die im zweiten Hauptgang drüben zusammenstanden und angeregt schwatzten. Schicksalhaft ironisch erschien ihm vor allem die Tatsache, dass der Hühnerbaron nun genau dort bestattet wurde, wo man ihn ermordet hatte.

»Wo findet eigentlich der Leichenschmaus statt?«, wollte Hufeland von Kevin wissen.

»Bei Werner Kock. Im Brooker Hof«, wusste der.

Hufeland hatte genug.

Gehört und gesehen.

Sie machten sich besser rasch vom Totenacker, um im Brooker Hof zu sein, bevor die Trauergemeinde dort einfiel.

# 41

Doch das war leichter gedacht als getan. Die Massen rückten vom Eingang des Friedhofs zunehmend dichter zusammen. Wenn sie schon nichts sehen konnten, wollten sie wenigstens ein paar der Gebetsfahnen aufschnappen, die der Priester über die Gräber wehen ließ.

Ihr Rückzug war also versperrt.

»Sagtest du nicht, dass es zwei Eingänge zum Friedhof gibt, Kevin?«, erinnerte sich Hufeland vage.

»Genau, der zweite ist dort drüben«, bestätigte Kevin und wies mit dem Kinnkissen in nördliche Richtung, wo Hufeland zwischen den Tannen hindurch ein schmales, schmiedeeisernes Tor ausmachte.

Sie lösten sich aus der Umklammerung der Umstehenden, entfernten sich vom Geschehen, indem sie mehrere Nebenwege nahmen und im Zickzack einen großen Bogen beschrieben, mit dem sie schließlich auf den rechten Hauptweg gelangten, der sie am nördlichen Ende zum schmalen Hinterausgang des Friedhofs führte.

Kevin zog sein Smartphone aus der Mantelinnentasche und ortete ihren Standpunkt. Hufeland hätte sich zugetraut, den Weg zur Kneipe auch ohne Hilfe von oben, sprich GPS, zu finden, aber er sagte nichts, die Jugend brauchte das Spielzeug nun mal für den Seelenunfrieden. Und manchmal war es sicher richtig nützlich, in der Sahara zum Beispiel.

»Da lang«, entschied Kevin und zeigte erwartungsgemäß nach rechts, wo der Fußweg, auf dem sie standen, später in eine schmale Gasse mündete, die in den Ortskern hineinführte.

Die Sonne schien, der Tag war hell, der Weg gepflastert und angenehm zu gehen. Ein schöner, ruhiger Spaziergang abseits der Straßen wartete auf sie und sah gar nicht nach Arbeit aus. Die Überraschung war jedoch bei ihnen beiden groß (und wahrscheinlich selbst bei

Google Maps, GPS und wie sie alle hießen), als sie feststellten, dass der Weg sie am Ende eines lang gestreckten Bogens nicht erst zur Hauptstraße, sondern direkt zum Brooker Hof führte.

Sie fanden sich in dem Hinterhof wieder, den sie bereits vom Tanzsaal her gesehen hatten, als sie am Montag mit den Wirtsleuten Kock gesprochen hatten.

Wie Hufeland so über den Schleichweg nachdachte, der direkt zur Nordseite des Friedhofs führte, fiel ihm plötzlich siedend heiß ein, dass sie bislang nicht einmal gecheckt hatten, ob Kock eigentlich zu Fuß unterwegs gewesen war. Die Krankheit (›das Taubenei‹) hatte ihm offensichtlich so zugesetzt, dass er die einfachsten Dinge übersah. Wenigstens pochte und schmerzte es im Augenblick nicht mehr in den Tiefen seines Unterleibs; es brannte nur noch, etwa so, als würden die Bakterien dort unten noch ein letztes Lagerfeuer an seiner Prostata abhalten, bevor sie endgültig vom humorlosen Antibiotikum vertrieben wurden.

»Wir müssen mit der Witwe sprechen, ob sie will oder nicht!«, sagte Hufeland entschlossen, als sie durch den Hintereingang einen kleinen Vorraum, eine Art Windfang, betraten, durch den sie den langen, dunklen Schlauch des Flurs erreichten, an dessen Ende rechts der Tanzsaal und geradeaus der Kneipenraum lagen.

»Aber wird sie dann nicht erst recht an ihrer Anzeige festhalten, wenn wir ihr auf die Pelle rücken?«, entgegnete Kevin unsicher, als sie den spärlich beleuchteten Flur entlangschritten. Er dachte an die drohenden Kosten für vierzigtausend Hühner, die Wagner ihm so unbarmherzig vor Augen gehalten hatte.

»Glaubst du ernsthaft, Kevin«, erwiderte Hufeland kampflustig, »ich würde mich von einer Tatverdächtigen einschüchtern lassen, der angeblich nicht passt, dass ich ihren verschissenen Hühnerstall betreten habe? Mord ist Mord, und Huhn ist Huhn. Basta.«

# 42

»Suchen Sie wen?« Die junge blonde Serviererin (falls sie das war) schaute sie vom Tresen her fragend an, als sie die Köpfe durch die halb geöffnete Tür in den Tanzsaal hinein streckten. Sie trug eine dunkle Bluse und einen schwarzen Rock und war nur eine von drei Hilfskräften im Saal. Zwei lange Tischreihen waren feierlich hergerichtet worden, Kaffeegeschirr und Besteck, Platten mit Wurst- und Käseschnittchen (stets getoppt durch ein winziges Gürkchen), Streusel- und Rodonkuchen – Trauerherz, was willst du mehr!

Eine zweite Serviererin, ein paar Jahre älter und deutlich stärker in den Hüften als ihre Kollegin, aber ebenfalls blond, jung und trauerschwarz gekleidet, kam hinzu. »Das hier ist eine private Veranstaltung, tut mir leid«, sagte sie streng und baute eindrucksvoll ihre Korpulenz vor ihnen auf. Die beiden Frauen, wie auch ihre Kollegin im Hintergrund, sahen aus wie Ableger der aktuellen Landesmutter, sogar die schnittige Kurzhaarfrisur fehlte nicht, als wäre sie landesweit vererbt worden.

Hufeland und Kuczmanik zogen ihre Köpfe wieder ein und stießen die Tür zum Schankraum auf.

Hanne Spieker, ebenfalls ganz in Schwarz (blond sowieso), stand hinterm Tresen und bediente soeben zwei etwas verloren wirkende Gestalten, die sich stumm und leicht schwankend an ihren Biergläsern festhielten, um nicht vom Hocker zu fallen. Sie stellte ihnen zwei Teller mit kalten Frikadellen hin. ›Senf dazu, und nu' kommst du‹, schoss es Hufeland durch den Kopf, während er beobachtete, wie die beiden Gäste nach dem dazugereichten Senfglas gierten.

Als Hanne Spieker aufblickte und Hufeland erkannte, trafen sich ihre Blicke.

Hufeland versuchte sich an einem Lächeln. »Frau Spieker, entschuldigen Sie, können wir Sie einen Augenblick sprechen?«

»Mich?«, wunderte sie sich und drückte eine Fingerspitze fest gegen ihre sich wölbende Brust, das Lagerfeuer zwischen Hufelands Beinen loderte plötzlich unkontrolliert wieder auf.

Er sah sich suchend nach einem geeigneten Platz für das Gespräch um.

»Dort drüben, der runde Tisch am Fenster!«, schlug Kevin eifrig vor, der den Rundblick des Kommissars registriert hatte.

Der Platz war angenehm hell. Das Fenster, in dessen Nähe der Tisch stand, war nicht undurchsichtig und bleiverglast, sondern, wie ein paar andere noch, aus einfachem, leicht eingefärbtem Glas (pissgelb wie ein Helles, dachte Hufeland), sodass man schönfärberisch auf den etwas trist gepflasterten Hinterhof blickte.

Hufeland signalisierte Einverständnis, und Hanne Spieker folgte den beiden.

»Möchten Sie etwas trinken? Oder essen?«, sagte sie, noch ganz in ihrer Rolle als Kellnerin, und blieb vorerst am Tisch stehen.

Kevin legte seine Hand auf den Magen und schien nicht abgeneigt, eine Kleinigkeit (oder zwei) zu essen, doch Hufeland lehnte dankend ab, er wollte jetzt keine Zeit verlieren, und so winkte auch Kevin ab.

»Bitte setzen Sie sich doch, Frau Spieker«, bat Hufeland mit etwas trockenem Mund, und Kevin zog einladend einen Stuhl vom Tisch zurück. Sie setzte sich und schaute Hufeland direkt an, mit einem langen Blick aus den rauchhellen Augen, ihm wurde ganz flau.

»Frau Spieker«, sagte er und musste sich räuspern, »wir versuchen, den Abend, als Wilhelm Kock ermordet wurde, zu rekonstruieren.«

»So genau wie möglich«, ergänzte Kevin und fing sich für die weiß Gott überflüssige Bemerkung einen strafenden Blick von Hufeland ein.

»Ihre Chefin«, tastete Hufeland sich vor, »hat ausgesagt, Sie hätten am Sonntag kurz vor acht das Lokal verlassen.«

»Ja, stimmt«, bestätigte Hanne Spieker ein wenig irritiert. »Wieso?«

»Es geht uns darum«, versuchte Hufeland, ihr die beginnende Verstörung zu nehmen, »was Sie an dem Abend beobachtet haben.«

»Oder *wen*!«, konnte Kevin sich nicht zurückhalten.

»Uns interessiert zum Beispiel Bruno Kock«, sagte Hufeland.

»Bruno?« Hanne Spieker riss die Augen auf. »Wieso Bruno Kock? Wird er etwa verdächtigt? Von Margit?«

»Bruno Kock«, erläuterte Hufeland, »soll das Lokal kurz, vielleicht sogar unmittelbar nach Ihnen verlassen haben. Konnten Sie sehen, welchen Weg er nahm?«

Sie zögerte. »N-nein. Ich hab ihn nicht mehr gesehen. Oder jedenfalls nicht auf ihn geachtet. Ich nehme immer denselben Weg nach Hause. Über den Fußweg hinten«, sie wies mit dem schmalen Kinn zum Fenster hinaus auf den Hinterhof, »und dann über …«, sie musste schlucken, »über den Friedhof.«

»Ganz schön umständlich eigentlich«, fiel Kevin auf. »Warum fahren Sie nicht mit dem Auto oder dem Fahrrad zur Arbeit?«

Hufeland ließ ihn gewähren, der kleine Kuczmanik war offensichtlich unbefangener gegenüber Hanne

Spieker als er selbst. (Als Frau war sie verdammt noch mal genau seine Kragenweite!)

»Ist gar nicht umständlich«, widersprach sie. »Ich wohne ja ganz in der Nähe, gegenüber der … der Leichenhalle. Und die paar hundert Meter bis hierher«, sie winkte leichthin ab. Ihre Hände waren kräftig, ihre Nägel rissig, fiel Hufeland auf, vom Kneipenjob wahrscheinlich, das ständige Spülen der Gläser und so weiter, vermutete er.

»Den Weg über den Friedhof«, ergänzte sie, »nehme ich immer gern, vor allem nach der Arbeit. Ist ganz gut für die Beine, wissen Sie.« Sie lachte verhalten und etwas gequält.

»Komisch«, sagte Kevin Kuczmanik, »wenn *ich* den ganzen Tag auf den Beinen bin, will ich abends keinen Schritt mehr tun.«

Dafür erntete er nun Hanne Spiekers ironischen Blick, den sie über seine kleine runde Gestalt gleiten ließ, und den süffisanten Kommentar: »Kann ich mir gut bei Ihnen vorstellen.«

Kevin wurde rot, und Hufeland klinkte sich wieder ein: »Sie haben Bruno Kock am Sonntag nach Feierabend also nicht mehr gesehen. Können Sie uns aber sagen, wie er unterwegs war? Mit dem Fahrrad, mit dem Auto, zu Fuß?«

Sie sah ihn erstaunt an. »Woher soll ich das wissen? Ich arbeite drinnen, nicht draußen.«

»Hanne! Noch eins!«, grunzte auf einmal eine der beiden Trauergestalten von der Theke herüber.

»Sofort, Hermann!«, beschied sie ihn genervt. »Dauert nicht mehr lang hier! – Oder?«, schaute sie Hufeland fragend an, der nur angedeutet mit dem Kopf schüttelte.

»Wie verstanden sie sich denn so, der alte und der junge Kock?«, wollte Kevin nun wissen. »Ich meine, speziell an dem Abend, als Wilhelm Kock ermordet wurde?«

»Dazu kann ich Ihnen nichts sagen«, schüttelte sie energisch den Kopf. »Ich habe die beiden nur mal zusammen reden sehen, drüben im Flur.« Sie drehte ihren Kopf leicht in die Richtung. »Aber worum's dabei ging? Keine Ahnung.«

»Warum kam Wilhelm Kock in letzter Zeit wieder öfter hierher, in die Kneipe seines Bruders?«, hakte Hufeland ein. »Was denken Sie?«

Sie zuckte die Achseln. »Da fragen Sie am besten den Werner selbst.«

»Hanne! Noch ein Bier!«, dröhnte es ein zweites Mal von der Theke her.

»Bin gleich da!«, versprach sie, und Hufeland sah, wie sich hektischrote Flecken an ihrem Hals und in ihrem Ausschnitt bildeten.

»Es gab Streit an dem Abend«, machte er weiter. »Zwischen Kock senior und einigen Herren, die Skat spielten.«

»Sie meinen den Stammtisch, ja? Stimmt, der Kock hat die Leute hier am Tisch ganz schön genervt. Er schlich dauernd um sie herum, kommentierte alles und so. Das habe ich nebenbei auch bemerkt.«

Kevin richtete sich jetzt auf und wischte mit der Hand über die dunkel gebeizte Tischfläche, als wolle er sie von Staub befreien. »Die Herren haben also gerade hier an diesem Tisch gesessen, ja?«

»Wie immer. Stammtisch eben«, gab Hanne Spieker zurück und wandte sich an Hufeland. »War's das?«, fragte sie und schenkte ihm wieder einen dieser langen, direkten Blicke. Die ihm jedoch alles andere als blauäugig erschienen.

Er dankte ihr, und sie stand hastig auf, um die beiden Gäste an der Theke zu versorgen.

Hufeland sah ihren äußerst beweglichen Hüften hinterher.

Und wurde das diffuse Gefühl nicht los, dass sie ihnen irgendetwas verschwieg.

Keine zwei Sekunden später brach der Sturm über sie herein!

# 43

Von zwei Seiten fielen die Massen in den Brooker Hof ein, vom Vorder- und vom Hintereingang der Kneipe. Die Eingangstür platzte geradezu auf, die Verbindungstür zum Flur wurde beinahe aus den Angeln gehoben, und aufgebrachte Männer in dunklen Män-

teln, Gesichter, die Hufeland zum großen Teil vorhin
noch auf dem Friedhof gesehen hatte, bevölkerten in
kürzester Zeit den Schankraum und alle Plätze, auch
die an ihrem Tisch. Alles redete laut durcheinander,
der Lärm war unerträglich.

Hufeland sprang auf und winkte Kevin, ihm zu folgen. Sie quetschten sich durch die dicht an dicht stehenden Männergruppen, vorbei an der Theke, wo Hanne
Spieker verzweifelt versuchte, der Getränkewünsche
Herr zu werden, und gelangten unter schwerstem Körpereinsatz in den Flur, der weniger besiedelt war, auch
wenn immer noch Leute von draußen nachströmten.

Als sie den Tanz-, jetzt Trauersaal betraten, hatte
sich zu ihrer Überraschung im Vergleich zu vorher
kaum etwas getan. Der Saal war bestens gerüstet für
den Leichenschmaus. Doch wo blieben die schmausenden Trauergäste? Die drei blonden Grazien vom Buffet falteten verlegen und verlassen die Hände vor den
Bäuchen, als wäre die Messe für den Verstorbenen noch
immer nicht gelesen. Aber zu bedienen gab es nichts.

»Keiner da!«, stellte Kevin staunend fest.

»Kommt auch keiner mehr«, vernahmen sie plötzlich eine männliche Stimme in ihrem Rücken. Sie fuhren herum, es war die Stimme von Werner Kock, der
im schlehenblauen Anzug und ebenso verstört wie
seine Frau den Saal betrat.

Er ließ sich auf den erstbesten Stuhl fallen, während
die geschäftstüchtige Wirtin resoluten Schritts auf die
Mädchen am Buffet zu schritt und ihnen zu verstehen

gab, dass sie buchstäblich die Platte putzen könnten: »Kein Kaffee, kein Kuchen, kein Leichenschmaus!«, polterte sie.

»Was ist passiert?«, wandte sich Hufeland an den Wirt, der verstört den leeren Saal musterte, als würde er ihn soeben zum ersten Mal mit eigenen Augen sehen.

»Ja, haben Sie's noch nicht gehört? Von Wagner?«, entgegnete er mit heiserer Stimme und schaute verständnislos zu Hufeland auf. »Irgendwer hat dem Bruno die Scheiben eingeworfen und … und … Ach, schauen Sie doch selber! Sie sind doch die Polizisten!«

Hufeland griff nach seinem Handy und klingelte Wagner an. Vergeblich.

»Kevin, wir fahren hin!«, rief er.

Sie stürzten aus dem Saal, erkämpften sich durch die amorphe Männermasse im Schankraum den Weg nach draußen, wo sie sich in Hufelands Wagen warfen.

# 44

Sie mussten zwei Häuser vorher parken, es war nicht möglich, bis zum Wohnhaus der jungen Kocks vorzufahren, weil Schaulustige in kleineren und größeren Gruppen zusammenstanden und die Straße versperrten.

Mitten unter, oder besser: über ihnen geisterte die Spargelgestalt des WUZ-Fotografen umher, der in aller Seelenruhe Fotos vom Haus und von der Szene davor schoss. Der Mann schien einfach überall in Vennebeck zu sein, unvermeidbar, und vor allem immer schneller am Tatort als die Polizei.

»Ach, du Scheiße!«, sagte Kevin Kuczmanik, als er die Bescherung sah, und Hufeland konnte dem nur zustimmen. An der Frontseite zur Straße hin waren zwei Fenster eingeworfen worden, einige große Scherben und zahllose winzige Glassplitter entlang der Hauswand blitzten in der Sonne wie kleine Diamanten, der größte Teil würde allerdings in den Zimmern liegen. Eines davon war das Kinderzimmer, erkannte Kevin Kuczmanik sofort, die weiße Gardine wurde vom inzwischen stärker aufkommenden Wind gebauscht, sodass man grüppchenweise Exemplare des unfassbar riesigen Volks der Plüschtiere für den kleinen Maik Kock zu sehen bekam. Kevin erkannte auf die Schnelle vier bunte Elefanten im Regal an der Rückwand. Mit denen konnte der Kleine jetzt Einbrecher verjagen spielen.

Doch das war noch nicht alles.

Dutzende Hühner lagen im Vorgarten. Wie schon gehabt vor der Villa des alten Kock. Nur waren es diesmal keine echten toten Tiere, sondern Vertreter der unkaputtbaren Rasse aus Plastik.

Die Nase, merkten sie jetzt, hielt man sich dennoch am besten zu. Anscheinend hatte der gnädige Ostwind für heute ausgedient und überließ es nun wieder seinem Kollegen aus dem Westen, den üblichen Magenheber aus der Kock'schen Mastanlage frisch vergoren nach Vennebeck hineinzutragen.

Auf dem Weg zum Haus versuchte Hufeland erneut, Wagner anzurufen. Sein Dienstwagen stand weder vor der Tür, noch war er sonst irgendwo zu sehen.

Endlich nahm er doch ab.

»Wagner, wo zum Teufel stecken Sie?! Was tun Sie?«, fuhr Hufeland ihn an.

»Ich … Ich habe hier einen Verdächtigen!«

»Sie haben *was*?«, schnauzte Hufeland ihn an.

»Wagner, wir stehen vor Bruno Kocks Haus. Dass ihm die Fenster eingeworfen wurden, sehen wir. Aber das haben wir nicht von *Ihnen* erfahren, verdammt!«

»'tschuldigung, Herr Hufeland, tut mir leid. Es kam halt die Meldung rein, dass etwas passiert ist, und …«

»Das erzählen Sie uns später. Vielmehr jetzt gleich, Sie kommen her!«

»Aber …«

Hufeland klickte ihn weg.

Während sie nun die Hühnerattrappen umkurvten, um an der Haustür zu klingeln, spürte Hufeland, wie sich neben dem Brennen, das geblieben war, nun auch der pochende Schmerz im Unterleib wieder zurückmeldete. Eigentlich war er ja immer noch krank, er durfte sich nicht so aufregen, Kunststück bei einem Dorfsheriff wie POM Wagner.

# 45

Es dauerte trotz ihres anhaltenden Klingelns eine Weile, bis sich drinnen im Haus etwas rührte. Vera Kock öffnete ihnen schließlich die Tür, jedoch nur einen Spaltweit. Ihr verängstigtes Gesicht war weiß wie Kalk, was im Kontrast zum dunklen Trauerkleid umso gespenstischer wirkte.

»Herr Wagner war schon da«, sagte sie durch den Türspalt hindurch.

Wagner, immer wieder Wagner. Hufeland stöhnte leise auf. »Dürfen wir trotzdem reinkommen?«, bat er ohne weitere Begründung.

Vera Kock öffnete die Tür nun ganz und ließ sie herein, indem sie an ihnen vorbei einen vernichtenden Blick auf die schaulustige Menge vorm Haus warf.

»Hier links«, sagte sie und führte sie in das von hellen Weichholzmöbeln dominierte und in warmen rötlichen Farben gehaltene Wohnzimmer. Der rostrote Teppich war übersät mit Glassplittern, der frische Pestwind bauschte die Gardine und füllte den Raum mit Hühnerdunst.

»Warum lassen Sie nicht die Rollläden herunter?«, schlug Hufeland vor.

Vera Kock starrte ihn ungläubig an. »Weil Wagner gesagt, hat, wir sollten alles so lassen, wie …«

»Ach, zum Teufel mit Ihrem verrückten Wagner!«, platzte Hufeland der Kragen.

Im nächsten Moment stand Bruno Kock im Zimmer.

Er war aus dem angrenzenden Raum eingetreten, das Kind, den kleinen Maik, auf dem Arm. »Gibt's Ärger?«, fragte er seine Frau, ohne die beiden Männer auch nur anzusehen.

»Nein, nein«, gab sie rasch Entwarnung und ging zu einer großen Stehlampe neben der Tür, um per Fußschalter Licht zu machen und danach die Rollläden herunterzulassen. Anschließend eilte sie hinaus, wahrscheinlich, um im Kinderzimmer das gleiche zu tun.

Sie standen jetzt im künstlich hellen Licht der Stehlampe.

»Was ist passiert, Herr Kock?«, wandte sich Hufeland an den Hausherrn, um dessen Hals sein Sohn ganz fest die kleinen Arme schlang.

»Na, das sehen Sie doch!«, gab Kock patzig zurück. »Wir waren noch auf dem Friedhof, eigentlich schon im Abmarsch, da kommt Wagner auf mich zu, ganz aufgeregt. Er hätte gerade einen Anruf gekriegt. Spaziergänger hätten Alarm geschlagen, weil an unserem Haus die Scheiben eingeworfen wurden. Und dass die blöden Plastikhühner vorm Haus lägen.«

»Und die Täter? Wurden sie erkannt?«, fragte Hufeland.

»Nein, keiner hat was gesehen. Der Job war wohl schon erledigt.«

»Nicht mal die Nachbarn haben etwas bemerkt?«, konnte sich Kevin Kuczmanik nicht zurückhalten.

»Unsere nächsten Nachbarn waren mit uns zur Beerdigung«, betonte Bruno Kock genervt.

»Wieso das denn?«, entfuhr es Kevin.

»Nicht seinetwegen, falls Sie das denken. Unseretwegen!«, erwiderte Kock noch ungehaltener.

Nachbarn waren im Münsterland bekanntlich seit Jahrhunderten wichtiger als alle Verwandten zusammengenommen. Das wusste Hufeland aus diversen Fällen, die er in der Region schon bearbeitet hatte. Hatte sich nicht schon die Droste über diese merkwürdige Sitte in Westfalen gewundert ...? Davon abgesehen war natürlich alles, was in Vennebeck Beine hatte, auf dem Friedhof gewesen, um den alten Kock auch ganz sicher unter der Erde zu wissen.

»Haben Sie eine Ahnung, warum jemand das getan haben könnte?«, fragte Hufeland und deutete mit dem Kinn auf die Glassplitter auf dem Teppich.

Kock zuckte missmutig die Achseln. Seine Standardgeste. »Woher soll ich das wissen.« Sein Standardsatz.

Hufeland reichte es langsam. Erstens begriff er das Motiv der Täter nicht, die dem in Vennebeck ach so beliebten Bruno Kock einen derart bösen Streich spielten. Zweitens ließ Wagner noch immer auf sich warten. Drittens ... den dritten Punkt hatte er schon wieder vergessen.

»Wo sind eigentlich Ihre Trauergäste?«, fragte er

stattdessen. Vermutlich, dachte er, bestanden die ohnehin nur aus Geschäftspartnern und Profiteuren.

»Bei lecker Kaffee und Kuchen im Brooker Hof waren sie jedenfalls nicht«, schob Kevin noch unbekümmert nach.

»War eine Schnapsidee von Werner, die Tafel für so viele Leute herzurichten, ich hab's ihm gleich gesagt«, gab Kock missmutig zurück. »Und nach der Meldung von dem Anschlag hier«, fügte er stirnrunzelnd hinzu, »hatte sowieso keiner mehr Interesse an Beerdigungskaffee.«

»Dachten wohl alle, der Kuchen wär vergiftet, was?«, scherzte Kevin.

Hufeland rollte mit den Augen und stöhnte leicht auf. »Was ist mit der Witwe, Ihrer Stiefmutter?«, fragte er rasch weiter. »Wo befindet sie sich im Augenblick?«

»Silke?« Kock machte eine nach hinten ruckende Kopfbewegung, soweit ihm das mit dem Jungen an der Schulter möglich war. »Die sitzt hinten in der Küche.«

»Was denn, hier bei Ihnen?«, rief Hufeland überrascht aus. »Und das sagen Sie erst jetzt?«

»Sie haben nicht danach gefragt. Oder?«, konterte Kock ironisch.

Im nächsten Moment klingelte es an der Haustür.

# 46

Wagner.

Er stürzte an Vera Kock, die ihm geöffnet hatte, vorbei ins Wohnzimmer und strahlte wie von Sinnen unter seiner weißen Schirmmütze. »Er sitzt drinnen, in meinem Dienstwagen!«, waren seine ersten Worte, als er Hufeland erblickte.

»*Wer* sitzt dort?«, wollte Hufeland wissen.

»Na, der Tatverdächtige! Ein Zeuge hat ihn eventuell erkannt.«

»Eventuell?«

»Ja.« Er grinste schief, seine Heiterkeit fand jedoch keinen Mitspieler. »Lienen heißt er, der Verdächtige jetzt. Er behauptet, er hätte nur seine Freundin besucht, die ein paar Straßen weiter wohnt. Aber ...«

»Stopp!«, keilte Hufeland dazwischen und hob die Hand wie eine Kelle zur Verkehrskontrolle. »Verstehe ich Sie richtig, Herr Wagner, Sie haben auf gut Glück eine Person festgenommen und in Ihrem Wagen eingesperrt?«

Wagners trotziger Gesichtsausdruck fiel nach zwei Sekunden in sich zusammen und hinterließ bloß Furchen auf der Stirn. »Ich habe ihn nicht festgenommen, sondern ... ihn nur ... mitgenommen.«

Kevin Kuczmanik verfiel urplötzlich in ein keckerndes Lachen. Aber Hufeland konnte das jetzt nicht

204

vertragen (wenngleich es natürlich verständlich war) und wies seinen Azubi mit ein paar harschen Worten zurecht.

Sekundenlang herrschte Stille in dem vom Deckenfluter auf bizarre Weise erleuchteten Raum, es herrschte ein Licht wie für eine Nosferatu-Neuverfilmung.

Vera Kock hatte inzwischen ihren Sohn von der Schulter ihres Mannes gepflückt, war mit dem Kleinen in den Nebenraum geflüchtet und hatte sorgsam die Tür hinter sich geschlossen. Hufeland erschien das als die erste sinnvolle Aktion eines Menschen am ganzen heutigen Tag.

Er versuchte, sich blitzartig darüber klar zu werden, was jetzt zu tun war. First things first, wie die Amerikaner sagten.

Er wies Kevin Kuczmanik an, mit Bruno Kock zusammen den entstandenen Schaden zu protokollieren. Das war zwar nicht ihre Sache, doch erstens war Kevin Azubi, dem es sicher nicht schadete, wenn er zur Abwechslung mal ein wenig Gras fressen musste (bildlich gesprochen). Und zweitens ging es ihm um etwas ganz anderes. »Hab ein Auge auf die Witwe in der Küche, Kevin«, flüsterte er ihm zu. »Nicht, dass die uns noch ausbüxt. Ich will mit der Dame gleich noch sprechen.« Falls sie denn heute vernehmungsfähig war. »Hinterher gibst du Wagner deine Notizen, der soll den Schaden dann den Kollegen vor Ort melden.«

Dann drehte er sich auf dem Absatz um und hielt Wagner seinen Zeigefinger wie einen Colt vor die

Brust. »Sie kommen mit mir«, wies er ihn an und stürmte aus dem Haus, den verdutzten Örtlichen im Schlepptau.

# 47

Wagner hatte seinen Dienstwagen wegen der schaulustigen Meute vor Kocks Haus ebenfalls ein paar Steinwürfe entfernt parken müssen. Die beiden Autos, Hufelands schwarzer Touran und Wagners Blau-Weißer, standen jetzt direkt hintereinander.

Teichwart, der schlaksige Fotograf, beugte sich soeben nach unten, einen Arm auf dem Dach des Dienstwagens abgelegt, und versuchte sich mit dem Mann, der hinten im Wagen saß, durch die geschlossene Scheibe zu verständigen.

Der umtriebige Skatbruder kam Hufeland gerade recht, Teichwart stand auf seiner Liste der zu vernehmenden Personen ganz oben. Zusammen mit der mehr oder vielleicht auch weniger trauernden Schnapsdrossel von Witwe.

Die sachverständige Meute vor Kocks Haus bemerkte nun die Truppenbewegungen der Polizisten mit hochgradigem Interesse und war schon drauf und dran, sich zu Wagners Dienstwagen zu verlagern.

»Sie sorgen mir augenblicklich dafür, dass diese Leute die Füße stillhalten! Und am besten auch's Maul«, blaffte Hufeland Wagner an. »Egal, wie. Und jetzt öffnen Sie verdammt noch mal den Wagen, damit ich mit Ihrem sogenannten Tatverdächtigen reden kann. Seien Sie froh, wenn er Sie nicht wegen Freiheitsberaubung anzeigt!«

Wagners Gesicht wurde weiß wie seine Mütze. »Aber ich bin doch bloß einem Hinweis nachgegangen.«

»Hinweis von wem?«

»Also ... anonym.« Sein Gesicht sagte jedoch, dass er den Informanten sehr wohl kannte.

»Herrgott, Wagner!« Hufeland blieb fassungslos stehen. »Los, machen Sie schon, Sie sehen doch, die Leute verwechseln die Nummer hier mit einer Theatervorstellung.« Allzu weit davon entfernt war das Ganze ja auch nicht.

Wagner schoss aus zehn Metern Entfernung die Verriegelung an seinem Wagen auf und machte kehrt, um mit ausgreifenden, rudernden Armbewegungen die Neugierigen in Schach zu halten.

Herrgott, er durfte sich nicht ständig so aufregen, versuchte sich Hufeland am Riemen zu reißen, das ging an seine Substanz. Er musste sich jetzt auf seinen Job konzentrieren, einen Mord aufzuklären.

Was allerdings die Attacke gegen Bruno Kock zu bedeuten hatte, war ihm mehr als schleierhaft, er war sich nicht mal sicher, ob sie direkt mit dem Mord an Kock senior in Verbindung stand.

Als er den Dienstwagen erreichte, richtete sich der Fotograf hocherfreut auf und riss im nächsten Moment seine Kamera vors Gesicht. Der Mann musste sich vorkommen wie in einem Schlaraffenland für Fotojournalisten, die Objekte seiner Begierden flatterten ihm von ganz allein vor die Linse.

Hufeland fertigte ihn ab: »Erstens, die Kamera weg! Zweitens, Sie warten hier vor dem Wagen, Herr Teichwart, ich muss mit Ihnen reden.«

»Mit mir? Worüber denn?«

»Über den Mordfall Kock. Bitte warten Sie. Dauert nicht lang.«

»Bitteschöön«, sagte Teichwart so gedehnt wie möglich und mit einer Fistelstimme, die Hufeland recht unangenehm in den Ohren klingelte. Aber er wartete.

Na bitte, ging doch! Hufeland hatte das Gefühl, die Dinge allmählich doch wieder in den Griff zu bekommen. Struktur ins Chaos bringen, Licht ins Dunkel, das war es, was er an seinem Beruf wirklich liebte. »Ach, Gottchen, solche Klischees hatte jeder von uns mal in seinem Beruf«, hatte Grit einst abschätzig zu ihm gesagt, als er davon gesprochen hatte. Er hoffte inständig, sie würde Möllring heute ebenso abwatschen wie ihn damals.

# 48

Helmut Lienen war ein schmächtiger Mittdreißiger mit dünnen mittelblonden Haaren, der die schräge Angelegenheit seiner ›erkennungsdienstlichen Behandlung‹, wie Wagner sich ihm gegenüber ausgedrückt hatte, von der stoischen Seite zu nehmen wusste. Er wirkte ruhig und gelassen wie Buddha unterm Bodhibaum, als Hufeland sich zu ihm hinten in den Fonds des Wagens warf.

In seinem Hauptberuf sei er Berufsschullehrer für Sozialkunde und Politik, erläuterte Lienen auf Hufelands Frage, ob er haupt- oder nebenberuflich Revoluzzer sei. Nur nebenberuflich engagiere er sich für den Tier- und Umweltschutz.

»Auch gegen Kocks Hühnerfarm in Vennebeck?«

»Sowieso.« Aber ebenso kämpfe er mit Gleichgesinnten in verschiedenen Initiativen gegen Tierquälerei und die bekannten Umweltsünden.

»Wie darf ich mir das konkret vorstellen? Was prangern Sie Schönes an?«

Lienen ließ sich nicht aus der Reserve locken. »Wir sind gegen die Zerstückelung der Landschaft, besonders von Biotopen natürlich. Durch unnütze, riesige Straßen- oder Autobahnprojekte zum Beispiel.« Er senkte die Stimme. »Oder gegen Golfanlagen, deren pestizidgetränkte Greens«, er setzte mit den Fingern

Anführungszeichen in die Luft, »mit Natur so viel zu tun haben, wie wenn Sie zu Weihnachten ›O Tannenbaum‹ singen und hinterher Ihren Plastikbaum im Kamin verbrennen.«

Hufeland lachte. »Verstehe.«

»Wir kritisieren Massentierhaltung in der Industrie genauso wie das Kupieren von Hunden zum Beispiel«, betonte Lienen.

»Das macht Sie nicht eben beliebt bei den Leuten, stimmt's?«

»Nicht bei allen natürlich. Bei anderen schon. Manche denken nach unseren Info-Aktionen zum ersten Mal darüber nach, was sie täglich in sich reinstopfen. Um welchen Preis für Umwelt, Mensch und Tier Masttiere, Genfood und Giftgemüse produziert werden.«

»Öko kann sich aber auch nicht jeder leisten«, gab Hufeland zu bedenken. Nicht dass er sich besonders damit auskannte, er gab einfach ein gängiges Argument wieder. Er selbst gehörte zu der Spezies von Kunden, die sich Bio zwar leisten konnten, es aber meist nur dann taten, wenn sie im Laden zufällig darauf stießen. Um hinterher festzustellen, dass die konventionell erzeugten Produkte wirklich wie Pappe schmeckten. Was ihr Kaufverhalten dennoch so wenig beeinflusste wie die Laufwege eines Ackergauls (damals, als es sie noch gab).

»Das Preisproblem ist doch politisch gewollt«, verteidigte sich Lienen. »Leider immer noch erfolgreich. Sicher, die Großkopferten, denen wir auf die Füße treten, hassen uns regelrecht, aber hier wie überall sind das die wenigsten. Und in Vennebeck beklatschen die Leute unser Engagement!«

»Leben Sie in Vennebeck?«

»Kann man hier leben? Halten Sie mal die Nase in die Luft, Herr Kommissar.«

Besser nicht, inzwischen stank es wieder zum Würgen nach verdampfendem Huhnkadaver. Selbst im geschlossenen Wagen.

»Ich wohne in Dinkel«, erklärte Lienen und schüttelte den Kopf. »Ich habe heute bloß wie fast jeden Tag meine Freundin besucht, sie wohnt drüben, wenn Sie die Mozartstraße weiter runter zum Golfplatz fahren.« Er wedelte leicht mit der Hand in die Richtung. »Auf einmal taucht dieser Polizist bei uns auf, Wagner, und behauptet, ich sei beschuldigt worden, bei Familie Kock die Scheiben eingeworfen zu haben. Wie ein jugendlicher Rowdy, das muss man sich mal vorstellen. Meine Freundin kann bezeugen, dass wir die ganze Zeit … also …« Er verlor nun, da ihm die Szene wieder hochstieg, spürbar seine stoische Ruhe.

Hufeland klopfte ihm beschwichtigend auf die Schulter. »Ich entschuldige mich für den Vorfall, Herr Lienen. Wenn Sie Anzeige wegen der … Behandlung erstatten möchten?«

»Ach was! Ich will nicht noch mehr Ärger. Nicht wegen so einer lachhaften Sache. Ich möchte jetzt nur zurück zu meiner Freundin. Okay?«

»Wir fahren Sie rasch hin!«, bot Hufeland an.

»Besten Dank auch, ich laufe lieber«, sagte Lienen. »Aber sorgen Sie dafür, dass die Fotos nicht in der Zeitung erscheinen, die der Lange da draußen von mir geschossen hat.«

Hufeland versprach, sich darum zu kümmern.


# 49


Bäumchen, wechsle dich. Neben ihm im Wagen saß jetzt Guido Teichwart, das heißt, eigentlich sah es so aus, als würde er nicht sitzen, sondern stehen, sein knochiger Kopf stieß beinahe am Dach des Wagens an.

Hufeland wies ihn als Erstes darauf hin, dass er mit Lienen eine absolut unbescholtene Person fotografiert habe. »Der Mann hat nichts mit der Sachbeschädigung hier am Haus zu tun«, bekräftigte er.

»Als unbescholten würde ich den Lienen nun nicht gerade bezeichnen«, erwiderte Teichwart von unterm Dach herab. »Aber wie Sie wollen, ich lösche die Aufnahmen.« Er ließ sich etwas tiefer sinken und sagte: »Und jetzt möchte ich wissen, was Sie von mir wollen, Herr Kommissar. Was habe ich mit dem Tod vom Kock Wilhelm zu tun?«

»Sehen Sie«, sagte Hufeland, »das frage ich mich auch. Wir wissen, dass Sie am Sonntagabend zusammen mit dem Kollegen Wagner, mit Lanfermann und Bürgermeister Kamphues Karten gespielt haben …«

»Unser Stammtisch, ja und?«

»Und dass es im Laufe des Abends zum Streit zwischen Ihnen und Wilhelm Kock gekommen ist.«

»Moment, Moment!«, protestierte der Fotograf. »Das hat sich hauptsächlich zwischen Kamphues und Kock abgespielt. Ich halte mich raus, wenn die zwei Kampfhähne aneinandergeraten.«

Kampfhähne traf's einigermaßen, dachte Hufeland, jedenfalls besser als Kampfhunde.

Er hatte Teichwart mit Absicht ein wenig provoziert, um ihn in Fahrt zu bringen. Klappte schon ganz gut. »Wie lange sind *Sie* eigentlich am Sonntag im Brooker Hof geblieben?«, versuchte er, den Druck noch zu erhöhen.

»Wieso, bin ich etwa verdächtig, den Kock …?«

»Beantworten Sie nur meine Frage, Herr Teichwart.«

»Gott, ich bin mit Sicherheit noch bis zehn, halb elf geblieben. Dafür gibt es jede Menge Zeugen.«

»Glaube ich Ihnen.« In Wahrheit verdächtigte Hufeland ihn gar nicht. Ihm ging es um etwas anderes. »Sagen Sie, ist Ihnen an diesem Abend etwas Besonderes aufgefallen, was Wilhelm Kock betrifft? Hatte er außer mit Kamphues noch mit jemand anderem Streit? Mit seinem Sohn zum Beispiel?«

Teichwart überlegte, ernsthaft oder nicht, eine ganze Weile. Drüben vor Bruno Kocks Haus verlor sich allmählich die Menge. Auf die verbliebenen Leute, ein gutes Dutzend noch, redete Wagner gestenreich ein, als wären sie schwachsinnig. Oder er selbst.

»Hmnja, okay, ich hab die beiden streiten sehen, Bruno und den Alten«, erinnerte Teichwart sich eher widerwillig. »Im Kneipenflur. Als ich von der Toilette kam, standen sie dicht beieinander und gifteten sich an.«

»Konnten Sie verstehen, worum es ging?«

»Wie denn, bei dem Lärm? Die Tür zum Schankraum stand auf, die Kneipe war rammelvoll, da verstehen Sie selbst in dem Flur dort Ihr eigenes Wort kaum.«

Hufeland nickte. Die Erfahrung hatte er selbst schon gemacht. »Andere Frage«, sagte er. »Da Sie doch Stammgast im Brooker Hof sind …«

»Stamm*tisch*gast. Nicht Stammgast!«

»Gut, in Ordnung. Als Stammtischgast, der Sie also sind, konnten Sie sich – ganz nebenbei vielleicht – ein Bild davon machen, warum Wilhelm Kock die Kneipe seines Bruders in letzter Zeit wieder häufiger besuchte?«

Teichwart nickte (vorsichtig, wegen des Dachs, Zentimeter über seinem Scheitel). »Ich denke, er kam wegen Hanne.«

»Wegen Hanne Spieker?« Hufeland starrte ihn an. »Lief etwas zwischen den beiden?«

»Das hätte der alte Kock sicher gern gehabt!«, lachte Teichwart. »Nein, da lief nichts. Ich hab aber gemerkt, wie Kock sie anhimmelte. Besser gesagt: angeiferte.

Und manchmal wurde er sogar ein bisschen zudringlich. Aber das trifft auf eine Menge Männer im Brooker Hof zu. Hanne ist ja ein ziemlicher Appetithappen!«

Da mochte Hufeland nicht widersprechen.

»Ich schätze«, schob Teichwart süffisant nach, »auch der Bruno hat ihr ein bisschen zu tief in die Augen geschaut.«

»Bruno Kock? Sind Sie sicher?«, rief Hufeland aus, beinahe schon empört.

Teichwart zuckte heftig zusammen und stieß sich seinen Totenschädel am Autodach an. »Verflucht!« Er rieb sich genervt die Platte. »Ich hab sie doch zusammen weggehen sehen an dem Abend. Ziemlich ...«, er spitzte die strichdünnen Lippen, »na ja, privat, würde ich sagen.«

»Bruno Kock und Hanne Spieker? Am Abend von Allerseelen?«

»Glaube nicht, dass ich mich getäuscht habe, der Hinterhof vom Brooker Hof ist ja ganz gut beleuchtet. Nur«, er grinste breit, »dass alle Leute von unserem Stammtisch her immer aussehen, als hätten sie Gelbsucht.«

Hufeland erinnerte sich diffus an das schmucklose hellgelbe Fenster im Schankraum.

»Wann genau haben Sie die beiden an dem Abend fortgehen sehen, Herr Teichwart?«

»Also, das weiß ich nun wirklich nicht, in der Kneipe schau ich doch nicht auf die Uhr!« Die Situation wurde sichtlich ungemütlich für ihn. »Hören

Sie, Herr Kommissar, ich will keinem aus dem Ort was anhängen. Der Bruno ist in Ordnung. Wenn der was mit irgendeiner Kellnerin anfängt, geht mich das im Grunde überhaupt nichts an. Und dass sein Vater auf denselben Gedanken gekommen ist wie er, dafür kann Bruno ja nichts.«

So *Irgendeine* schien Hanne Spieker jedoch auch wieder nicht zu sein, dachte Hufeland. Er bedankte sich bei Teichwart, und der lange Kerl faltete sich mit säuerlicher Miene zusammen, um auszusteigen und draußen seine Knochen wieder zu sortieren.

Als Teichwart außer Sichtweite war, schwang sich Hufeland aus dem Wagen und ging schnurstracks zurück zum Haus der Kocks.

# 50

Kevin Kuczmanik hatte unterdessen einen Blick auf die Witwe werfen können und war sicher, dass sie ihnen nicht fortrennen würde. Nicht weil sie angetrunken war (das auch), sondern weil sie mit stierem Blick am breiten Küchentisch der Kocks saß und ihr Schicksal beweinte. Ihr stark geschminktes Gesicht ähnelte perfekt dem eines traurigen Clowns. Nur dass ihre Tränen echt waren.

Sie hockte hinter einer Flasche Kräuterlikör (›Ochsenblut‹) und schlürfte ihn wie bittere Medizin. Sie schien nichts um sich herum wahrzunehmen, das erklärte, warum sie sich bislang nicht ein Mal hatte blicken lassen.

Vera Kock, Klein-Maik immer noch im Arm, umrundete unterdessen ebenso ausdauernd wie unruhig den Tisch und tätschelte Silke Kock hin und wieder leicht die Schulter.

Wo waren eigentlich der Hass und die Abscheu der jungen Kocks geblieben, fragte sich Kevin Kuczmanik. Noch vor wenigen Tagen hatten sie Silke Kock als ein geldgieriges, rücksichtsloses Monster bezeichnet, jetzt gingen sie mit ihr äußerst rücksichtsvoll und, was Vera Kock betraf, sogar zartfühlend um. Merkwürdige Wandlung.

Bruno Kock hatte sich einen Kugelschreiber aus einer Schrankschublade geangelt, nachdem Kevin seinen eigenen Stift nicht hatte finden können. Er reichte ihn Kevin, ein Geschenk der örtlichen Sparkasse, und sagte mit einer angesichts des Chaos auffälligen Seelenruhe: »Wollen wir dann?«

Irgendetwas schien Bruno Kock mit einem Mal von Grund auf zufriedenzustellen, sodass er kaum wiederzuerkennen war. Pikanterweise aber war das einzige Ereignis, das in der Zwischenzeit geschehen war, die Beerdigung seines verhassten Vaters am heutigen Tag. Die tiefe Befriedigung darüber musste das seelische Gleichgewicht des Juniors schlagartig wiederhergestellt haben.

Kevin musste an seinen eigenen Vater denken, der mit knapp fünfzig schon zehn Jahre arbeitslos war und keine Aussicht hatte, je wieder einen Job zu bekommen. Er war gelernter Bäcker, hatte aber wegen einer Mehlallergie den Beruf aufgeben müssen und danach jahrzehntelang als Bauhelfer gearbeitet. Bis die Knie den Geist aufgaben und eine Operation die nächste jagte. Sein Vater war heute ein aufgedunsener, von Alkohol und Tabletten abgewrackter Mann, der den Krebstod seiner Frau, Kevins Mutter, vor fünf Jahren nicht mehr verwunden hatte. Wenn er, was wahrscheinlich war, in nicht allzu ferner Zeit am Suff und an seinen Depressionen zugrunde ging, würde Kevin sich lange Zeit wie amputiert vorkommen, das wusste er schon jetzt.

Doch deshalb fühlte er sich Bruno Kock keineswegs moralisch überlegen. Denn im Unterschied zu diesem hatte er sich von seinem Vater (von Ausnahmen abgesehen) geliebt, geachtet und gefördert gefühlt, solang er zurückdenken konnte. Für seine Gefühle konnte schließlich keiner etwas. Dafür, ob sie mit einem durchgingen, schon eher.

Sie gingen zuerst in das vom Deckenfluter erhellte Wohnzimmer zurück, wo Bruno Kock ihm den faustgroßen Pflasterstein zeigte, der auch die Schrankwand noch getroffen hatte und davor liegen geblieben war.

Kevin setzte Fenster und Schrank auf die Schadensliste.

Nebenbei waren ihm schon in der Küche kleine gerahmte Fotos eines Kindes, eines Jungen, aufgefallen, der auf manchen Aufnahmen zwei, auf anderen bereits drei oder sogar vier Jahre alt sein mochte, deutlich älter jedenfalls als der kleine Maik, von dem ähnlich viele Bilder aufgestellt oder aufgehängt worden waren. Im Wohnzimmer setzte sich das fort.

»Haben Sie eigentlich zwei Kinder?«, fragte er Kock interessiert und wies mit dem Stift auf ein gerahmtes Foto des älteren Jungen, das im kühlen Licht der Standleuchte etwas gespensterhaft wirkte.

Kocks Gesicht verdüsterte sich. »*Hatten* wir«, sagte er leicht unwirsch. »Unser Jens ist gestorben. Vor zwei Jahren.«

»Das tut mir leid«, sagte Kevin erschrocken. »Unfall?«

Kock schüttelte den Kopf. »Genetische Sache.«

Kevin verstand und ließ es gut sein. Sollte Bruno Kock wirklich der Mörder seines Vaters sein, so war er mit Sicherheit durch den Tod seines Kindes schon vorher dafür gestraft worden.

Sie gingen hinüber ins verdunkelte Kinderzimmer. Kock schaltete das Deckenlicht ein, das ganze Zimmer war übersät mit den Splittern der eingeworfenen Fensterscheibe. Auch hier zeigte ihm Kock einen ganz ähnlichen grauen Pflasterstein, mit dem das Fenster eingeworfen worden war, er hatte makabererweise in Maiks Kinderbettchen seine Ruhe gefunden. Weiterer Schaden an Möbeln war hier nicht entstanden, doch Kevin setzte den durch tausend kleine Glassplitter verhunzten Teppich von sich aus mit auf die Schadensliste.

Er schaute sich noch einmal um, ehe sie den Raum verließen. Im Kinderzimmer fehlten Bilder des älteren Kindes, das gestorben war. Hier war allein das Reich des kleinen Maik.

Aber der Geist des toten Bruders lebte auch in diesem Zimmer weiter. In Gestalt all seiner Plüschtiere nämlich, die in den Ecken und Regalen des Zimmers dahinvegetierten, seit der Junge gestorben war. Das wurde Kevin in diesem Moment schlagartig klar. Erst später hatten Jens' Kuscheltiere Gesellschaft von Maiks Spielsachen bekommen. Das also war der Grund für die unglaubliche Überfülle an Kuscheltieren im Kinderzimmer.

Kock schaltete das Licht aus, und sie gingen zurück in die Küche.

# 51

Hufeland folgte Bruno Kock, der ihm geöffnet hatte, ins Haus und fand Silke Kock am Küchentisch sitzend, wie sie mit zitternden Händen ein randvolles Likörglas zur Knautschzone ihres Gesichts balancierte. Sie verlor unterwegs etwa die Hälfte, den Rest schlürften gierig ihre zum Entenschnabel geformten dünnen Lippen.

Kevin saß ihr gegenüber und warf Hufeland jetzt einen fragenden Blick zu, so als hätte er irgendeinen Fehler gemacht.

Hatte er nicht. Sofern er nicht selbst mitgetrunken hatte.

Hufeland bat Bruno und Vera Kock, die mit ihrem Kleinen im Arm auf und ab ging, sie für einen Augenblick mit Silke Kock allein zu lassen. Was Bruno eher widerwillig und seine Frau mit einer gewissen Beunruhigung im Blick tat.

Hufeland setzte sich ans Kopfende des Tischs, schräg zur Witwe, schob den bunten Teller mit einem schleimigen Rest Bananenbrei etwas von sich, beugte sich zu ihr hinüber und überlegte, wie er sie am besten ansprechen konnte.

Sie kam ihm zuvor.

»Das war *er*!«, krächzte sie und donnerte die flache Hand auf den Tisch. »Er war das, kein anderer.«

»Was war wer, Frau Kock?«, versuchte Hufeland für Klarheit zu sorgen.

Sie hob den grillbraunen Kopf und stierte ihn erbost an. »Na, *er*! Osterkamp war das!« Ihre Hand fuhr herum und traf die Likörflasche. Kevin hinderte sie mit einer Blitzreaktion am Umstürzen.

»Sie meinen, Osterkamp hat die Scheiben bei Ihrem Stiefsohn eingeworfen?«, fasste Hufeland nach.

»Nä! Nicht er selbst. Die Jungs. Die beiden Bengel waren's!«

»Welche Bengel, Frau Kock?« Hufeland seufzte, sie

waren mal wieder zu spät dran, die Witwe war bereits sternhagelvoll.

»Die beiden Rowdys, Lutz und Dingsbums … Name fällt mir jetz' nich ein. Jedenfalls die zwei Vosskuhle-Brüder. – Jetzt weiß ich!« Sie hob ihren Zeigefinger steil, aber schwankend in die Höhe. »Lutz und … Hannes Vosskuhle. Die erledigen solche … solche Sauereien für Obst … für Osterkamp.«

Kevin peilte gesenkten Kopfes, beinahe von der Tischplatte aus, zu ihr herüber. »Herr Osterkamp hat zwei Jugendliche aus dem Ort angestiftet, hier die Fenster einzuwerfen, meinen Sie?«

Sie nickte schwer und steif. »Lutz und Ha … Hannes Vosskuhle waren das, jawohl. Vorher ham se … ham se paar von den Viechern … den Plastikhühnern eingesammelt und dem Bruno vors Haus gek-rööps.«

War schon klar, was sie hatte sagen wollen, bevor der Rülpser einsetzte.

»Aber warum hätte ausgerechnet Osterkamp Bruno und seiner Familie das antun sollen?«, erwiderte Hufeland in der Hoffnung, dass sie ihn überhaupt verstand. Zu unsinnig klang schon ihre Beschuldigung.

»Weil ich's ihm gesagt habe.« Sie hob das Glas Kräuterschnaps hoch und hielt es Kevin hin, damit er ihr einschenkte. Kevin schüttelte heftig den Kopf, doch sie schlug vor Wut erneut mit der flachen Hand auf den Tisch, sodass Kevin, nachdem auch Hufeland resigniert die Schultern gezuckt hatte, ihr das Glas halb voll schenkte.

»*Was* haben Sie Osterkamp gesagt, Frau Kock?«, erinnerte Hufeland sie an ihre Andeutung.

»Na, dass ich verkaufe!« Sie führte ihr Glas zitternd, langsam und vorsichtig wie auf einem unsichtbaren Drahtseil zum gierig vorgestülpten Mund – und ex.

»Sie verkaufen was?« Er ahnte natürlich schon, was kommen würde.

»Die Mast, Mensch!«, blökte sie ihn an. »Ich. Verkaufe. Meinen. Anteil! Nix hat er geregelt. Das Arschloch.«

»Ihr Mann?«

»Wilhelm, ja. Kein einer … einziger …. Eintrag ins Grundbuch.« Sie sprach es aus wie Brunzbuch. »Nicht mal die Hälfte gehört mir. Was soll ich damit? – Nä!« Sie schüttelte und senkte steil den Kopf wie eine gründelnde Ente. »Jetzt gehört alles Bruno.«

»Aber damit hat Osterkamp durchaus gerechnet«, sagte Hufeland. »Warum sollte er also …?«

»Nee, nee, gar nix hat er!«, schnitt sie ihm, abrupt den Kopf anhebend, das Wort ab. »Das hätte er dem Bruno im Lehm nich zugetr … Kein Einer hätte das.« Sie lachte heiser auf. »Und der Br … Bruno will alles noch viel, viel, viel größer … größer aufziehen will er das Ganze.«

Hufeland und Kevin sahen sich verdutzt an. Die Witwe lachte krächzend. »Jahaa, da guckt ihr, was? Hehe. Der gute, brave Bruno … Alle haben sie gedacht … denken sie noch immer …! Nur Osterkamp

nicht mehr. Dem hab ich's gesteckt, häh! Gestern …
Abend. Da war er wieder bei mir und …« Sie ließ den
Kopf sinken, die Augen geschlossen, und schwieg.

Hufeland ergriff die letzte Chance, heute noch etwas
anderes aus ihr herauszubekommen. »Frau Kock, bitte
sagen Sie mir noch eins: Wie war Ihr Mann am Sonntagabend unterwegs? An dem Abend, als er ermordet wurde? Wie ist er zum Brooker Hof gekommen?
Gelaufen, gefahren? Wie?«

Sie hob ruckartig den Kopf und sah ihn verschlei-
ert, wie mit Gardinen vor den Augen, an. »Mit dem …
Au … Rad«, stammelte sie.

»Woher wissen Sie das?«, setzte Hufeland nach.

»Es fehlte am anderen Tag, das Au … Rad. Ich hab
einen … von den Arbeitern … gebeten, es zu holen.
Hat er … gemacht.«

»Vielen Dank, Frau Kock«, sagte Hufeland. »Sie
haben uns sehr geholfen. Und nochmals unser herzliches Beileid.«

»He, du!«, winkte sie ihn zu sich heran und stemmte
ihre alkoholschweren Lider auf, so gut es ging. »Die
Anzeige …«

»Was ist damit?«, fragte Hufeland frostig.

»Die hab ich zu … zurückgezogen.«

»Danke«, sagte Hufeland ohne Begeisterung und
ohne zu wissen, was er davon halten sollte. »*Warum*
haben Sie sie zurückgezogen, Frau Kock?«

Sie ruckte mit dem Kopf vor und zurück wie eine
Taube, knickte ihr silberarmbandbewehrtes Handge-

lenk keck zur Seite und sagte: »Ist ja nicht mehr meine Sache. Die Hühner ... gehören ja jetzt Bruno. Alle.«

Hufeland gab Kevin mit den Augen zu verstehen, dass er der betrunkenen Kräuterwitwe noch Gesellschaft leisten solle, während er mit Bruno Kock sprechen wolle. Die räumlichen Voraussetzungen für Vernehmungen waren zwar selbst als kriminell zu bezeichnen, aber was war zu machen?

Er ging hinaus in den Flur und war nicht überrascht, Bruno Kock direkt hinter der Tür vorzufinden, während seine Frau den Kleinen im Bad wickelte, wie er andeutungsweise durch die geöffnete Tür sehen konnte.

»Hat sie's Ihnen also gesagt, ja?«, knurrte Kock ihn an.

»Wenn Sie den Verkauf ihres Erbteils an Sie meinen, ja«, gab Hufeland zurück. Er legte den Kopf ein wenig schief und fügte hinzu: »Es ist das, was Osterkamp und vermutlich ganz Vennebeck durchaus erwartet haben. Überraschend erscheint mir nur, dass sie behauptet, Sie wollten die Hühnermast Ihres Vaters fortführen. Vielleicht sogar ausbauen?«

»Hab's mir noch mal überlegt. Ich will das Erbe fortführen, ja und?« erwiderte Kock trotzig, wenngleich mit kieksender, zu hoher Stimme.

»Ist schließlich eine Menge Geld drin, ich verstehe das«, sagte Hufeland und vermied jeden Unterton dabei.

»Erst mal muss neu investiert werden. Aber die Bank gibt mir das Geld zum Ausbau.«

»Man wird Sie lynchen wollen in Vennebeck, ist Ihnen das eigentlich klar?«

»Pfff, das geht nur meine Familie und mich was an!«, schnaubte er. »Silke will ausziehen aus der Villa, ganz weg von hier. Also kaufen wir ihr das Haus ab und ziehen dort ein. Ist doch die natürlichste Sache der Welt!«

»Sicher«, nickte Hufeland. »Sicher.« Zumal der Wind dort für dich günstiger steht, dachte er. In jeder Hinsicht.

Bruno Kock. Vom Paulus zum Saulus. Der nach dem Tod des Alten plötzlich keine Skrupel mehr zeigte, dessen verhasste Geschäfte fortzuführen. Nur einer mehr, der seine hehren Prinzipien über Bord wirft, sobald es ohne sie was zu verdienen gab.

Hufeland hatte jedoch seine Gründe, Bruno Kock nicht nach seinem offenbar besonderen Verhältnis zu Hanne Spieker zu fragen.

Noch nicht.

Teichwarts Aussage war vielleicht der Schlüssel zur Aufklärung des Falls. Aber sie allein reichte nicht.

Er ging zurück in die Küche, wo Silke Kock ihr schweres Haupt auf den auf dem Tisch gekreuzten Armen abgelegt hatte.

»Unser Job hier ist erledigt, Kevin«, winkte er seinem Azubi zum Aufbruch.

Sie verabschiedeten sich von Kock, der Hufeland in die Küche gefolgt war, um sich um seine Stiefmutter zu kümmern. Ein Bild, das weder Hufeland noch Kevin Kuczmanik für möglich gehalten hätten. Bis heute.

Draußen gaben sie Wagner, der sich angeregt mit einigen Bier trinkenden Nachbarn unterhielt, zu verstehen, dass er nun freie Bahn habe, die Sachbeschädigung den Bezirkskollegen zu melden, um den Bericht für die Versicherung zu erstellen.

»Versicherung?« Wagner machte nicht den Eindruck, als verstünde er, worum es eigentlich ging. Kein Wunder, in seiner Hand, halb hinter dem Rücken versteckt, sahen sie jetzt eine Halbliterflasche Bier in der Sonne blinken.

»Na denn Prost!«, rief ihm Kevin noch zu, bereits auf dem Weg zum Wagen.

# 52

Die Situation im Brooker Hof war nahezu unverändert, der Schankraum zum Bersten voll, und die Laune zum Überschäumen. Zwar wurden momentan keine Gesänge angestimmt (»Le coq est mort …«), aber die Gesichter der anwesenden Herren und inzwischen auch vereinzelter Damen waren rot und froh.

Hanne Spieker bediente allerdings nicht mehr hinterm Tresen, ihren Job erledigte eine der drei blonden Grazien, die den Leichenschmaus hergerichtet hatten; die beiden anderen bedienten die Tische.

Sie kämpften sich gleich durch bis zum Flur und betraten den Saal. Der Raum sah aus, als sei er niemals für irgendwelche Trauergäste gedeckt worden. Keine Schnittchen, keine belegten Brötchen, kein Streusel-, kein Rodonkuchen, nichts. Auch die weißen Tischdecken waren bereits wieder entfernt worden.

Mit Ausnahme des Tischs gleich rechts neben dem Eingang. Dort saßen wie festgefroren Werner und Margit Kock und fixierten mit versteinerten Gesichtern die zartweißen, leicht geschwungenen Kaffeetassen, an denen sie sich festhielten.

Hufeland klopfte heftig an den Türrahmen. Die Kocks wandten ihm ihre erschrockenen Gesichter zu.

»Was dagegen, wenn wir für eine Weile die Tür schließen?« Hufeland deutete mit dem Kopf zum Gang hin, wo zwischen dem Schankraum und den Toiletten reges Treiben herrschte. Ohne ihre Antwort abzuwarten, schloss er die Tür.

Sie setzten sich neben das Ehepaar auf die zwei freien Stühle. Hufeland nahm zuerst Margit, ihm schräg gegenüber, dann Werner Kock neben sich in den Blick. »Wir wissen mittlerweile von *anderen* Zeugen«, begann er verärgert, »warum Wilhelm Kock Ihre Kneipe in letzter Zeit häufiger besucht hat. Der Grund hieß: Hanne Spieker.«

Die beiden Wirtsleute sahen nicht überrascht aus und stimmten sich mit ihren Blicken ab.

»Wo ist sie übrigens, Ihre Kellnerin?«, wollte Kevin Kuczmanik wissen, den Hufeland unterwegs rasch über Teichwarts Beobachtungen informiert hatte.

»Hanne ist nach Hause«, sagte die Wirtin. »Ging ihr nicht gut. Außerdem sind die Drillinge ja jetzt einsatzfähig, nachdem das Kaffeetrinken ... na, Sie sehen's ja.« Sie ließ ihren leeren Blick durch die Wüstenei des abgeräumten Saals schweifen.

»Was für Drillinge?«, wunderte sich Kevin.

»Unsere drei Servierkräfte. Wir nennen sie halt so, weil sie aussehen wie ...«

»Schon klar«, winkte Hufeland ab. »Sie haben auf meine Frage noch nicht geantwortet«, erinnerte er sie. Was streng genommen an Kevins Zwischenfrage lag. »Stimmt es, dass Wilhelm Kock verstärkt Interesse an Ihrer Kellnerin Hanne Spieker gezeigt hat?«

Die Kocks kreuzten wieder ihre Blicke. ›Willst du?‹, fragten die Augen des Wirts. ›Nein, mach du‹, funkten die seiner Frau zurück.

»Wilhelm ...«, antwortete Werner Kock zögernd. »Seitdem er sich im Sommer, aus irgendeiner Laune heraus, mal wieder bei uns hat blicken lassen, kam er wohl vor allem wegen Hanne, das war schon etwas peinlich für uns.«

»So. Peinlich!«, ärgerte sich Hufeland. »Und deshalb haben Sie uns nichts davon erzählt?«

»Das hätte Hanne Ihnen doch selbst sagen müssen«, konterte die Wirtin und verschränkte trotzig die Hände vor ihrer umfangreichen Brust. »Ich habe Ihnen schon einmal gesagt, dass wir nicht schlecht über unsere Angestellten reden. Auch nicht gegenüber der Polizei.«

Hufeland musste einmal kräftig durchatmen – der lästige Sender zwischen seinen Beinen funkte SOS, er musste bald wieder seine Medikamente einnehmen, zum Teufel!

Er sammelte die Reste seiner Selbstbeherrschung ein und schluckte die Bemerkung, die ihm schon auf der Zunge lag, dass eine Aussage in einem Mordfall kein Petzen wie in der Schule sei, hinunter. Brachte nichts.

Er wandte sich an Werner Kock. »Wenn es also schon für *Sie* offensichtlich war, dass Ihr Bruder, sagen wir's mal ganz deutlich: scharf auf Hanne Spieker war, dann wusste es selbstverständlich auch Ihr Neffe Bruno. – Der ein Verhältnis mit ihr hatte. Richtig?«

Der Wirt zuckte die Achseln, es sah aus wie ein Reflex.

»Es gab am Sonntagabend zwischen Vater und Sohn eine recht unschöne Szene drüben auf dem Gang.« Hufeland deutete mit einer kleinen Drehung der Schulter nach hinten. »Eine Auseinandersetzung, in der es vermutlich um Ihre Kellnerin ging.« Er forschte streng in den Gesichtern der beiden Wirtsleute. »Was wissen Sie darüber? Raus mit der Sprache!«

»Sah so aus, ja«, gab Margit Kock zögerlich zu.

»Irgendwas lief da zwischen den beiden, Bruno und Hanne«, ergänzte ihr Mann ebenso unbestimmt wie seine Frau.

»Aber man musste schon genau hinsehen, um es zu bemerken«, schob die Wirtin entschuldigend nach.

Die zwei waren grundsätzlich nicht unsympathisch,

aber zäh wie altes Leder. »Was zum Teufel ist an diesem Abend an Allerseelen wirklich geschehen?«, kläffte Hufeland sie plötzlich an und drohte im selben Ton: »Wir wissen mittlerweile sehr viel mehr über die Hintergründe, als Sie ahnen. Wenn Sie also nicht endlich damit herausrücken, führen wir unsere Unterhaltung im Präsidium weiter, damit das klar ist!«

Sogar Kevin schien so beeindruckt von Hufelands Attacke, dass es aussah, als wolle er gleich selbst darauf antworten.

»Was genau haben Sie an diesem Abend beobachtet, ohne uns bisher davon erzählt zu haben?«, ließ Hufeland seinen Blick eindringlich von Margit zu Werner Kock und wieder zurück wandern. Denn *dass* sie ihm etwas verschwiegen hatten, etwas sehr Wesentliches, davon zeugte ihr verdrucktes Verhalten mehr als deutlich.

Margit Kock gab sich buchstäblich einen Ruck und legte die Hände zurück auf den Tisch. »Es stimmt zwar, was ich Ihnen gesagt habe, dass Bruno um acht rum die Wirtschaft verlassen hat. Kurz, nachdem Hanne gegangen war.«

»Aber?«

»Sie hatten sich anscheinend verabredet, hinten im Vorraum. Stritten sich. Das heißt, eigentlich wurde nur Bruno laut. Immer, wenn ich in den Flur kam, schimpfte er, und sie verteidigte sich wohl. Worum es genau ging, weiß ich nicht, es kamen nur immer so Wortfetzen rüber.«

»Fiel der Name Ihres Schwagers?«

»Kann mich nicht erinnern. Ich weiß nur, dass ich mich über Hanne geärgert habe. Erst behauptet sie, sie müsste dringend früher nach Hause, und dann zankt sie eine halbe Stunde lang mit dem Bruno im Vorraum!«

»Eine halbe Stunde lang?!«, explodierte Hufeland geradezu.

»J-ja. Ab halb neun ungefähr hörte ich sie dann nicht mehr. Ich hab ja die Zeit immer im Gefühl.«

Hufeland suchte ihren Blick. »Sie wissen, was das bedeutet – wussten es von Anfang an! Bruno und Hanne haben also in Wahrheit erst kurz vor Ihrem Schwager das Haus endgültig verlassen!« Er ließ zwei Sekunden verstreichen. »War es so?«

Die Wirtin senkte den Kopf. »Wilhelm kam von den Toiletten«, gestand sie dem Tischtuch. »Hatte wohl längere Zeit für sein Geschäft gebraucht und stampfte auf einmal wie ein wilder Stier durch die Kneipe. Mir war sofort klar, dass er Hanne suchte. Und Bruno. Ich sagte ihm, dass sie schon vor einer halben Stunde gegangen wären, damit er Ruhe gab.«

An dieser Version hatte sie zugunsten von Bruno Kock auch danach noch festgehalten. Klebrige Familienbande, ganz, wie er befürchtet hatte.

»Aber Wilhelm!«, fuhr sie kopfschüttelnd fort, »er ließ sogar seinen Mantel am Haken hängen und stürmte in seinem dünnen blauen Anzug über den Flur nach draußen.«

»Den beiden hinterher«, polterte Hufeland. »Über den Friedhof. Das ist Ihnen doch klar, oder?«

Die Wirtin blickte ihn fest an. »Bruno hat seinen Vater *nicht* ermordet. Dafür lege ich meine Hand ins Feuer.«

Ihr Mann hielt lieber den Mund, mit seiner Hand war er offenbar weniger leichtfertig als seine Frau. Mit zerfurchter Stirn, nervös mit den Augendeckeln plinkernd, linste er durch sein Stahlbrillchen.

# 53

Die Wirtsleute sprangen erleichtert auf, als Hufeland sie um die Adresse von Hanne Spieker bat und das Gespräch für beendet erklärte.

»Ich schreib's Ihnen auf!«, bot Margit Kock an und fegte hinaus. Werner Kock folgte ihr langsam mit besorgtem Gesicht. Kurz darauf kehrte sie auch schon zurück mit einem Zettel, auf dem Hanne Spiekers Adresse stand. Hufeland warf einen nachdenklichen Blick darauf und ließ sich den Weg zu Fuß dorthin erklären. »Über den Friedhof, meine ich.«

Dann bat er um ein Glas Stilles Wasser, da es Zeit für seine Medikamente war, wie ihm das anhaltende Brennen im Unterleib unmissverständlich zu verstehen gab.

Auch Kevins wächsernes Mondgesicht sah etwas unglücklich aus. »Entschuldigung, Herr Hufeland. Aber ich habe einen Wahnsinnshunger«, bekannte er leise. »Wenn ich nicht bald was zu essen bekomme, falle ich um. Sorry.«

Hufeland seufzte innerlich. So war er nun mal, der kleine Kuczmanik. Er hatte Hunger.

»Bleiben Sie einfach sitzen!«, bot ihnen Margit Kock an. Sie räumte das Kaffeegeschirr vom Tisch, zog die weiße Tischdecke pro forma glatt und war wieder die gute, geschäftige Wirtin, durch und durch. Kurz darauf brachte sie das Wasser für Hufeland und die Karte für Kevin.

Hufeland spülte widerwillig sein Antibiotikum und die Schmerzpillen mit dem Wasser hinunter, Kevin wählte sein Gericht. Er entschied sich für Kürbiscremesuppe, danach Kartoffelpuffer, danach Dinkelnudeln mit Waldpilz-Ragout, danach ein Pumpernickeldessert mit Kirschen.

Die Wirtin dankte und fragte mit einer erstaunlich geschäftlichen, fast kalten Ruhe, ob die Herren sie noch bräuchten. Als Hufeland verneinte, um gleich darauf zu korrigieren: »Vorerst nicht«, marschierte sie mit kleinen, schnellen, festen Schritten hinaus.

»Mein lieber Scholli!«, sagte Kevin und schaute der Wirtin beeindruckt hinterher. »Alles im Griff, die Lady. Selbst das Lügen.«

»Wohl wahr«, knurrte Hufeland und dachte über die neue Wendung in dem Fall nach. »Als du vorhin in

Kocks Haus warst, Kevin«, sagte er schließlich, »wie kam er dir vor, Bruno Kock?«

Kevin musste nicht lange nachdenken. »Ziemlich aufgeschlossen, wenn man ihn vorher erlebt hat«, bestätigte er nur den Eindruck, den auch Hufeland gewonnen hatte.

»Ist dir sonst irgendetwas aufgefallen, Kevin?«

»Nichts Besonderes eigentlich. Außer vielleicht …«

»Ja?«

Kevin berichtete ihm nun von den Kinderfotos im Haus der Kocks, den Unmengen an Spielzeug und Kuscheltieren im Kinderzimmer und seiner Entdeckung schließlich, dass die jungen Kocks vor zwei Jahren ihren ältesten Sohn verloren hatten. »Erbschaden. Wirklich traurig, so was.«

Hufeland stutzte. »Wie hieß der Junge?«

»Ähm … Jens«, erinnerte sich Kevin.

»Jens Kock«, wiederholte Hufeland nachdenklich.

Das Essen kam. Einer der blonden Drillinge brachte die Kürbissuppe. Hufeland fasste einen Entschluss. »Hör mal, Kevin«, sagte er, indem er auf die kleine kreisrunde Glatze seines löffelnden Azubis herabsah, »ich gehe schon vor zu Hanne Spieker.«

Kevin stoppte den Löffel voll sämiger, orangefarbener Kürbiscremesuppe vor seinem schon halb offenen Mund und schaute überrascht zu ihm auf.

»Lass dir Zeit und warte, bis ich dich anrufe.«

Hufeland stand auf und ging hinaus in den Flur. Dort stieß er beinahe mit einem schwankenden Toilettengänger zusammen, der auf dem Weg zurück zum Schankraum noch halberlei sein Gemächt in die Hose stopfte.

Vom Hinterhof aus nahm er den Fußweg Richtung Friedhof.

# 54

Es war ein milder Novembertag. Einsame goldgelbe und rostrote Blätter, die letzten verbliebenen des Jahres, gaukelten verloren durch die verpestete Luft. Helle Wolkenfinger streckten sich über ihm. Wahrscheinlich stank selbst der hohe Himmel über Vennebeck nach der allgegenwärtigen Essenz aus totem Huhn.

Wenn die geplagten Eingeborenen erst erfuhren – und dafür würde Osterkamp schon bald sorgen –, dass Bruno Kock gar nicht daran dachte, die Mastanlage einzustellen, sondern sie noch zu erweitern, würde es einer Lebensrettung gleichkommen, wenn sie ihn wegen Mordes verhafteten, bevor ihn die Vennebecker grillten.

Nach wenigen Minuten erreichte er das schmale Eisentor an der Rückseite des Friedhofs und ließ es aufschwingen. Das Knirschen des hellen Kieses unter seinen Schuhen, die Reste der weißen und gelben Herbstblumengebinde auf den Gräbern, die sanft sich wiegenden haushohen Tannen, alles schien nahezu wieder wie vorher, wie vor ein paar Tagen, als er den Friedhof zum ersten Mal betreten hatte. Vereinzelt sah man Besucher, Angehörige, Trauernde, die still vor den Grabsteinen verharrten, eifrig die Ruhestätten ihrer Toten herrichteten oder wie Watvögel den Gang entlang staksten.

Hufeland fragte sich, während er voranschritt und die Augen über die gepflegten oder pflegeleichten Gräber gleiten ließ, wer diesen Dienst einmal *seinen* Überresten zukommen lassen würde. Dann. Wenn. Aber eigentlich sah er seine Asche im Geist nicht auf einem Friedhof, sondern lieber irgendwo in freier Natur, unter einem bemoosten Naturstein, mit der Einladung an den müden Wanderer auf einer kleinen gravierten Plakette: »Setz dich, mach's dir bequem! Ich beiße nicht mehr. Felix Hufeland 1957 – 20XX.«

Er bog vom Hauptweg nach rechts ab und erreichte das Kock'sche Familiengrab. Da lag er nun also, der Hühnerbaron, frisch begraben, üppig bekränzt, intensiv beheuchelt (›In Liebe … Bruno und Vera mit Maik‹, ›In tiefer Dankbarkeit … Werner und Margit‹), metertief unter dem weißen Kieselensemble. Seit an Seit mit seiner ersten Frau. Hufeland stand so dicht am Grab, dass er für Sekunden glaubte, den Leichnam riechen zu können. Doch auch das war wieder nur die Dunstwolke, die von der Mastanlage herüberwaberte.

Er schwenkte den Blick herum nach links. Unmittelbar neben dem Doppelgrab der Kocks befand sich das schmale Grab eines Kindes. Der Name ›Jens Holten‹ und das Sterbedatum vor gut zwei Jahren waren in den herzförmigen, kaum schultaschengroßen, hellgrauen Naturstein eingemeißelt worden. Darunter die Worte: ›Ewig geliebt, für immer in unseren Herzen‹.

Bewegend.

Er verharrte einige Minuten vor dem mit frischen Schnittblumen, farbenfrohen Pflanzen und bunten, kegelförmigen Kerzen liebevoll geschmückten Grab des kleinen Jens, bevor er sich von dem Anblick losriss und seinen Weg fortsetzte.

# 55

Das mit hellroten Klinkern verkleidete und von einem moosbewachsenen Schindeldach niedergedrückte Häuschen mochte an die fünfzig, sechzig Jahre alt sein. Es lag keine fünfzig Schritte vom Haupteingang des Friedhofs entfernt und bot direkte Aussicht auf das Teehäuschen von Leichenhalle.

Hufeland hoffte, sie würde zu Hause sein, er hatte nicht anrufen wollen, um sie nicht vorzuwarnen, wollte den Moment der Überraschung für sich ausnutzen.

Er hatte Glück, sie öffnete und sah ihn ebenso begeistert an wie vorhin die Wirtsleute. Sie trug jetzt dunkle Jeans und eine helle Bluse mit einem Muster aus roten Streifen, die im ersten Moment wirkten wie Striemen von Peitschenhieben. Ihr seidiges Haar hatte sie im Nacken zu einer blonden Blüte gebunden.

Sekundenlang blieb ihr die Luft weg. »Ja?«, quetschte sie schließlich hervor und wischte eine Strähne aus der Stirn, die nicht vorhanden war. »Gibt's noch was?«

Hufeland bat, hereinkommen zu dürfen. Sie wich stumm vor ihm zurück und ließ ihn eintreten.

Im schmalen Flur kurvte er um Kleiderständer, Schuhe, Taschen und anderen Alltagskram herum, bevor er an einer Galerie kleiner gerahmter Bilder vorbeikam, Urlaubsfotos von einer Nordseeinsel, Hanne Spieker und ein vielleicht achtjähriges Mädchen.

Rechts führte eine schmale Treppe hinauf ins Obergeschoss, schnelles leichtes Getrappel war zu vernehmen, helles Kinderlachen klingelte die Stufen herunter. Hanne Spieker fing seinen interessierten Blick auf und sagte: »Oben wohnt meine Mutter. Michelle, meine Tochter, ist bei ihr. – Hier entlang«, wies sie ihm den Weg ins Wohnzimmer. Ihre Stimme klang dünn und hoch, sie rüstete sich für die Vernehmung, die ihr jetzt bevorstand.

Das Wohnzimmer war ähnlich farbenfroh wie der Flur. An den auf Terracotta getrimmten Wänden hingen holzgerahmte Drucke mit großen Blumenmotiven, die förmlich zu explodieren schienen. Ein massiver offener Schrank mit zwei Reihen Büchern, einem Fach mit Spirituosen und einer Mini-Stereoanlage nahm die Seite gegenüber dem Fenster ein, das den Blick auf eine kleine Rasenfläche hinterm Haus freigab. In der Ecke ein schmaler Sekretär, auf dem zugeklappt ein weißer Laptop döste. In der Mitte des Zimmers ein großer runder Tisch, um den massive alte Stühle mit weiß nachbezogenen Sitzflächen standen. Aus der Küche nebenan dudelte leise Radiomusik, irgendein Popsong aus den Achtzigern, den er schon oft gehört und ordentlich hassen gelernt hatte.

»Kaffee?«, fragte sie und rückte ihm einen Stuhl hin. »Ist gerade frisch.« Sie hielt sich an Routinen fest, doch es klang nicht entfernt so souverän wie im Brooker Hof.

Er setzte sich an den Tisch und folgte mit den Augen ihrem jetzt ziemlich schwunglosen Gang in die Küche nebenan, deren orangefarbene Schrankwände mit Merkzetteln, bunten Kinderzeichnungen und Fotos tapeziert waren.

Sie kam mit der Kaffeekanne und Geschirr auf einem Tablett zurück. Als sie die Sachen auf den Tisch stellte, zitterten ihre kräftigen weißen Hände mit den rissigen Nägeln.

Sein Handy summte in der Manteltasche.

Es war Kevin. »Ich wäre jetzt fertig, Herr Hufeland!«, brüllte er in den Hörer. Im Hintergrund waren die bekannten lauten Gespräche und jetzt auch das Krakeelen aus heiseren Männerkehlen zu hören.

»Bestell dir noch eine Cola, Kevin. Ich melde mich«, versprach Hufeland. Er sagte ihm nicht: ›In diesem Fall störst du nur, Kevin. Unter vier Augen wird Hanne Spieker leichter mit der Wahrheit herausrücken.‹ (Oder bildete er sich das nur ein?). Er drückte ihn weg und schob das glatt-kühle Gerät zurück in die Innentasche seines Mantels.

Sie bot ihm an, ihm den Mantel abzunehmen, doch er lehnte dankend ab und knöpfte ihn sich nur weiter auf. Ein leichtes Zittern oder Vibrieren, wie ein permanentes Summen im ganzen Körper, hatte ihn erfasst. Wahrscheinlich die Entzündung dort unten, wo es sich kalt anfühlte wie in der Antarktis. Sofern es nicht die Situation war, denn hier und jetzt würde die nächste entscheidende Schlacht in diesem Fall geschlagen werden.

Sie setzte sich, schenkte ihnen ein und schaute ihm offen ins Gesicht.

Er sagte: »Frau Spieker, Sie wissen, warum ich zu Ihnen gekommen bin.«

Sie schwieg, hob die Kaffeetasse an, stellte sie wieder hin, ohne zu trinken, über ihre Stirn huschten die Gedanken wie nächtliche Schatten.

»Erzählen Sie mir jetzt, was wirklich geschehen ist«, sagte er einfach und bestimmt.

Sie überlegte nur kurz und nickte dann ernst, gefolgt von einem tiefen Seufzer. »Nur von letztem Sonntag?«

»Von Anfang an.«

# 56

Hanne Spiekers Geschichte. Das Verhältnis zwischen ihr und Bruno Kock hatte vor anderthalb Jahren begonnen. Auf einem Maigang, zu dem sie beide eingeladen waren, und an dem Vera Kock wegen Schwangerschaftsbeschwerden nicht hatte teilnehmen können. Eigentlich war sie nicht sehr in ihn verliebt gewesen, aber er war nett, solide, aufmerksam, zwar ohne Humor, aber er sah verdammt gut aus. Und sie hatte seit mindestens zwei Jahren keinen Mann gehabt. Zumindest keinen, der der Erinnerung wert gewesen wäre.

»So fing das an.«

Bis dahin war Bruno Kock kein Stammgast im Brooker Hof gewesen, danach schon. Sie trafen sich regelmäßig, die Affäre ging weiter, auch wenn sie beide sehr darauf achteten, dass sie niemandem auffiel. »Schon wegen Vera.« Aber auch grundsätzlich, um Gerede im Dorf zu vermeiden.

Dennoch muss es hier und da Andeutungen gegeben haben. Etwa ab dem vergangenen Sommer, als Hanne innerlich schon wusste, dass sie das Verhältnis beenden wollte, tauchte plötzlich Wilhelm Kock in der Kneipe seines Bruders auf. Vermutlich wollte er sich selbst ein Bild davon verschaffen, was an den Gerüchten – oder an Hanne – dran wäre.

»Warum wollten Sie zu dem Zeitpunkt Schluss machen?«

»Weil Bruno ein Tunichtgut ist. Man kann ihm nicht trauen. Ich hatte inzwischen raus, dass ich nicht die Einzige war, mit der er seine Frau betrog. Die andere – *eine* der anderen vermutlich – war Corinna Wagner.«

»Die Frau des Polizisten?!«

»Sie putzt gelegentlich auch in der Golfanlage, Dorfpolizisten verdienen nicht gerade gut, schätze ich mal. Und Bruno ...«

»Arbeitete ebenfalls für Osterkamp. Verstehe.«

Ob es nun die Konkurrenz zum Sohn war, oder ob Wilhelm Kock wirklich ein eigenes, besonderes Interesse an ihr entwickelte – es war ihr auch egal, sie verabscheute ihn aus vielen Gründen –, er begann ganz offensichtlich, sich an sie heranzumachen.

»Plump und anmaßend. Wie in allen Dingen.«

»Wusste seine Frau davon?«

»Dass der Alte ein Schürzenjäger war? Mit Sicherheit. Aber es wird ihr gleich gewesen sein. Sie hat sich lieber schadlos gehalten, wie man hört. Rache ist Blutwurst, ich kann sie verstehen.«

Natürlich blieben auch Bruno die peinlichen Avancen seines verhassten Vaters, dem er sonst aus dem Weg ging, nicht verborgen. Er ärgerte sich darüber, zumal Wilhelm Kock jetzt regelmäßig im Brooker Hof auftauchte.

»Eine schlimme Situation für mich. Und peinlich

vor Margit und Werner.« Die sich aber heraushielten, als wäre alles in Ordnung.

An Allerseelen eskalierte die Situation. Sie hatte Bruno Kock vor einigen Wochen den Laufpass gegeben, doch er konnte oder wollte das nicht akzeptieren.

»Im Grunde unterschied er sich kein Bisschen von seinem Vater.«

Als er an dem Abend mit ansah, wie Wilhelm Kock ein ums andere Mal zudringlich ihr gegenüber wurde, kam es zum Streit darüber zwischen Vater und Sohn.

»Kurz vor meinem Feierabend blafften sie sich offen an. Gottlob nur hinten im Gang. Aber die Szene war peinlich genug.«

Hanne Spieker wollte weder Bruno noch Wilhelm Kock an diesem Abend ein weiteres Mal über den Weg laufen. Deshalb bat sie die Wirtin unter dem Vorwand, sich um ihre Tochter kümmern zu müssen, etwas früher nach Hause gehen zu dürfen. Bruno würde ihr Fortschleichen erst bemerken, hoffte sie, wenn sie schon längst zu Hause war. Doch nach dem Streit mit dem Vater beobachtete er sie ganz genau, er holte sie schon am Ende des Flurs ein und stellte sie im Vorraum, dem ›Windfang‹, zur Rede.

Sie verteidigte sich, sagte kategorisch, dass sie Schluss mache, er verlangte Erklärungen. Nur wenn Gäste durch den Hintereingang eintraten oder hinausgingen, unterbrach er seine persönliche Hasspredigt kurz, dann legte er von Neuem los. Als ihr schließlich klar wurde, dass sie ihn dort, buchstäblich zwischen Tür und Angel, auf die Schnelle nicht loswurde, entschied sie sich, ihm auf dem Weg zu sich nach Hause das freche Männermaul zu stopfen.

Sie verließen also die Kneipe und marschierten durch die Dunkelheit, wütend aufeinander einredend, den Fußweg entlang und über den Friedhof.

Sie hatten beinahe schon ihr Haus erreicht, als sie plötzlich von hinten angerufen, vielmehr angeschrien wurde.

»Wilhelm Kock?«

»Richtig. Und mir reichte das jetzt!«

Sie fuhr den Alten an, er sei ihr widerlich, er solle sie endlich in Ruhe lassen. In der Kneipe und überhaupt.

Doch Wilhelm Kock beachtete sie nicht mal, es ging ihm gar nicht um sie. Es ging ihm allein um Bruno. Er habe lange gezögert, aber nun werde er endlich doch den Grundbucheintrag ändern lassen, drohte er. Ihn endgültig um sein Erbe bringen, alles der Silke vermachen, da Bruno nicht einmal davor zurückschrecke, sich ›mit so einer Schlampe, Tochter von Habenichtsen‹ einzulassen, einer ›geborenen Erbschleicherin‹, die sich sogar ihm, Wilhelm, an den Hals werfe, um aus ihrem Kneipendunst zu entkommen.

»Sprüche klopfen konnte der alte Kock schon immer. Wie alle Großkopferten. Riesen Maul, nichts dahinter«, kommentierte sie lakonisch. Es sprach die erfahrene Tresenkraft aus ihr, die sich schon so Vieles hatte anhören müssen.

Sie zog notgedrungen Bruno ins Haus und warf dem Alten die Tür vor der Nase zu.

»Das saß.«

Wilhelm Kock war anscheinend so verblüfft über Hannes Reaktion und frustriert, auf einmal kein direktes Gegenüber mehr zu haben, das er in Grund und Boden schimpfen konnte, dass er sich tatsächlich davonschlich.

Nach dieser abstoßenden Szene zwischen den beiden Kocks machte sie auch mit Bruno kurzen Prozess.

»Jetzt erst recht.«

Sie machte ihm unmissverständlich klar, dass Schluss sei. Und dass sie es leid sei, sich dafür zu rechtfertigen. Die Affäre sei von Anfang ein Fehler gewesen, den sie jetzt bitter bereue. Sie drohte, sie werde alles Vera, seiner Frau sagen, wenn er die Trennung nicht akzeptiere.

»Er war furchtbar wütend. Auf mich. Aber vor allem auf den Alten, dem er die Verantwortung für alles gab. Er *konnte* sich einfach nicht vorstellen, dass ich von *ihm* die Nase voll hatte. Dass ich dazu seinen Widerling von Vater nicht brauchte!«

Sie setzte ihn vor die Tür, als ihre Tochter auf der Treppe auftauchte, wach geworden durch den Lärm draußen, und jetzt auch im Hausflur.

Hufeland sah sie eine Weile nachdenklich an. »Verstehe«, sagte er schließlich und meinte damit den Grund, warum sie so lang geschwiegen hatte. »Sie wollten sich von ihm trennen. Aber in Schwierigkei-

ten mit der Polizei wollten Sie ihn nicht bringen. –
Halten Sie es für ausgeschlossen, dass er ...«

»Es getan hat?« Sie hob vieldeutig die hellen Brauen.

»Ich wollte es vor allem Vera Kock nicht antun. Und
ihrem Kind. Dem Maik.«

»Sie haben ein schlechtes Gewissen Vera Kock
gegenüber?«

»Und wie!«

Er trank den Kaffee aus, der schon kalt geworden
war, nachdem er ihn kaum angerührt hatte, dankte ihr
für ihre (wenngleich späte) Offenheit und stand auf.

Draußen vor der Haustür drehte er sich noch einmal zu ihr um. »Frau Spieker, hat Bruno eigentlich mit
Ihnen auch über seine Kinder gesprochen?«

Sie stutzte einen Augenblick, schien sich zu wundern, dass er davon anfing. »Über Maik hat er ab und
zu gesprochen, ja.«

»Und Jens?«

»Nein.« Sie schüttelte leicht den Kopf. »Über Jens
nicht. Ist ja auch verständlich, so, wie der Junge gestorben ist.«

»Wie ist er denn gestorben?«

»Im Grunde erstickt, denke ich. Er hatte doch
Asthma.«

»Asthma?«

»Ja. Furchtbare Anfälle, hieß es damals.«

In ihm blitzte das Bild eines sich unter Atemnot
windenden Kleinkinds mit violettrotem Gesicht auf
und erlosch wieder.

Sie stand in der Haustür und sah ihn an. Ihr Gesicht schimmerte unwirklich im Zwielicht des späten Nachmittags. »Werde ich Schwierigkeiten bekommen?«, fragte sie.

»Nicht von mir«, sagte er, wandte sich ab und ging. Besser so.

# 57

Es war inzwischen fast dunkel geworden, graue Wolkenschleier trieben über Vennebeck hinweg, Fetzen davon schwebten wie Kragenreste um den Kirchturm herum. Zwei Fußgänger huschten eilig unter den vom Herbstwind gerupften Platanen dahin, die wie stolze Greise längs der Kopfseite des Friedhofs standen. Bei seinem ersten Besuch vor ein paar Tagen waren ihm die Bäume nicht aufgefallen. Ihm war so vieles nicht aufgefallen beim ersten Mal …

Während er das eiserne Haupttor zum Friedhof aufstieß, rief er Kevin Kuczmanik an, der noch in der gleichen Sekunde abnahm.

»Ja?«

»Komm zum Friedhof, Kevin. Zu Fuß. Denselben Weg, den wir vorhin gegangen sind. Wir treffen uns am Tatort.«

»Am Tatort?«

»Herrje!« Manchmal war er wirklich schwer von Kapee. »An Kocks Grab, Kevin.«

»Ach so, logo.«

Eben.

»Bin schon unterwegs!«

Hufeland blieb an der Kreuzung zum ersten Quergang stehen und ließ die zunehmende Dunkelheit auf sich wirken: die ernsten grauen Schatten der Nadelbäume, die vagen, verhuschten Umrisse der letzten Besucher an Gräbern, auf denen wie Glühwürmchen die Lichter flackerten.

Mit vorsichtigen kleinen Trippelschritten sah er die gekrümmte Gestalt einer alten Frau den Quergang herunterkommen, irgendein kleines Gartengerät in der Hand. Sie bog in einen Seitenweg ab und verschwand hinter einer Hecke.

Er schritt den Weg entlang, den die Frau gekommen war, und erreichte an seinem Ende den Brunnen des Friedhofs. Er bestand aus einem klobigen eisernen Pumpenschwengel, wie auf einer Viehweide, und einem grob behauenen Sandsteinbecken, auf dessen breitem Rand verschiedene kleine Gartengeräte abgelegt waren, eine Schippe mit kurzem Griff, eine kleine Harke, eine Art Minirechen, ein kurzer, schmaler Spaten, ein Unkrautstecher. Alles zur freien Benutzung, wie Lanfermann, der Friedhofsgärtner, es Kuczmanik erklärt hatte.

Hufeland nahm den Unkrautstecher in die Hand, er sah noch nagelneu aus, fast ungebraucht. Sein Vor-

gänger befand sich unter den Beweisstücken im Mordfall Kock.

Er legte das Gerät mit einem gewissen Respekt
zurück an seinen Platz auf dem Brunnenrand und ging
den Weg zurück zum Hauptgang. An heimwärts eilen-
den grauen Gestalten vorbei näherte er sich nachdenklich wieder dem weiß schimmernden Doppelgrab der
Kocks.

Das schmale, sorgsam hergerichtete Grab des kleinen Jens gleich daneben kam ihm jetzt, da er wieder
davor stand, wie ein Fremdkörper vor.

Er musste nicht lange mehr warten, ehe von der
Nordseite des Friedhofs her ein kleiner, rundlicher
Schatten wie ein Kugelblitz auf ihn zuschoss.

# 58

Dunkler, trüber, ernster und jetzt auch nebelfeuch-
ter Ort. Fäulnis und Verwesung unter und über den
Gräbern.

Nachdem Hufeland den kleinen Kuczmanik über
den Kern von Hanne Spiekers Aussage ins Bild gesetzt
hatte, standen sie eine Weile schweigend nebeneinander vor den beiden ungleichen Ruhestätten der Kock-
Familie.

»Es war natürlich kein Zufall, dass es ihn hier getroffen hat«, sagte Hufeland endlich. »Genau an dieser Stelle.«

»Nein«, sagte Kevin.

Hufeland fühlte die Kälte zwischen den Beinen wieder zunehmen. Schon wieder Tablettenzeit? Nein. Er musste den Fall jetzt rasch zu Ende bringen, bevor es schlimmer wurde und er womöglich wieder von vorn beginnen musste.

»Nach dem, was wir jetzt wissen, gab es drei Möglichkeiten, wie sie sich begegnet sein könnten«, dachte Hufeland laut weiter. Und machte eine Lehrprobe draus: »Welche, Kevin?«

»Erstens, der Täter kam von der Nordseite her.« Er deutete mit der Hand zum Hinterausgang des Friedhofs. »Kock kam aus der Gegenrichtung, von Hanne Spiekers Haus her, und sie trafen dann hier am Grab aufeinander.«

»Zweitens?«

»Zweitens, der Täter befand sich bereits am Tatort. Also, dem späteren Tatort natürlich!«, verbesserte er sich schnell. »Entweder wartete er auf das Opfer. Oder … es war ein unglücklicher Zufall.«

»Richtig. Im ersten Fall Mord, im zweiten Totschlag. – Drittens?«

»Drittens, der Täter kam vom Haupteingang her. Er folgte dem Opfer und: zäng.« Kevin schnitt mit der rechten Handkante effektvoll durch die feuchte Luft.

Hufeland hob ein wenig irritiert die Brauen. »Welche Lösung kommt also für Bruno Kock in Betracht?«

Kevin musste nicht lang überlegen. »Nur die dritte natürlich.«

»Eben«, sagte Hufeland und seufzte schwer. »Die Variante: Täter folgt Opfer. – Das wird nicht leicht werden.«

Bedrückt schlichen sie über den knirschenden Kies vom Friedhof, über den sich wie ein schwarzer Samtvorhang die Dunkelheit gelegt hatte.

# 59

Überall auf ihrem kleinen Fußmarsch durch den stillen Ort kamen sie an gelblich leuchtenden Fensteraugen vorbei, nur am Wohnhaus der jungen Kock-Familie waren rundherum die Rollläden heruntergelassen worden, sie wirkten wie die schlafenden Augen eines versteinerten Ungeheuers.

Es war Vera Kock, die ihnen öffnete und sie ärgerlich anfuhr: »Herrgott, ich habe gerade den Kleinen hingelegt. Hoffen wir, dass er nicht aufgewacht ist durch Ihr Klingeln!«

Hufeland entschuldigte sich und fügte hinzu: »Wir müssen noch einmal mit Ihnen sprechen, Frau Kock.«

252

»Wieso denn, ich dachte, Sie hätten den Schaden ...«

»Es geht nicht um den Sachschaden an Ihrem Haus, Frau Kock. – Ihr Mann zu Haus?«

»J-ja, gerade zurückgekommen«, antwortete sie irritiert. »Er hat Silke nach Haus gefahren.« Widerstrebend ließ sie sie eintreten. »Ermitteln Sie etwa immer noch gegen ihn?«

Hufeland ließ die Frage unbeantwortet.

Bruno Kock lauerte am Küchentisch hinter einem großen Becher Milchkaffee. Er hatte ihre Stimmen natürlich schon vom Flur her vernommen und wirkte beinahe so feindselig wie zu Beginn ihrer Vernehmungen vor einigen Tagen. Der Kaffeebecher mit einem Konterfei Jean-Paul Belmondos darauf kreiste nervös in seinen Händen.

»Handwerker schon bestellt?«, grüßte Hufeland ihn nonchalant.

»Kommen heute Abend noch. Müssen erst mal abmessen«, zwang Kock sich zu einer hingenuschelten Antwort. »Aber deshalb kommen Sie doch nicht schon wieder, oder?«, schob er mürrisch nach.

»Nein«, sagte Hufeland. »Deshalb nicht.«

Sie setzten sich auf seinen matten Wink hin zu ihm an den Küchentisch und warteten, bis auch Vera Kock, die an der Tür nach eventuellen Klagelauten des Kindes gelauscht hatte, zu ihnen fand.

»Sie haben uns angelogen«, begann Hufeland schroff und blickte beiden Kocks dabei offen ins Gesicht. »Wir wissen mittlerweile, dass Sie Ihrem Vater nach Ihrem

Kneipenbesuch sehr wohl noch einmal begegnet sind, Herr Kock.«

»Mein Mann war um acht zu Hause!«, fuhr Vera Kock energisch dazwischen. »Zur Tagesschau, genau, wie wir gesagt haben.«

»Mit Sicherheit nicht«, konterte Kevin spontan. Und Hufeland präzisierte: »Weder Sie, Herr Kock, noch Hanne Spieker haben den Brooker Hof vor acht Uhr endgültig verlassen.« Er warf Vera Kock einen kurzen Blick zu. Sie war bei Erwähnung des Namens Hanne Spieker kalkbleich geworden. Doch er konnte jetzt keine Rücksicht mehr nehmen, dafür war es ohnehin zu spät. »In Wahrheit haben Sie sich noch bis etwa halb neun mit eben dieser Hanne Spieker gestritten. Am Hinterausgang der Kneipe.«

»Im Windfang«, senfte Kevin dazu.

»Wer behauptet das? Hanne?«

»Ihre Tante. Margit Kock. Sie hat Sie beide gehört.«

Kocks Gesicht entgleiste zu einem Ausdruck maßloser Überraschung. Entgegen dem äußeren Eindruck schien in dieser Familie keiner auch nur zu ahnen, was wer von wem genau wusste oder dachte.

»Sie konnten also nicht, wie Sie behauptet haben, um acht zu Hause sein, um die Nachrichten und danach einen ›Tatort‹ zu sehen«, fuhr Hufeland fort.

»Weil Sie nämlich selbst am Tatort waren: auf dem Friedhof!«, sprang es Kevin über die Lippen.

»Sie haben Hanne Spieker, nennen wir es gnädig: nach Hause begleitet«, sagte Hufeland. »Aber Ihr

Vater ist Ihnen dichtauf gefolgt. Er war wegen Hanne eifersüchtig auf Sie. Wie Sie umgekehrt auf ihn.« Er schaute wieder zu Vera Kock hinüber, die den Kopf gesenkt hielt und mehr und mehr in sich zusammensackte.

Bruno Kock lachte sarkastisch. »Ihre Rücksichtnahme auf meine Familie ist phänomenal, wirklich!«

»Sie entspricht *Ihrer* Rücksichtnahme gegenüber Ihrer Frau, denke ich«, erwiderte Hufeland trocken. »Sie stritten sich also mit Ihrem Vater vor Hanne Spiekers Haus«, fuhr er fort, »und anschließend, nachdem Hanne ihn abserviert hatte, stritten Sie mit ihr weiter. Drinnen im Haus.«

»Ja und?«, bellte er. »Hab mich mit ihr gestritten. Ich wollte Schluss machen, sie konnt's nicht akzeptieren, wollte alles Vera sagen.« Er traute sich kaum, zu seiner bleichgesichtigen Frau hinüberzulinsen. »Dann hat's mir gelangt mit Hanne, und ich bin weg.«

»Zurück zum Brooker Hof, nehme ich an«, ergänzte Hufeland. »Sie waren zu Fuß mit Hanne losgegangen, Sie mussten jetzt zurück zu Ihrem Wagen, der noch vor der Kneipe stand.«

»Nicht mein Wagen. Mein Fahrrad stand noch dort!«

»Ihr Fahrrad, na schön«, verbesserte sich Hufeland. »Sie sind also in der Dunkelheit zurück über den Friedhof gegangen, dem kürzesten Weg zur Kneipe Ihres Onkels. Ich nehme nicht an, dass Sie sich fürchteten, allein im Dunkeln zwischen den Gräbern.«

Kock grunzte effektvoll und verdrehte die Augen.

»Sie gingen auf dem Hauptweg. Ohne zu bemerken, dass Ihr Vater in einiger Entfernung bereits erschlagen auf dem Grab Ihrer Mutter lag.«

Bruno Kock brauchte einige Sekunden, ehe ihn die Erkenntnis erreichte, dass ihn die Polizisten offenbar gar nicht des Mordes beschuldigten. Er atmete erleichtert auf, kräuselte aber weiter angriffslustig und misstrauisch die Stirn. »Woher wollen Sie eigentlich wissen, dass mein Vater zu dem Zeitpunkt schon ermordet war?«, drehte er schon im nächsten Moment den Spieß um.

»Die Rechtsmedizin legt es nahe«, gab Kevin Auskunft wie ein Pressesprecher der Polizei.

»Außerdem«, sagte Hufeland und wandte sich nun langsam und unerbittlich Vera Kock zu, »konnte Ihre Frau nicht allzu viel Zeit gehabt haben, um ihren Schwiegervater zu töten. Nur eine kurze Zeitspanne, in der sie den kleinen Maik allein lassen konnte, schlafend in seinem Bettchen. Um noch zum Friedhof zu fahren. Zum Grab ihres ersten Jungen. Jens. Den Kleinen, den sie schon vor der Ehe bekommen hatte. Als sie noch Vera Holten hieß. Ihr Mädchenname oder der Ihres ersten Mannes, Frau Kock?«

Anstelle einer Antwort ließ Vera Kock den Kopf bis auf die Tischplatte niedersinken.

»Was soll das?«, brüllte Bruno Kock sie an. »Vera hat damit nichts zu tun! So wenig wie ich. Jeder konnte es gewesen sein, verflucht!«

Ein dünnes Schluchzen drang aus Vera Kocks Kehle, den Kopf hielt sie noch immer tief gesenkt.

»Gut«, sagte Hufeland mit betonter Ruhe zu Bruno Kock. »Wenn es jedermann gewesen sein konnte, wie Sie sagen. Dann schildern Sie uns, wie es genau passiert ist.«

»Was gibt's da groß zu spekulieren? Er ist ihm nach, der Täter, als mein Vater noch am Grab meiner … meiner Mutter stand.«

»Um was dort zu tun? Für sie beten? Voll wie ne Haubitze?«

»Keine Ahnung, was er dort machte. Tatsache ist, der Täter nahm das Stecheisen und …«

»Welches Stecheisen?«, fuhr Hufeland dazwischen.

»Na, das Teil, mit dem er getötet worden ist!«

»Und wo hat der Täter das Eisen herbekommen?«

»Es … mein Gott, entweder er hat's mitgebracht. Oder es lag schon dort an … an Mutters Grab.«

»Nein, das tat es nicht, Herr Kock!«, erwiderte Hufeland nachdrücklich. »Der Unkrautstecher, mit dem Wilhelm Kock getötet wurde, hat zuvor am Brunnen gelegen«, erklärte Hufeland. »Nur dort, auf dem Rand des Beckens, hätte man es auch im Dunkeln noch problemlos finden können. Vorausgesetzt, man wusste überhaupt davon. So wie Sie, Frau Kock«, wandte er sich plötzlich wieder an Vera Kock. »Hab ich recht?«

Sie hatte aufgehört zu weinen, hob den Kopf, bis sie sehr aufrecht auf ihrem Stuhl saß, und blickte Hufeland mit tränennassem Gesicht an.

»Sag nichts, Vera!«, zischelte Bruno Kock. »Sie bluffen. Sie können dir nichts beweisen.«

Vera Kock ignorierte ihren Mann. »Es stimmt«, sagte sie mit leerem Blick. »Das Gerät lag auf dem Brunnenrand. Wie immer. Lanfermann hat ja immer dafür gesorgt, dass Geräte vorhanden waren, wenn mal jemand …«

Sie brach ab und erzählte ihnen jetzt ihre Geschichte. Von Anfang an. Selbst Bruno Kock schwieg währenddessen und hörte ihr mit tief verstörtem Gesichtsausdruck zu.

# 60

Als Vera Holten Bruno Kock kennenlernte, war ihr Sohn Jens anderthalb Jahre alt. Sie kam aus dem Ruhrgebiet, war Büroangestellte im Erziehungsurlaub und lebte vom Vater des Kindes, wegen dem sie aufs Land gezogen war, seit gut einem halben Jahr getrennt.

Vera und Bruno verliebten sich ineinander, sie zog zu ihm nach Vennebeck, sie heirateten. Doch das Glück machte einen weiten Bogen um die kleine Familie. Bruno überwarf sich mit seinem Vater, der nach dem Sohn nun auch die Schwiegertochter ablehnte. Nach dem Tod seiner Frau hatte Wilhelm Kock neu geheiratet und kurz darauf die Hühnermastanlage gebaut.

Die permanenten Streitereien mit dem Alten überschatteten ihren Familienalltag. Am schlimmsten für Vera aber waren die asthmatischen Anfälle ihres kleinen Jens: das hechelnde, rasselnde, pfeifende Atmen, die zyanotischen Lippen, spastischer Husten und eitriger Auswurf, die bleiche Haut und sogar Ohnmachtsanfälle des Jungen.

Die Symptome waren schrecklich, nahmen zwischenzeitlich aber wieder ab. Doch mit zunehmender Dauer des Mastbetriebs wurden Jens' Anfälle immer schlimmer.

»Endotoxine. Bioaerosole. Wissen Sie, was das ist? Das sind Keime aus Hähnchenmastanlagen. Medizinisch nachgewiesen. In der Luft, im Boden, im Grundwasser. Überall in der Gegend. Die verfluchten Keime aus Wilhelms Mastbetrieb haben meinen Kleinen umgebracht.«

Mit kaum vier Jahren starb Jens einen grausamen Erstickungstod durch einen Status asthmaticus, die schlimmste Form des Asthmaanfalls, der einen Tag und eine Nacht anhielt, ohne dass man den Jungen noch retten konnte.

»Es war so grausam. Und noch während Jens' Beerdigung habe ich mir geschworen, dass der Alte dafür bezahlen würde!«

Daran änderte auch die Geburt von Maik nichts, der ein Jahr nach Jens' Tod geboren wurde. Doch die

Gelegenheit zur Rache an dem verhassten Schwiegervater kam jahrelang nicht.

»Bis jetzt. Bis Allerseelen. Als er plötzlich vor mir stand. Wie ein Geschenk des Himmels.«

Der in Vennebeck die Hölle ist, Abteilung Hühnerhölle.

Schon Tage zuvor hatte sie nach einer Gelegenheit gesucht, sich um Jens' Grab zu kümmern. Die Grabpflege war der letzte ihr verbliebene Liebesbeweis für ihren toten Sohn. Ihre Verwandtschaft lebte weit weg, und keinem anderen im Ort konnte oder mochte sie die Pflege für Jens' Grab anvertrauen. Nicht mal Hanne Spieker, mit der sie sich ein wenig angefreundet hatte und die direkt neben dem Friedhof wohnte.

»Es sollte schön aussehen zu Allerheiligen und Allerseelen.« Wenn die Besucher auch am Grab des kleinen Jens vorbeigingen, um ihrer eigenen Angehörigen zu gedenken.

Doch der kleine Maik zahnte und kränkelte in diesen Tagen, er brauchte sie beinahe rund um die Uhr. Bruno machte dennoch keine Anstalten, sie zu entlasten. »Kinder sind Frauensache, meint er. – Also meine!« Sie sah ihn dabei nicht mal an.

Kock junior hatte seine eigenen Frauensachen im Kopf. Sie wusste seit Langem, was los war. »Dass er's mit Corinna trieb. Immer wenn sie zum Putzen in Osterkamps Golfhotel kam. Und dann auch noch Hanne Spieker. Ausgerechnet.«

Sie ahnte jedoch nicht, dass er sie sogar an Allerseelen den ganzen Tag lang mit Maik zu Hause hängen lassen würde. »Die ganze Zeit unterwegs. Ich hätte es mir denken müssen.« Dabei hatte er ihr versprochen, spätestens am Nachmittag zurück zu sein und sich um Maik zu kümmern, damit sie schließlich doch noch frische Blumen und neue bunte Kerzen an Jens' Grab bringen, notdürftig Unkraut ausstechen und die Erde harken konnte. Dinge, die längst erledigt gehörten, doch nun war es einmal so.

»Bruno kam aber nicht. Bis zum Abend blieb er einfach weg.«

Sie warf ihm jetzt zum ersten Mal ganz offen einen höllenschwarzen Blick voller Enttäuschung, Bitterkeit und Verachtung zu. Er senkte den Kopf und heftete seinen Blick auf Belmondos breit grinsende Visage.

»Kurz nach acht, nachdem ich den Kleinen gestillt und gewickelt hatte, schlief er endlich ein.«

Sie wusste, dass Bruno bis zur späten Nacht nicht mehr zurückkehren würde. »Aber Bruno würde mich *nicht* daran hindern, Jens' Grab an Allerseelen zu besuchen!«, schwor sie sich. »Das war ich meinem Jungen schuldig.« Und ihrer Selbstachtung. »Auch wenn's keiner versteht. Ich musste das für meinen Jungen tun.«

Mit einer Mischung aus Wut, Trotz und Entschlossenheit packte sie die längst bereitstehende Tasche mit den Sachen für Jens' Grab, legte noch eine Taschenlampe dazu und fuhr mit dem Rad zum Friedhof. Es würde nicht länger als höchstens eine Viertelstunde dauern, wenn sie sich beeilte. Maik, selbst wenn er aufwachte, würde nicht lang in seinem Gitterbettchen auf sie warten müssen.

Sie ließ ihr Rad an einer der Platanen neben dem Haupteingang stehen und eilte zum Grab. Dort stellte sie fest, dass sie zwar an die Kerzen und die feucht eingewickelten Schnittblumen im Silberpapier gedacht hatte, nicht aber an Unkrautstecher und Harke. Sie rannte mit der Taschenlampe über den menschenleeren Friedhof zum Brunnen, fischte die Geräte vom Beckenrand und hastete damit zurück zu Jens' Grab.

Sie war schnell damit fertig und spürte, wie sich tiefe Zufriedenheit darüber und Ruhe einstellten. Sie war nicht sehr gläubig, ging nicht zur Kirche, aber sie faltete jetzt die Hände und dachte an den kleinen Vogel, der bei Jens' Beerdigung damals, verborgen in der hohen Tanne, so munter gezwitschert hatte. Für Jens hatte er gesungen, das hatte sie gefühlt, mochte Bruno hinterher noch so sehr darüber spotten.

Auf einmal hörte sie schnelle schwere Schritte näherkommen. Der große Mann, der vom Hauptgang aus den Schein ihrer Taschenlampe gesehen hatte, bog mit einem Mal ab und stampfte auf sie zu.

»Wilhelm.«

Der sich natürlich dafür interessierte, wer sich um diese Zeit vermeintlich am Grab seiner ersten Frau zu schaffen machte.

»Dann erkannte er mich.« Und begann sogleich, sie zu beschimpfen. »Das kannte ich ja schon von ihm.« Es regte sie nicht mehr auf als sonst.

Aber dann fing er an, sie zu verhöhnen. »Er kam ganz nah und grinste mir frech und versoffen ins Gesicht: ›Weißt du eigentlich, wen *Bruno* gerade sticht, Vera?‹, lachte er. ›Mit Hanne macht er's. Hanne Spieker vom Brooker Hof. Jetzt in dieser Minute treiben sie's bei ihr zu Hause. Während du hier mit deiner albernen Harke auf dem Grab von deinem Bankert fuhrwerkst. Im Dunkeln, mein Gott, wo Allerseelen schon vorbei ist. Du solltest dich lieber mal fragen, was du falsch machst, dass er zu anderen Frauen gehen muss! Statt dich hier lächerlich zu machen am Kadaver deines …!‹«

Weiter kam er nicht. All die Demütigungen der letzten Jahre, der Schmerz über den Tod von Jens, den sie dem Alten anlastete, lag in dem tödlichen Stoß, zu dem sie ausholte. Ganz mechanisch, wie ohne eigenen Willen, rammte sie ihm zielgenau das pfeilspitze, messerscharfe Gerät, das sie in der Hand hielt, ins wässerig blinkende Auge.

»Es war ganz leicht.« Weil sie es sich seit Jahren vorgenommen hatte. Aber auch, weil er, als sie den Stecher gegen ihn erhob, nicht zurückwich, sich nicht im Ansatz wehrte. Sich stattdessen ans Herz fasste, das Gesicht schmerzverzerrt, die Augen weit aufgerissen wie ein mieser Schauspieler, er wirkte plötzlich völlig hilflos. Wie ein Kind. Wie Jens, als er den Kampf gegen die Krankheit verlor.

»Ich dachte nur: da hinein, mitten ins Triefauge!«

Er taumelte, rotierte einmal um sich selbst und fiel wie ein gefällter Baum vornüber auf das Doppelgrab, in dem tief unten Lene Kock schon auf ihn wartete (oder auch nicht).

Vera Kock richtete den kalten Schein ihrer Taschenlampe auf ihn und begriff sofort: »Er war tot. Zuckte nicht mal mehr, als ich ihm gegen's Bein stieß.«

Sie nahm – ›ohne Panik eigentlich‹ – ihre Tasche, verstaute Taschenlampe und Silberpapier darin, brachte die Harke zurück zum Brunnen und verließ den Friedhof, von keinem Menschen gesehen. Auch nicht von ihrem Mann, der mit Hanne Spiekers Laufpass in der Tasche erst später den Weg zurück über den Friedhof nahm, um zum Brooker Hof zurückzukehren.

»Als er nach Hause kam, etwa ein halbe Stunde nach mir, erzählte ich ihm gleich alles. – Alles.« So wie jetzt ihnen. »Von Anfang an, verstehen Sie?«

Bruno war schockiert gewesen. Aber anscheinend mehr darüber, dass seine Frau schon seit Langem von seinen Verhältnissen mit Corinna Wagner und Hanne wusste, als darüber, dass sie soeben seinem Vater das Hirn punktiert hatte.

Er deutete es als einen Unfall, als Folge unglücklicher Umstände, und sie freundete sich scheinbar mit der Auslegung an. Obwohl sie es besser wusste.

Sie rekonstruierten den Abend, begriffen, dass er kein Alibi hatte, dass er im Gegenteil sehr schnell als einer der Hauptverdächtigen gelten musste, wenn Hanne aussagte, dass er sich noch kurz vor der Tat mit seinem Vater vor ihrem Haus gestritten hatte.

Er rief sie am anderen Morgen an, gleich nachdem die Leiche gefunden worden war, versicherte ihr, dass er mit dem Mord nichts zu tun habe, und bat sie, ihn aus dem Schussfeld zu nehmen, indem sie zumindest nicht gegen ihn aussagte – »Du musst nur schweigen!« –, sodass er die Polizei glauben machen konnte, er sei längst zu Hause gewesen, als sein Vater auf dem Friedhof ermordet wurde.

Am Ende sprach sogar auch Vera mit Hanne, beschwor sie, Bruno nicht zu belasten, führte ihr vor Augen, welche verheerenden Folgen schon der Verdacht gegen ihn und erst recht seine Verhaftung auch für sie und Maik haben würden.

Hanne ließ sich darauf ein, das reichte ihnen. Sollte sie später ihre Aussage ändern wollen, wäre sie bereits unglaubwürdig geworden.

»So dachten Sie sich das also«, sagte Hufeland abschließend. Jetzt wussten auch sie, wie die ganze Kock-Familie, dass es immer anders kam.

# 61

»Warum nehmen wir sie nicht fest, Herr Hufeland?«, wunderte sich Kevin Kuczmanik, als sie das Haus verließen. »Sie hat einen Mord begangen.«

»Totschlag, Kevin. Außerdem wird sie uns in der kurzen Zeit bis zur Haft nicht fortlaufen. Ihre Fußfessel heißt Maik.«

Sie überquerten die Straße und gingen die Hauptstraße entlang, um zum Ortskern zurückzukehren, wo ihre Wagen vor dem Brooker Hof parkten.

»Wie sind Sie eigentlich darauf gekommen, Herr Hufeland, dass es nicht Bruno Kock war? Sondern seine Frau?«

»Der Weg zurück über den Friedhof, Kevin. Bruno Kock musste doch annehmen, sein Vater sei längst fort, zurück im Brooker Hof oder zu Hause. Und von dem Unkrautstecher auf dem Brunnenrand hatte er keine Ahnung. Das hat er vorhin, ohne es zu wollen, nur noch mal bestätigt. Andererseits der Tatort. Kock lag nicht zufällig auf seinem eigenen späteren Grab. Ausgeschlossen. Die vermeintliche Symbolik hat mich lange Zeit verwirrt. Aber die Details, die du bei Kock-Juniors beobachtet hattest, Kevin, erzählten auf einmal eine ganz andere Geschichte. Das Kindergrab, der Name des Jungen, seine Mutter. Vera Kock.« Mit ihr als Täterin gab plötzlich alles einen Sinn. Wenngleich ihm der genaue Ablauf der Tat bis zum Schluss nur schemenhaft vor Augen gestanden hatte. »Gute Arbeit übrigens, Kevin!«, lobte er seinen Azubi. »Fein beobachtet.«

Der kleine Kuczmanik kratzte sich verlegen mit den kurzen Fingern die mondrunde Glatze. »Komischer Zufall eigentlich«, sagte er gedankenvoll, »dass so ein Hühnerbaron auch noch Kock heißt.«

»Ach was, bloß ein billiger Gag von dem da oben!«, lachte Hufeland und blickte in den violettschwarzen Himmel.

»Sie meinen, vom Autor?«

»Na klar. Der hat sich diesen ganzen Hühnermist doch ausgedacht!«, bekräftigte Hufeland.

Trotzdem, dachte Kevin Kuczmanik. Egal, wer sich das ausgedacht hatte, es gehörte in seine Sammlung. Überzufälligkeit Nummer zweiunddreißig.

Unheilige Nacht. Gegen drei Uhr am Morgen des ersten Weihnachtstags kam *Kock*oshima über Vennebeck. Von Ferne hörte es sich zunächst an wie das Rauschen des Fernsehers früher, als es noch so etwas wie Sendeschluss gab, gepaart mit hohen Pfeiftönen. Aus der Nähe war es ein wütendes Lodern von Flammen, ein Prasseln, Fauchen und Trommeln des Feuers, das zunächst nur den noch ungenutzten Erweiterungsbau von Bruno Kocks Mastanlage erfasst hatte. Die Hähne in der angrenzenden Haupthalle ahnten jedoch bereits ihr Schicksal und krähten in den schrillsten Tönen dazu.

Der Brandsatz war so effektiv gewesen – ähnlich der überambitionierten Sprengung in Niederungen vor einer Weile, als Bankräuber beim Versuch, den Geldautomaten zu knacken, gleich die ganze Sparkasse in die Luft jagten –, dass der noch vorhandenen Zwischenwand zum alten Hallengebäude auf zehn Metern Länge die Flanke aufgerissen wurde. Infolge einer Rauchgasverpuffung, wie später rekonstruiert wurde, schoss eine gewaltige Explosion das halbe Dach der Anlage in die sternklare Nacht hinaus.

Die Flammen waren auf einmal überall, lachten böse über die vierzigtausend Vögel, die ihnen so unverhofft auf voller Länge der Mastanlage zum Fraß vorgeworfen wurden.

Noch ehe der neue Betriebschef Bruno Kock die Feuerwehr alarmieren konnte, stand ein schwarzviolettes Rauchgeschwür über der Mastanlage, die Flammen loderten aus allen Löchern, Fenster und Türen waren zerplatzt, verbrannt oder hinausgeschossen worden – der Rote Hahn (das konnte man beinahe wörtlich nehmen) stand über dem Dach und drohte, auch auf das Wohnhaus, die weiße Villa, in die Kock junior erst vor wenigen Tagen eingezogen war, überzugreifen.

Die Hähne schrien, die beißende Qualmsäule stand triumphal über dem brennenden Gebäudekomplex.

»Corinna!«, brüllte Bruno Kock, als er zurück ins Haus stürzte. »Schnapp dir Maik! Wir müssen weg!«

Als die Feuerwehr endlich über die vereisten, teils schneeverwehten Straßen mit einer Armada von Einsatzwägen und einer ganzen Hundertschaft am Brandort eintraf, war im Grunde schon nichts mehr zu retten: das Gebäude nicht und erst recht nicht die Hühner. Und immer noch leckten sich die Flammen das nimmersatte Maul, aus dem es nach hochätzenden Stoffen stank, nach verbranntem Holz, geschmolzenem Metall, nach versengten Federn und verbrutzeltem Fleisch, das sich buchstäblich in Luft aufgelöst hatte.

Dann frischte der Westwind auf, wie er es schon mehrmals in dieser Nacht getan hatte, knickte die Qualmwolke in luftiger Höhe und trieb sie vor sich her. Mitten hinein in den teils noch schlafenden, teils verschreckt aufwachenden Ort. Dort kam er nieder, der Wind, und die gift- und huhnhaltige Wolke legte sich faulig auf Vennebecks Häuser, Straßen, Gärten, Autos, einfach auf alles. Sie drang in jede Ritze, die sich ihr bot, und würgte, wen sie zu fassen bekam.

**269**

Ein klebriger, ölig glänzender Film lag am nächsten Morgen über allem, es stank nun nicht mehr faulig, sondern scharf wie ein Konzentrat aus den Zutaten einer Biowaffe (oder wie man sich derlei vorstellte).

Der Temperaturanstieg im Laufe des Weihnachtstages und einsetzender, leichter Regen erlösten die Vennebecker von den Kampfstoffen aus Bruno Kocks verbrannter Hühnerfarm.

Nicht wirklich.

Denn er spülte die Stoffe – noch ehe die wackeren Gesundheitsbehörden Gelegenheit bekamen, sich zu Ende zu wundern, was eine simple Hühnermastanlage so alles freisetzen konnte –, in Kanalisation und Erdreich, wo sie in den folgenden Wochen und Monaten über das Grundwasser zu den Dorfbewohnern zurückfanden. Und das keineswegs in homöopathischen Dosen, sondern so, dass Durchfälle, Erbrechen, Kopfschmerzen, Kreislaufbeschwerden und diffuse Befindlichkeitsstörungen bis hin zu leichten Ohnmachten an der Tagesordnung waren. Und blieben.

Selbst denen, die bis dahin noch gewitzelt hatten, dass die in Luft aufgelösten Hühner die Antibiotika gegen die freigesetzten Keime ja gleich mitliefern würden, verging jetzt das Lachen.

Lienen und seine Tierschutzgruppe gehörten zu den ersten Verdächtigen, die von der Polizei verhört und vorübergehend festgenommen wurden. Aus Mangel an Beweisen mussten alle Mitglieder der Gruppe wieder freigelassen werden. Silvester gingen ihre parkenden

Autos in Flammen auf. Anzeigen gegen Unbekannt blieben ohne Ermittlungserfolge.

Im darauffolgenden Frühjahr, als sich die Lage scheinbar wieder entspannte, nahm Bruno Kock, der mit Corinna (demnächst geschiedene Wagner) in der von den Flammen am Ende verschonten Villa glücklich hatte bleiben können, den Wiederaufbau der Mastanlage in Angriff. Sie sollte Teil des geplanten ›Hühner-Highways‹ werden, der zahlreiche Einzelmäster entlang einer länderübergreifenden Strecke wie an einer gigantischen Schnur aufreihte, um ihre Produkte der zyklopischen Schlachterei eines ›Global Butchers‹ zuzuführen. ›Chicken verschicken‹ war das Ziel, täglich Myriaden gefrorener Hühnerreste rund um die Welt schicken, Hälse nach Asien, Mägen nach Südamerika, Keulen nach Frankreich, nur die mageren Brüste blieben im Land und kamen frisch verkeimt auf den Tisch.

Goldene Broilerzeiten sah Bruno Kock für sich heraufziehen. Ärgerlich nur: Vor der Zufahrt zum Gelände protestierten nun täglich Demonstranten, die sich noch dazu permanent ablösten.

Eines Tages riss ihm der Geduldsfaden. Er bestieg einen Trecker im längst wieder hergestellten Schuppen für die Landmaschinen, setzte zurück und fuhr wütend mitten hinein in das Grüppchen von vielleicht einem halben Dutzend Tierschützern an diesem Morgen.

Die meist jungen Aktivisten spritzten panisch auseinander.

Das hatte er erreichen wollen.

Nur ein dünner, kleiner Mann in den Sechzigern reagierte falsch, das heißt zu spät und verlor ein Bein unterhalb und das andere oberhalb des Knies.

Das hatte Kock nun nicht beabsichtigt (war aber durchaus schon lustvoller Teil diverser Tagträume von ihm gewesen).

Bruno Kock verlor für zwei Jahre seine Freiheit. Nicht jedoch seine vom Vater geerbte Mastanlage. Die Wiederherstellung des alten Gebäudes und die Erweiterung auf achtzigtausend Tiere wurden Realität, noch während er in Haft saß. Die Geschäftsführung übernahm in dieser Zeit die rührige, endlich Kock gewordene Corinna. Auf ihren Rat hin hatte er glücklicherweise noch vor Weihnachten die Versicherungssumme im Brand- und Schadensfall drastisch erhöht. Das nährte freilich die Spekulationen, dass er selbst dem alten, für zu klein befundenen Maststall den Roten Hahn aufgesetzt hatte. Bewiesen wurde nichts.

Vera Kock verlor alles. Die Freiheit für sieben Jahre, sechs Monate. Und ihre Familie, vor allem Maik.

Nach der Inhaftierung seines Vaters im Frühjahr lebte der Junge bei seiner Großmutter im Ruhrgebiet, weil Corinna aufgrund ihrer Geschäftsführertätigkeit nun keine Zeit mehr für ihn hatte. Und kein Interesse an ihm.

Die Zweizimmerwohnung der Oma Holten lag in einem mausgrauen Wohnhaus über dem ›Schluckspecht‹, einer Kneipe, die nachts zur Hochform auflief.

In der Ruinenstraße in Aplerbeck, wenn Sie's genau
wissen wollen, eine Lkw-Länge vor der Kreuzung zur
Köln-Berliner-Straße.

*Herbert Beckmann*
*Die Nacht von Berlin*
978-3-8392-1215-8

# »Ein atmosphärisch stimmiger Krimi mit viel Berliner Flair.« *faz.net*

September 1911. Berlin ist Weltstadt. Rastlos, vergnügungssüchtig, nervös. Selbst bei Nacht eine »Stadt aus Licht«. Doch im Schatten des glitzernden Lichtermeers der Reichshauptstadt gedeiht das Verbrechen auf nie gesehene Weise: An verschiedenen Orten Berlins werden Leichen gefunden – brutal ermordet, grotesk kostümiert, theatralisch ausgestellt. Der blutjunge Ermittler Edmund Engel begreift als Erster, dass hier kein gewöhnlicher Mörder am Werk ist. Und auch der erfahrene Nervenarzt Alfred Muesall erkennt die Handschrift eines modernen Tätertyps. Einen »Künstler« im Fach Mord, dessen bizarre Spur in das weltberühmte Berliner Metropol-Theater führt …

*Wir machen's spannend*

*Herbert Beckmann*
*Mark Twain unter den Linden*
978-3-8392-1051-2

## »Respektlos und voller Witz, ganz im Geiste Mark Twains.«

Berlin, 1891. Der Kaiser steht stramm, um Mark Twain zu empfangen. Wissenschaftler wie Virchow und Helmholtz schmücken sich mit seinem Besuch. Und beim amerikanischen Botschafter geht er mitsamt seiner Familie ein und aus. Als Mark Twain im Herbst und Winter des Jahres 1891 in Berlin lebt, kann er sich über öffentliche Würdigungen nicht beklagen. Doch hinter der heilen Fassade spielen sich mysteriöse Dinge ab: Twains Scherze kommen nicht bei allen gut an, er wird von einer fremden Frau verfolgt, und auch die Berliner Unterwelt scheint sich auf einmal für den Schriftsteller und seine Familie zu interessieren …

*Wir machen's spannend*

*Herbert Beckmann*
*Die indiskreten Briefe*
*des G. Casanova*
*978-3-8392-1005-5*

## »Ein wunderbarer Roman.«
### *Ruhr Nachrichten*

Giacomo Casanova, der selbsternannte Chevalier de Seingalt, kommt im Sommer 1764 nach Berlin und Potsdam, um dort sein Glück zu machen. Restlos pleite, lediglich unterstützt von seiner geheimnisvollen Brieffreundin Terese, trifft er dort auf das Preußen Friedrichs des Großen, einen Militärstaat, der nach dem Siebenjährigen Krieg nahezu bankrott ist.

Im Berliner »Hôtel de Paris« macht Casanova die Bekanntschaft des alten Barons von Ribbeck. Dessen Schwiegersohn und gleichaltriger Kriegskamerad, der Graf von Wilmerstorff, ist auf mysteriöse Weise verschwunden. Nur um seiner Gattin, der jungen Gräfin Johanna, näherzukommen, übernimmt Casanova die zwielichtige Rolle des Commissaire und begibt sich auf die Suche nach dem Vermissten …

*Wir machen's spannend*

*Dirk Zandecki*
*Mordsidyll*
*978-3-8392-1447-3*

# Hohes Tempo und absurde Verwicklungen mit überraschendem Ende – erzählt vor einer vermeintlich idyllischen Kulisse.

Neben dampfenden Misthaufen tauchen auf einmal haufenweise Leichen im Sauerland auf! Die beschauliche Fassade Südwestfalens bröckelt, als die Bäuerin Anna einen entlassenen Häftling aus Rache niedersticht und damit eine Lawine kurioser Ereignisse auslöst. Plötzlich ist Anna in einen Krieg rivalisierender Mafiagruppen verwickelt und muss sich gegen mysteriöse Verfolger wehren. Der Olper Kommissar Ben Ruste, der nebenbei einen entführten Schützenvogel finden muss, sieht in diesem Fall kein Land …

*Wir machen's spannend*

*Sabine Klewe*
*Schwanenlied*
*978-3-8392-1428-2*

# Ein Krimi um das Tabuthema »Brown Babies«

Die Fotografin Katrin Sandmann stößt im Elternhaus ihres Lebensgefährten auf einen geheimen Raum – und auf eine Mumie. Wer ist die unbekannte junge Frau und weshalb hat niemand sie vermisst? Was haben die Kinderbücher auf dem Nachttisch in der geheimen Kammer zu bedeuten?

Katrin, die selbst gerade in einer schwierigen Situation steckt, begibt sich auf Spurensuche. Doch irgendjemand scheint ein starkes Interesse daran zu haben, ihre Ermittlungen zu verhindern …

*Wir machen's spannend*

*Michaela Küpper*
*Wildwasserpolka*
*978-3-8392-1431-2*

# Ein literarischer Roadtrip durch die Provinz!

Ein scheinbar alltäglicher Auftrag entpuppt sich für Privatdetektivin Johanna Schiller als brandgefährliche Angelegenheit: Während sie in Sachen ehelicher Untreue ermittelt, wird sie Zeugin eines angekündigten Doppelmordes. Kurz darauf entdeckt sie eine Leiche im Kofferraum ihres Wagens – aus der Jägerin Johanna ist eine Gejagte geworden. Hals über Kopf flieht sie aus ihrer Heimatstadt Siegburg ins Siegtal, doch ihre Verfolger sind ihr dicht auf den Fersen …

*Wir machen's spannend*

*Klaus Erfmeyer*
*Rasterfrau*
*978-3-8392-1420-6*

# Stephan Knobel rollt im Auftrag eines zu lebenslanger Haft Verurteilten einen abgeschlossenen Fall wieder auf. Hochspannung!

Mit gemischten Gefühlen übernimmt Rechtsanwalt Stephan Knobel die Vertretung von Maxim Wendel. Dieser wurde wegen Mordes zu lebenslanger Haft verurteilt und strebt eine Wiederaufnahme des Prozesses an. Doch er hat nicht nur die Tatwaffe zweifelsfrei berührt, sondern auch ein Motiv: Der ehemalige Lehrer, der zu Schulzeiten jungen Schülerinnen nachstellte, hat angeblich eine Studentin vergewaltigt, wobei das Mordopfer ihn beobachtet haben soll …

*Wir machen's spannend*

*Kurt Lehmkuhl*
*Printenprinz*
*978-3-8392-1432-9*

# Printenbäcker aus Oche wird Karnevalsprinz in Kölle

Der pensionierte Kommissar Rudolf-Günther Böhnke muss sein beschauliches Eifeldorf Huppenbroich verlassen, um den an Mord Peter von Sybar aufzuklären, einem betuchten Printenproduzent aus Aachen, der Prinz der klammen Jecken in Köln werden sollte. Ist der Mörder im karnevalistischen, beruflichen oder privaten Umfeld zu suchen? Böhnke ermittelt im Trubel der fünften Jahreszeit und erhält dabei erstaunliche Einblicke hinter die Kulissen des närrischen Brauchtums …

*Wir machen's spannend*

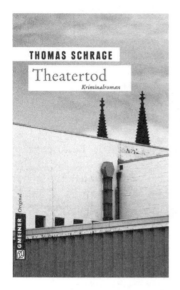

Thomas Schrage
Theatertod
978-3-8392-1439-8

## Ein emotionsgeladener, authentischer Einblick in den Alltag unserer Stadttheater!

Im Kölner Schauspielhaus geht Regieassistent Michael im Schatten des Rampenlichts seiner eher unspektakulären Arbeit nach. Doch dann wird ein Kollege tot aufgefunden. Selbstmord. Zumindest wollen Polizei, Theaterleitung und Schauspieler daran glauben. Nur Michael ist von tiefem Misstrauen erfüllt. Hartnäckig beginnt er, buchstäblich »hinter den Kulissen« nachzuforschen. Dabei kratzt er an kleinen und großen Egos und deckt erschreckende Machenschaften auf …

*Wir machen's spannend*

# Unsere Lesermagazine
## 2 x jährlich das Neueste aus der Gmeiner-Bibliothek

Alle Lesermagazine erhalten Sie in Ihrer Buchhandlung oder unter www.gmeiner-verlag.de.

*24 x 35 cm, 32 S., farbig; inkl. Büchermagazin »nicht nur« für Frauen*

*10 x 18 cm, 16 S., farbig*

# GmeinerNewsletter
## Neues aus der Welt der Gmeiner-Romane

Haben Sie schon unsere GmeinerNewsletter abonniert?

Monatlich erhalten Sie per E-Mail aktuelle Informationen aus der Welt der Krimis, der historischen Romane und der Frauenromane: Buchtipps, Berichte über Autoren und ihre Arbeit, Veranstaltungshinweise, neue Literaturseiten im Internet und interessante Neuigkeiten.

Die Anmeldung zu den GmeinerNewslettern ist ganz einfach. Direkt auf der Homepage des Gmeiner-Verlags (www.gmeiner-verlag.de) finden Sie das entsprechende Anmeldeformular.

# Ihre Meinung ist gefragt!
## Mitmachen und gewinnen

Wir möchten Ihnen mit unseren Romanen immer beste Unterhaltung bieten. Sie können uns dabei unterstützen, indem Sie uns Ihre Meinung zu den Gmeiner-Romanen sagen! Senden Sie eine E-Mail an gewinnspiel@gmeiner-verlag.de und teilen Sie uns mit, welches Buch Sie gelesen haben und wie es Ihnen gefallen hat. Alle Einsendungen nehmen automatisch am großen Jahresgewinnspiel mit attraktiven Buchpreisen teil.

*Wir machen's spannend*